Elsa Rieger
Heleneland

Elsa Rieger

Heleneland

Helene Band 1

Impressum
TWENTYSIX – Der Self-Publishing-Verlag
Eine Kooperation zwischen der Verlagsgruppe Random House und BoD – Books on Demand
© 2018 Rieger, Elsa
Coverdesign: Irene Repp http://daylinart.webnode.com/
Bildrechte: © ninamalyna - 123rf.com / © IULIIA ZUBKOVA - 123rf.com / © tisti - 123rf.com
Herstellung und Verlag:
BoD – Books on Demand, Norderstedt.

ISBN: 978-3740744724

Heleneland

Vorwort

Es gibt eine Welt, die, wenn sie auch nur in unsern Träumen lebte, sich ebenso zusammensetzen könnte zur Wirklichkeit wie die Wirklichkeit selbst, eine Welt, die wir durch Phantasie und Vertrauen zu kombinieren vermögen.

Schale Gemüter wissen nur das, was geschieht; Begabte ahnen, was sein könnte; Freie bauen sich ihre eigne Welt.

Karl Gutzkow in
Wally, die Zweiflerin: Wahrheit und Wirklichkeit

1.

»Nicht schauen, Helene!« Papas Stimme zittert vor Aufregung. Ich weiß, worum es geht, auch wenn ich die letzten Tage scheinbar interessiert die Auftragsbücher kontrolliert habe. Ist doch klar, dass ich alles mitkriege, schließlich sitze ich tagein, tagaus an meiner Arbeit in Vaters Wäschefabrik auf der Wiedner Hauptstraße. Er will mich zu meinem Fünfundzwanzigsten überraschen, das ist süß und ich verderbe es ihm gewiss nicht.

Endlich ruft er mich und ich trete aus dem Tor, winde mich an der hohen Leiter vorbei, die den Eingang blockiert. Papa steht rechts davon, ich nehme die linke Seite. »Du wirst Augen machen«, sagt er, als der Hausarbeiter mit einem Grinsen heruntersteigt, sie zusammenklappt und sich mit ihr und seinem dudelnden Kofferradio davonmacht. *He's a real nowhere man. Sitting in his nowhere land. Making all his nowhere plans for nobody ...*

Niemandsland ... Mein Vater hat mich in sein Wäscheland aufgenommen, ob es meines werden kann? Seit Langem fühle ich mich eher im Niemandsland wie Nowhere Man, wir werden sehen.

Sein Händedruck ist feucht, für ihn ist es wie Weihnachten, mich erinnert die Festlichkeit eher an die Enthüllung einer Statue. Wir schauen beide nach oben, über dem Eingangstor flattern die Zipfel eines Leinentuchs im Sommerwind, das die neue Tafel – von der ich offiziell nichts weiß – noch bedeckt.

Es vergehen ein paar Minuten, dann ist er so weit und zieht an einer Schnur. Das Tuch löst sich und schwebt herab, landet vor unseren Füßen. Was ich jetzt sehe, habe ich so nicht erwartet, mein Vater ist konservativ und altbacken. Karmesinrot!

Helene & Konrad Meyerling in leuchtenden Buchstaben auf Weiß. *Dessouserzeugung*, wo zuvor *Weißnäherei* zu lesen war.

Und das Schärfste daran ist, er hat einen Slip mit BH als Firmenlogo in Auftrag gegeben. Unfassbar. Ich umarme ihn dafür, küsse ihn und spüre sogleich, dass es ihm zu viel wird. Verlegen trete ich zurück und zupfe meinen neuen Seidenanzug zu recht. Jetzt, wo er stolz auf seine Tochter ist, könnte er mich ruhig wieder näher an sich heranlassen. Ich streiche über sein ergrautes Haar, als sei es ein Jungenschopf. Er feiert bald seinen Sechzigsten.

»Wie elegant du daherkommst.« Liegt ein Tränenschleier auf seinen Augen? »Ich weiß ja, dass du am liebsten in Jeans und Bluse herumläufst, darüber einen Pullover, aber das hier steht dir richtig gut.« Nun ein Lächeln, das ist gut. Ihn gerührt zu sehen, ist ganz neu für mich. Im Übrigen finde ich auch, dass ich heute schick aussehe. Wie eine Lady. Ach, Papa, das ist doch alles wegen dir. Abgerissen wie zu Djangos Zeiten kleide ich mich nicht mehr, das habe ich hinter mir gelassen. Wir gehen zusammen ins Haus.

Sein Großvater gründete vor dem Ersten Weltkrieg die Näherei, zunächst in einer Baracke, in der drei Näherinnen und er Unterwäsche produzierten. Damals verdrängte der Büstenhalter das

Korsett, die langen, spitzenbesetzten Unterhosen wichen endgültig den bequemeren mit kurzem Bein. Als der Krieg ausbrach, akzeptierten die Frauen schnell diese neue Mode. Enggeschnürt in Miedern Tätigkeiten in Fabriken und Krankenhäusern zu verrichten oder gar bei der Müllabfuhr zu helfen, war kaum möglich. Nach dem Krieg baute mein Urgroßvater das Fabrikgebäude so auf, wie es immer noch genutzt wird.

Von Modernität wollte mein Papa bislang nichts wissen.

Wenn ich früher eine solche Idee gehabt hätte wie das neue Schild, ich bin sicher, seine Antwort wäre gewesen: »Marotte!«

Als ich zwanzig war, konnte er nicht stolz auf mich sein, ich war ihm peinlich. Heute verstehe ich das. Ich sehe mich gerade vor mir, wie ich vor ein paar Jahren barfuß durch die Stadt zu Django gelaufen war, nach einem Streit mit Papa wegen der beschissenen Unterhosen, die ich in einer Phase meiner Lehrzeit nähen sollte. Ich denke, Django war damals der einzige Jamaikaner in ganz Österreich, klar, dass ich ihn haben wollte.

Bei ihm kauerte ich auf dem Linoleumboden, und er saß auf seinem abgewetzten Sofa über mir. Meine Fingernägel waren so schwarz wie die Fußsohlen, ich pulte den Dreck zwischen den Zehen heraus. »Drecksfabrik. Am besten, ich werde schwanger, dann wird er Ruhe geben.«

Vergebens versuchte ich, den Blick meines Liebsten unter den dichten, langen Wimpern einzufangen.

»Bitte!«

Er heizte das Dope an. »Magst du auch?«

»Mach mir ein Kind. Bitte!« Lauter.

»Ekelhaft.«

»Du vögelst doch gern. Was ist schon dabei?« Schreiend.

Django hustete nach dem Lungenzug.

Er schob das Kinn vor in Richtung Flur. »Geh duschen.«

Vielleicht war er besserer Laune, wenn ich seinem Wunsch nachkam.

Ich war erst ein paar Mal bei ihm gewesen. Er kam lieber in meinem Elternhaus vorbei. Es sei edler, sagte er. Außerdem gab es bei ihm nie etwas zu essen. Kennengelernt hatte ich ihn im Voom-Voom, der schrägsten Disco Wiens. Zuhause gab ich vor, an diesen Tanzabenden eine Freundin zu besuchen. Papa hätte niemals zugestimmt, dass seine Tochter in ein derartiges Lokal ginge. Django arbeitete im Voom-Voom hinter der Theke und schenkte Bier aus. Eines Abends war ich sturzbetrunken, weil ich nur mit ihm ins Gespräch kam, wenn ich etwas bestellte. Mutig fiel ich ihm um den Hals, das kam ihm entgegen, er legte mich in der Personalgarderobe aufs Kreuz. Seitdem waren wir ein Paar.

Mit seiner Nagelbürste schrubbte ich die schmutzigen Fußsohlen, das heiße Wasser färbte sich langsam von Dunkelgrau zu Hellgrau. Endlich war es durchsichtig, ich stieg aus der Dusche und trocknete mich ab.

Als ich ins Zimmer zurückkam, war Django zugedröhnt. Ich schlang die Arme um seinen Nacken, setzte mich auf seinen Schoß und küsste ihn. »Ein Kind«, flüsterte ich ihm ins Ohr.

Anfallartig begann er zu lachen, seine Dreads wippten im Takt der Stöße. Plötzlich schubste er mich von seinen Schenkeln.

»Du spinnst doch.«

Ich landete mit dem Hintern auf dem Linoleumboden. Nachdem ich mich angezogen hatte, schlug ich Django ins Gesicht.

»Dann scheiß ich auf dein Einverständnis, Idiot. Ich krieg schon, was ich will!«

Er hielt sich die Wange, trat nach mir. Doch er erwischte mich nicht mehr.

Ich war bereits aus der Tür, spuckte sie an und lief davon. So ein Arsch!

Zuhause setzte ich mich auf die Schaukel meiner Kindheit im alten Nussbaum und beobachtete meine Mutter Margarethe. Die sprach im Singsang, wenn sie sich über die Beete beugte oder die verblühten Rosenköpfe aus den Ranken zupfte.

Die Blumen nannte sie:»Meine Schönen.« Mit mir schimpfte sie oft, beklagte sich über mein Benehmen. Nacktschnecken schnitt sie entzwei und Wühlmäuse verfolgte sie mit dem Spaten. Über die regte sie sich am meisten auf. Wenn sie selten genug eine stellte, erschlug sie die mit Genuss.

»Verdammtes Rattenpack!«, schrie sie auch an diesem Tag, als sie eine erwischt hatte.

»Lass sie leben«, bat ich. Mutter hörte nicht, sie fuhr damit fort, Schnecken aus dem Gras zu rupfen, zu halbieren und in einem roten Kübel zu sammeln. Der Ast, an dem die Seile hingen, knarrte, als ich von der Schaukel sprang. Ich war immer noch stinkwütend auf Django, Zorn über Mutter kam dazu, ich entriss ihr den Henkel des Eimers. Entführte die armen Mollusken und schüttete sie über den Palisadenzaun auf die saure Wiese, neben den schmalen Bach, der dort floss.

»Stell dir vor, ich schneide durch deinen Bauch«, antwortete ich Margarethes hasserfülltem Blick.

»Ich bin längst entzwei«, entnahm ich ihrem Murmeln.

Diesen Satz hatte ich schon einmal gehört ... da bin ich aufgewacht, ich muss sehr klein gewesen sein. Papa und Margarethe haben nebenan im Schlafzimmer gestritten. Wortfetzen nur, aber mein Vater schrie. Er, der mich sonst nur liebevoll streichelte und mir schöne Dinge sagte, schrie. Mein weißes Nachthemd schleifte auf dem Boden, als ich mit meinem Krokodil ins Vorzimmer schlich, zu ihnen wollte. Sie sollten wieder lieb sein. Ich mochte die lauten Stimmen nicht hören und hielt mir die Ohren zu. Auf einmal war es ruhig. Diese plötzliche Stille machte mir Angst. Ich zitterte und hob mein Plüschtier wieder auf, drückte es an die Brust, um mich zu beruhigen. Leises Gemurmel. Dann habe ich Margarethe weinen gehört. »Ich bin längst entzwei«, hatte sie geschluchzt.

Worte und Bilder verschwammen. Mutter warf die Schnecken auf die Wiese, Mengen.

Unverhohlen starrte ich sie an, sah, wie sie oberhalb ihres Nabels auseinanderbrach. Das Blut spritzte nicht, sondern landete in fetten Tropfen im Gras. Im Schneckentempo krochen die davon. Bizarr.

Margarethes Herz flutschte aus der Wunde, kullerte ins Saatbeet für die Kapuzinerkresse. Mit Wasser aus der Gießkanne säuberte ich das pulsierende Ding von der Erde und steckte es wieder unter Mutters Brust. Dann lief ich zum Geräteschuppen, nahm die Rolle mit Sisalseil an mich; es diente zum Festbinden der Ranken am Geländer. Damit flickte ich die Schnittstelle über den Rippen zusammen.

»Du bist meine Blume, Helene.« Margarethe sank auf die Wiese. »Dein Selbstmordversuch hat mir das Herz gebrochen.«

Das kam unerwartet, katapultierte mich in die reale Welt zurück. Es schockierte mich. Hatte ich ihr hartes Herz durch die Operation aufgeweicht? Ich legte den Kopf in Mutters Schoß.

»Die Sache vor zwei Jahren mit den Tollkirschen tut mir leid, auch wenn es eher ein Unfall war«, wiegelte ich ab, und es stimmte, denn umbringen wollte ich mich nicht wirklich.

Papas Stimme schreckt mich aus meinen Gedanken. »Wieso starrst du denn Löcher in die Luft?«

Keinesfalls will ihm jetzt erzählen, dass ich an eine Phase meines Lebens gedacht habe, die er nicht besonders gut fand.

»Das Schild, Papa, ich freu mich so. Ausgesprochen modern.«

Er schmunzelt. »Man muss ja mit der Zeit gehen.«

Die Arbeit als Public Relation Managerin macht mir großen Spaß, vor allem telefoniere ich viel und weit. Es reicht aber nicht. Das Fernweh hat mich fest im Griff. Auf keinen Fall werde ich den Rest meines Lebens hinter dem Schreibtisch verbringen. In dem langweiligen Wien mit öden Unterhosen.

Über Monate nähte ich Tag für Tag an einer der zwanzig Maschinen Zuschnitte zusammen. Erst im vierten Jahr meiner Ausbildung wurde ich ins Büro befördert.

Und nun bin ich Chefin. So jedenfalls steht es auf der Tafel.

Es ist an der Zeit, dass ich tue, was ich will. Ohne die Begleitung der Eltern, auch nicht einer Freundin, die Welt anzusehen.

Je länger ich darüber nachdenke zu reisen, desto größer wird der Appetit darauf. Schließlich knurrt mein Magen. Ich laufe zu Papa ins Büro nebenan, wo er gerade einen Telefonanruf entgegengenommen hat.

Ungeduldig warte ich, bis er das Gespräch beendet. »Ich könnte Afrika auffressen.«

Den Hörer noch in der Hand, sagt er: »Spinnst du? Was meinst du denn?«

»Ich reise dorthin.«

»Das geht nicht, Helene«, er steht auf, rennt durchs Zimmer, setzt sich wieder, »du hast Verantwortung übernommen.«

»Genau. Der Tunesier besteht auf persönlichem Kontakt und

das ist ein lukrativer Auftrag, Papa.«

»Wie schaffst du es nur immer wieder, mich mit deinen Tollkirschenaugen um den Finger zu wickeln?« Er lacht. Im selben Moment jedoch gefriert sein Lachen zu einer Maske. Schmerzhaft verzerrt sieht sein Gesicht aus. Ich spüre, wie meine Hände anfangen zu zittern, mein Magen zieht sich zusammen. Immer wieder werde ich mit dieser Sache konfrontiert. Den Tollkirschen. Meinem Selbstmordunfall. Das ist nun sieben Jahre her, doch er schaut mich an, als sei es gerade geschehen.

Zu mir kam ich erst im Krankenhaus. Meine Kehle war aus Sandpapier und kaum, dass ich die Augen aufklappte, traf mich ein greller Blitz.

»Papa?« Ich erkannte die Hand, die auf meiner lag.

Sein »Ich bin da« klang wie ein dunkles Schluchzen.

Mein Mittelfinger steckte in einer Plastikklammer. Es zwickte.

»Wo bin ich?«

Papa flüsterte. »Im göttlichen Heiland, deine Freunde haben dich gefunden. Warum, Helene?«

»Liebe!« Dramatisch.

Ich öffnete die Augen zu einem Blinzeln. Vorsichtig diesmal. Papa zitterte vor Wut. Rote Flecken flammten auf seiner Stirn. So hatte ich ihn noch nie gesehen. Er kam mir fremd vor, und ich fühlte mich zum ersten Mal richtig alleingelassen.

»Schimpf doch mit mir«, bat ich, »wenn es dir dann besser geht.«

Er sprang auf und lief vor meinem Bett hin und her.

»Man hat dir den Magen ausgepumpt, dich ins künstliche Koma versetzt, du wärst um ein Haar gestorben.«

Deswegen die Schmerzen im Hals.

»Warum sehe ich kaum etwas?«

»Noch nie von Belladonna gehört? Wie kannst du Tollkirschen essen? Ich hab dir schon davon erzählt, da warst du noch klein. Jedes Mal bei unseren Wanderungen habe ich dich davor gewarnt.« Papa lehnte am Fußende. Bestimmt brannte sein Blick Löcher in meinen verblödeten Kopf.

Eine Krankenschwester trat ins Zimmer.

»Wie geht es uns denn?« Zuckersüß.

»Wie es Ihnen geht, weiß ich nicht«, antwortete ich, mein Magen krampfte schrecklich, »ich fühle mich ganz gut, danke.«

»Das ist ja fein.« Sie holte ein Päckchen aus ihrem Kittel hervor und drückte kohlschwarze Tabletten in das Pillenglas auf dem Nachtkästchen. »Die schlucken wir jetzt brav mit einem Liter Wasser.«

Die Tabletten klumpten in meinem Hals zusammen.

»Nachtrinken«, mahnte die Schwester.

»Stell dich nicht so an«, kam von Papa.

»Und jetzt das Pilocarpin, damit das böse Gift verschwindet.« Augentropfen. Nach einem Blick auf die Monitore am Kopfende sagte die Schwester zu Papa: »In drei Tagen ist sie übern Berg.«

Er hatte sich zu mir aufs Bett gesetzt und küsste meine Stirn, während ich mich mit dem Trinken abmühte. Nun war er wieder mein Papa, der mich durch die ganze Kindheit beschützt hatte. Aber dann sagte er: »Morgen kommt Margarethe. Du machst, was sie dir hier sagen, ich kann nicht weg aus der Fabrik.«

Vorbei, er liebte mich doch nicht mehr.

»Die Unterhosen sind dir wichtiger.« Ich lachte wütend.

In der Nacht glommen die Kurven und Zacken auf den Monitoren. In meinen Gedärmen ging es laut zu, es murrte und knurrte, ich erspürte die Bewegungen der Eingeweide mit der Hand auf dem Bauch. Da fand ein Kampf statt. Tollkirschen gegen Pilocarpin.

Plötzlich zog es richtig durch, das Pilocarpin hatte gewonnen. Ich ließ es laufen, wie hätte ich auch mit den Kabeln das Klo erreichen können?

Dann drückte ich das Notsignal. Es stank gewaltig.

»Scheißkerl Bennie!« Heulend.

»Sie müssen rechtzeitig läuten.« Nörgelnd klemmte die Nachtschwester Schläuche und Kabel ab.

»Und Sie müssen nicht mit dem Arzt rummachen, wenn ich klingle.«

Die Schwester führte mich unter die Dusche, stellte das Wasser so heiß, dass ich fürchtete, zu verkochen wie Margarethes fade Gemüseeintöpfe.

Das Bett war frisch bezogen, als ich mit brennender Haut aus dem Bad zurück schlurfte. Die Schwester schwieg, sie sah feindlich aus, und verkabelte mich wieder mit den Geräten.

»Es tut mir leid!«, rief ich ihr nach, als sie ging.

Gelangweilt schaute ich am nächsten Tag Stunde um Stunde aus dem Fenster des Krankenzimmers. Federwolken zogen vorüber, die sich manchmal in Schafe verwandelten. Eines warf mir eine Kusshand zu. Es klopfte. Selma, Gwen und Bennie traten ein. Ich zog die Decke über den Kopf. Keiner sagte etwas. Nach einer Weile riskierte ich einen Blick.

Meine Freunde glotzten wie die Schafe. Das Dicke war Gwen.

»Ich könnte dich dauernd knuddeln, Armes«, mähte es, »und alles wegen denen und der blöden Party im Wienerwald.«

Gwen stellte die Vorderhufe aufs Bett und wollte zu mir unter die Decke. Wäre ich nicht in Bennie verliebt, und maßlos von ihm und Selma enttäuscht worden, hätte ich diese Tollkirschen nicht gegessen.

Bennie, der Bock, sprang auf Selma auf und rang sich einen ab. Plötzlich musste ich lachen.

»Nur Selma, dieses Schaf, kann auf so einen stehen.« Zur Strafe für diese Gemeinheit stach mir die Infusionsnadel ins Fleisch. Nachdem die drei sich verabschiedet hatten, dämmerte ich ein.

Erst gegen Abend erwachte ich, denn Margarethe beugte sich über mich. »Schlaf heilt«, sagte sie und zog sich einen Stuhl ans Bett.

Papa war wirklich nicht gekommen. Was sollte ich mit einer Mutter anfangen, die mich nur anstarrte? Ich entschloss mich, zurück zu starren. Doch nach ein paar Minuten taten mir die Augen weh. »Danke, dass du mich besucht hast, ich muss jetzt wieder schlafen.«

Sofort stand sie auf, streichelte mit rauen Fingern über meine Wange, versuchte ein für sie typisches zaghaftes Lächeln und schloss die Tür hinter sich. Ich atmete auf.

So viele Jahre ist das her, aber ich muss Papa recht geben, es scheint erst gestern gewesen zu sein. Alles ist wohl immer da, was uns widerfährt, ein Leben lang.

Wie früher setze ich mich auf die Schreibtischplatte, beuge mich zum ihm und drücke einen Kuss auf seine Stirn.

»Tollkirschenaugen – das war eine andere Zeit, jetzt führe ich ein Geschäft und will einen Auftrag.«

Papa strahlt wieder und ich bin stolz auf mein Geschick, habe es mal wieder geschafft.

*

Als ich das Hotelzimmer in Tunis betrete, fällt mein Blick sofort auf ein rundes Tischchen am Fenster. Ein prall mit Früchten gefüllter Korb leuchtet mir entgegen. Monsieur Abarak hat mich damit überrascht, eine Karte mit seinem Willkommensgruß steckt zwischen Orangen und Mangos. Es sei eine große Ehre für ihn, die Dame des Hauses Meyerling in Tunis begrüßen zu dürfen, schreibt er auf Französisch. Seine Freude sei seit ihrem Telefonat ständig gewachsen. Er nennt ein Café, in dem er mich treffen will.

Ich bin noch nie verehrt worden.

Durch die engen Gassen unter den Mauerbögen gelange ich in den Altstadtkern. Vor dem Café Maure sitzen Männer in der Kühle und trinken Pfefferminztee. Dass mein Herz schneller schlägt, liegt nicht an der neuen, aufregenden Umgebung. Ich betrete das Gewölbe, halte Ausschau nach Monsieur Abarak. Ein kleiner, rundlicher Mann im weißen Anzug erhebt sich, trippelt auf mich zu. So eine Enttäuschung, ich habe einen Wüstenprinzen erwartet. Dann umfasst eine weiche, geschmeidige Hand die meine. Schon bückt er sich und haucht mir einen Kuss auf den Handrücken.

»Die Sonne geht auf, Mademoiselle.« Mit dem glühenden Blick eines Wüstenprinzen geleitet er mich zum Tisch. Er hat bereits Thé de Menthe bestellt. Für mich kippt er einige Tropfen der Essenz in das Gläschen und füllt es mit Wasser aus dem Kocher auf. Nach nur einem winzigen Schluck fühle ich mich, als bade ich in dem Minzaroma. Noch ein Schluck, und das Glas ist leer. Hanif Abarak bietet mir süße Köstlichkeiten aus Sesam und Honig an. Ich greife zu.

»Makroud«, sagt er und blättert die Mustermappen durch, die ich mitgebracht habe. Bei den Strapsen aus rosenholzfarbenem

Organza verharrt Hanif. Seine Bestellung liegt weit unter meinen Erwartungen. Meinen frustrierten Blick missdeutet er. »Wir sind ein modernes Land, die Frauen in der Stadt kleiden sich zeitgemäß«, sagt er stolz.

Ich habe gehofft, dass er mir die Stadt zeigt, ich bin begierig auf alles Neue. Er nennt mich »ma belle Mademoiselle« und bedauert, dass er dringende Geschäfte zu erledigen habe. Und morgen fährt er zur Hochzeit seiner Nichte in ein Dorf.

»Kann ich mitkommen?« Das wenigstens will ich mir nicht entgehen lassen. Ein Dorf irgendwo da draußen.

Hanif Abarak lehnt ab, es sei unmöglich.

Dann zocke ich eben, ich will mit. »Ich würde es Ihnen mit einem großzügigen Rabatt auf Ihre Bestellung danken.« Verführerisch.

»Mit Vergnügen«, sagt Monsieur Abarak sogleich, »die Hochzeit findet in der Wüste statt, Mademoiselle Helene, kleiden Sie sich dementsprechend, die Sonne ist gefährlich.« Er empfiehlt sich, und ich bin begeistert.

Auf dem Weg zurück zum Hotel komme ich mir vor wie in einem Traum aus Tausendundeiner Nacht, und ich bin die clevere Königin, die alles erreicht, was sie möchte. Düfte von Gewürzkegeln, die an den Ständen in Hundertschaften angepriesen werden, ziehen durch die Straßen. Grellrot, safrangelb und pfeffergrün. Neben handgefärbten Stoffbahnen gibt es Öle und Salzrosen aus der Sahara. Die Quader, über die ich spaziere, glänzen spiegelglatt, poliert von Schritten seit ewigen Zeiten. Und Morgen werden meine Schuhe den Sand der Wüste durchschreiten.

Um vier weckt mich das Gebet des Muezzins, so kann ich in aller Ruhe duschen und meine Garderobe auswählen. Für die Fahrt schlüpfe ich in ein langärmeliges Hemd und weite Leinenhosen. Hanif wird seine Bestellung erhöhen, das schwöre ich mir. Vor Papa mit fast leeren Händen zu stehen, das kommt nicht in Frage.

Das war nicht immer so gewesen, von Engagement und Fleiß hielt ich nichts in der Zeit meiner Ausbildung, als ich mit Django um die Häuser zog, bis er mich auslachte. Ich krieg schon ein Kind, blöder Hund, schmiedete ich meine Pläne. Um sie durchzusetzen, musste ich zunächst Papa desillusionieren. Vielleicht jagte er mich davon, dann brauchte ich nicht mehr in der öden Fabrik »meinen Weg machen«, wie er gern betonte.

Am Tag nachdem ich Django verlassen hatte, zog ich knallenge Hotpants an. Diese schicke Levis hatte meine Freundin Selma mir aus Los Angeles mitgebracht, bei uns in Wien gab es so tolle Hosen zu der Zeit noch nicht. Wieder war ich ohne Schuhe unterwegs in die Fabrik und ehe ich den Weg zu den Büroräumen einschlug, kürzte ich mein Shirt in der Zuschneiderei, wenn schon, denn schon. Jetzt hatte Papa eine Aussicht auf den schönsten Nabel. Meine Brüste waren nicht sonderlich groß, wenigstens war ich schlank und hatte lange Beine. Ich war gerade zwanzig geworden, es war der 3. August im Jahr 1976.

Am Vorabend saßen wir beim Abendessen, Papa, Margarethe und ich. Appetit hatte keiner, es war noch unglaublich heiß.

»Die haben einen Krisenstab einberufen wegen der Brücke«, sagte Papa.

»Welch ein schreckliches Unglück!« Margarethe schlug die Hände über dem Kopf zusammen. »Wie soll das jetzt alles gehen? Ohne die Brücke.«

»Schlimm«, Papa nickte.

Ich wusste, dass am Vortag die Wiener Reichsbrücke eingestürzt war, jeder sprach über das Ereignis. Man bekam es mit, egal, ob man es hören wollte oder nicht. Mich interessierte das nicht.

»Müsst ihr so dramatisieren? Wird schon irgendwie weiter gehen. Soll doch von mir aus ganz Wien zusammenbrechen.« Gelangweilt stocherte ich in meinem Essen.

»Helene!« Papa schüttelte entrüstet den Kopf, und Margarethe setzte nach: »Typisch, dich interessieren nur deine Belange. Die Reichsbrücke hat sogar den Zweiten Weltkrieg überstanden. Und nun das.« Ich verkniff mir eine Antwort.

Meine Eltern hatten eben keine Ahnung, was Mädchen in meinem Alter bewegte. Sicher nicht die alte Brücke. Wer macht mir ein Kind? Das interessierte mich.

Nach der Zuschneiderei betrat ich Papas Büro, stellte mich vor ihm auf. Ich kaute Pfefferminzkaugummi, natürlich mit offenem Mund. Papa sagte nichts, er presste die Lippen aufeinander. Im Gegensatz zu Mutter ignorierte er nach Möglichkeit meine kolossalen Auftritte.

»Was steht als Nächstes an?«, fragte ich in der Hoffnung, dass er mich, falls er mich nicht rausschmiss, nun endlich die Arbeit machen ließ, die Spaß brachte.

»Du musst alle Bereiche kennenlernen«, begann er in ruhigem Ton. Ich erahnte die bevorstehende Enttäuschung.

»Inzwischen kann ich Pakete aufgeben und Briefmarken ablecken, stell dir mal vor. Die wichtigsten Stationen in meiner Ausbildung.« Ich setzte ein freches Lächeln auf.

»Und nun die Näherei.«

Nein! Ich stampfte auf dem schwarzen Hochflorteppich auf. Schuld war Django! Wenn er mich geschwängert hätte, wäre ich längst über alle Berge gewesen. Papa haute auf den Tisch und ging hinaus. Als ich gegen den Schreibtisch trat, schlug ich mir den kleinen Zeh an, es schmerzte höllisch, ich heulte vor Wut und hinkte auf den Flur. Frau Berta, die Sekretärin, winkte mich zu ihrem Tisch und überreichte mir ein offizielles Schreiben. Es war adressiert an Fräulein Helene Meyerling, also bitte!

Darin wies mein Herr Vater darauf hin, dass ich den Ausbildungsvertrag zu erfüllen hatte. Ich zerriss die Abmahnung und humpelte auf die Straße. In der Gluthitze schmolz der Asphalt und ich verbrannte mir die Fußsohlen. Wut und Schmerz hafteten aneinander, anstatt sich aufzuheben.

Im Schatten meines kleinen Lieblingscafés bestellte ich Campari Soda und wartete auf Selma. Sie und Gwen waren im Gymnasium meine besten Schulkolleginnen gewesen. Nach wie vor verband uns eine innige Freundschaft. Ursprünglich wollte ich Selma mit der Nachricht meiner Beförderung überraschen. Das konnte ich nun in den Kamin schreiben. Wir würden uns gegenseitig trösten, denn sie wohnte wieder zu Hause, seit sie in L.A. gescheitert war. Nicht jeder schaffte die Filmkarriere.

»Wie siehst du denn aus?« Selma schaute mich mit gerunzelter Stirn an und setzte sich. Sie umgab immer schon ein elfenartiger Nimbus. Jeans trug sie nie, ihr Sommerkleidchen aus Musselin, knöchellang, umwehte die zierlichen Goldsandalen.

»Django will unbedingt ein Kind von mir, da habe ich Schluss gemacht.« Ich versteckte die schmutzigen Füße unter dem Korbsessel.

Selma lachte. »Ausgerechnet der.«

»Stell dir vor, ich habe ihn rausgeworfen«, fuhr ich fort. »Oder meinst du, ich will mit ihm in Jamaika in einer Hütte hausen?«

»Aussehen tust du so«, war Selmas Antwort.

»Was macht Hollywood?«, schob ich nach. Ganz schön gemein war ich einst.

Fünf Minuten vor sechs drücke ich den Knopf für den Lift. An der Rezeption wartet Monsieur Abarak und unterhält sich mit einem hünenhaften dunkelhäutigen Mann. Beide sind in Djellabas gekleidet und tragen Turbane. Sie unterbrechen ihr Gespräch, als ich mich ihnen nähere.

»Bonjour, Mademoiselle Meyerling«, begrüßt mich Hanif.

Sein Begleiter schreitet voraus durch die Hotelhalle, draußen hält er mir die Tür des Jeeps auf. Während wir über den aufgeplatzten Asphalt der Vorstadt rumpeln, bietet Hanif Abarak mir schwarzen Kaffee aus einer Thermoskanne an.

»Bekommt der Fahrer nicht auch eine Tasse?«

»Karoum hat alles, was er braucht«, antwortet er, »stellen Sie sich auf eine lange Fahrt ein, ma belle, ich habe Sie gewarnt.« Er lächelt, scheint wohltemperierter Stimmung zu sein, und ich überlege meine Strategie, wie ich ihm weitere Stücke aus der Kollektion anpreisen kann.

Eine Weile fahren wir die Küstenstraße entlang, dann durchs Landesinnere. Magere Ziegen zupfen an Büschen neben der steinigen Piste. Es ist wirklich heiß, ich binde mir das Baumwolltuch um den Kopf, das ich gestern auf dem Weg ins Hotel gekauft habe. Abarak zeigt mir, wie man einen Turban schlingt.

»Comme ci, comme ça«, sagt er.

Als der Jeep über einen Geröllklumpen holpert, fällt er mit seinem dicken Bauch auf mich. Wie nasser Wackelpudding fühlt sich das an. Natürlich bin ich unfair, es gibt dicke und dünne Menschen, ich lächle ihn sofort an.

Hundertmal entschuldigt er sich dafür und hält sich von da an in den Kurven am Türgriff fest.

Karoum wirft mir durch den Rückspiegel einen Blick zu, ich erröte. »Ça va, Mademoiselle?«

»Merci bien«, gebe ich verlegen zurück.

Wäre er auf mich gefallen, dann ... Bei diesem Gedanken spüre ich ein angenehmes Kribbeln im Bauch.

»Die Hochzeit findet in meinem Dorf statt«, erklärt Karoum, »Hanifs Gäste sind auch meine Gäste. Heute ist der Höhepunkt der Feierlichkeiten.«

Ob Karoum mein Wüstenprinz ist?

Lange fahren wir durch Steinhalden, hinter denen sich die Sanddünen erstrecken.

»Die Sahara«, seufze ich, »ist ein Traum.«

»Unvergleichlich.« Abarak nippt am Kaffee.

Ich blinzle in die Ferne, meine tollkirschenfarbene Regenbogenhaut schlägt Kapriolen, die heiße Luft flirrt.

Eine Karawane hält auf den Jeep zu. Vielleicht fünfzig Kamele, auf denen sich blaugekleidete Reiter wiegen, dem schwankenden Schritt der Tiere angepasst. Doch dann wird die Truppe schneller, galoppiert auf uns zu.

Als sie näherkommt, rutsche ich tiefer in den Sitz, jeder der Tuaregs schwingt einen blitzenden Säbel. Die Gesichter sind bis zu den Augen verhüllt. Unaufhörlich brüllen sie »Hat, hat, hat!« und richten die Waffen auf uns. Ich schlage die Hände vor die Augen und warte auf den tödlichen Stoß. Wind braust um mich herum, Sand wirbelt hoch, trifft meine Haut wie Nadelstiche. Ich wage einen Blick durch die gespreizten Finger. Die Horde hat sich in Luft aufgelöst.

Karoum lacht auf. »Eine kleine Windhose.« Seine dunkelsamtige Stimme geht mir durch und durch. »Sie sagten, die Sahara ist ein Traum. Doch wer hier lebt, sieht die Wüste mit anderen Augen, Mademoiselle,. Es ist ein ständiger Kampf, die Regierung hat uns Beduinen die Freiheit genommen und Dörfer errichtet. Vor zehn

Jahren wären wir zu Pferde unterwegs gewesen und hätten Zelte statt Mauern.«

Ich möchte jede weitere Sekunde meines Lebens an Karoums Seite verbringen.

Inmitten der Einöde stoppt er den Jeep; die Staubwolke hinter uns sinkt langsam zu Boden. Es ist elf Uhr und die Sonne gleißt erschöpfend. Sandpartikel steigen von meiner Haut auf, als ich mir über die Arme streiche. Hätte Hanif mich während der Fahrt nicht ständig ermahnt zu trinken, ja, mir die Wasserflasche aufgedrängt, wäre ich wahrscheinlich am Hitzschlag gestorben. Meine Idee, unbedingt mitzukommen, finde ich nicht mehr gut. Schwindlig klettere ich aus dem Jeep, der heiße Wind reißt an meiner dünnen Hose. Hanif stützt mich, geht einige Schritte mit mir, schaut mich besorgt an und macht: »Hm, hm, hm.«

Karoum zieht das Stoffdach auf den Jeep, wir setzen uns darunter. Im Schatten fühle ich mich gleich besser. Ich trinke erneut, während mein Wäschekunde mich verliebt anstiert. Zeit für einen neuen Anlauf. Verlegen erzähle ich ihm von Korseletts, Negligés und deren vorzüglicher Machart, um ein paar Bestellungen mehr einzuheimsen.

Karoum ist noch immer mit dem Dach beschäftigt. Er zurrt es mit Seilen fest, der Stoff knattert im Wind. Hanif schaut ihm zu, während ich rede. Dann er packt meinen Arm.

»Wenn Sie mir die Modelle an Ihrem schönen Körper vorführen könnten, wäre es gut möglich, dass ich mehr aus der Kollektion Meyerling bestelle.« Er leckt sich die fülligen Lippen.

Was bildet er sich ein? Ich ärgere mich, verbeiße mir aber wohlweislich eine unhöfliche Antwort und streife seine Hand ab.

»Das ist keine gute Idee«, sage ich freundlich und rücke von ihm ab. Sichtlich beleidigt steigt Hanif nach vorn um, knallt die Tür zu und beginnt mit Karoum ein Gespräch auf Arabisch. Soll er doch!

Das letzte Mal war ich mit achtzehn nach der Matura und meinem Tollkirschenunfallselbstmord im Ausland. Frankreich. Papa hatte ein Bauernhaus nahe Les Baux gemietet. Aber Margarethe wollte lieber daheim den blühenden Phlox genießen, darauf hatte sie sich das ganze Jahr über gefreut. Zudem müsse sie das Rattenpack bewachen, damit die Wurzeln nicht abgefressen und die schönen Blumen gekillt würden. Außerdem stand die Blüte des Kaktus' Echinopsis multiplex kurz bevor und dann die Kürbisernte. Margarethe hatte viel Zeit mit der Aufzucht der herrlichen Früchte verbracht; diese nach der Rückkehr eingedellt und mit Fäulnis befleckt vorzufinden, war für sie derart schlimm, dass sie sagte, lieber würde sie sich mit der Heckenschere erstechen. Es gab schrecklichen Streit deswegen. Mutter rannte tagelang mit roten Augen herum, und Papa dachte nicht daran, den Urlaub abzublasen.

»Da hat man einmal in zehn Jahren zwei Wochen frei, will dir deinen größten Wunsch erfüllen, die Provence zu sehen, und dann so was«, schimpfte er. »Ich reise auf jeden Fall, nur dass du es weißt, Margarethe.«

Als wir losfuhren, verabschiedete er sich nicht von seiner Frau.

Es war das erste Mal, dass ich allein mit meinem Vater die Sommerfrische, wie er es nannte, verbrachte. Eigentlich sollte ich froh sein, mich frei fühlen, ich hatte die Matura bestanden. Papa behauptete, die Welt stehe mir nun offen. Doch seit unserer Ankunft sah ich ihn umflort von einer dunklen Wolke.

Beim Spaziergang über den Blumenmarkt von Arles war sein Blick so fern, dass ich Angst bekam. »Was ist los, Papa?«

»Ich denke an meine Lebensfehler. Alles hätte ich anders

machen müssen, alles.«

Mir schoss durch den Kopf: Bin ich dieser Fehler? Ballast seines Lebens? Wieder erinnerte ich mich an den Streit zwischen Papa und Margarethe. Damals, als ich klein war, nichts begriffen habe. »Du hast gewusst, was mit dem Kind auf dich zukommt. Es ist nun mal da.« Papas Stimme. Kalt, schneidend. Ich fror im dunklen Vorzimmer.

»Willst du mich denn nicht mehr?« Meine Stimme zitterte, wie unangenehm. Er schwieg. Ich schob die Hand in seine, er reagierte nicht.

»Papa?«

»Es hat mit dir nichts zu tun, zerbrich dir nicht dein Köpfchen«, antwortete er, zärtlich nun, und kniff mich in die Wange.

Der Mistral wirbelte Blütenblätter durch die Luft, nahm meine Angst mit sich. Eine der Böen riss meinen knöchellangen Rüschenrock hoch. Ich kreischte, der zarte Batist wehte um mich herum, es war lustig, und ich tanzte erleichtert zwischen den Blumenfrauen in ihren steifen, dunkelblauen Schürzen.

»Ich bin müde.« Papa setzte sich im Straßencafé gleich neben uns an einen Tisch, hielt den Kopf gesenkt. Warum konnte er sich nicht mit mir freuen? Ich war doch sein Ein und Alles! Ob Margarethe ihm so sehr fehlte? Ich wollte nicht egoistisch sein.

Am nächstgelegenen Stand kaufte ich von meinem Taschengeld einen dicken Strauß roter Rosen, lief zurück zum Café, hielt ihm die Blumen vor die Nase.

»Für dich, Papa.«

Er blickte über die großen, samtigen Blüten hinweg.

»Wie ich dieses Kraut hasse!«

Die Rosen blieben auf dem Blechtischchen zurück.

Als wir in unserem Ferienhaus ankamen, verzog Papa sich in

sein Schlafzimmer. Er murmelte etwas von »Ausruhen und lesen müssen«.

Ich trieb mich eine Weile im Erdgeschoss herum, denn da er seine Ruhe haben wollte, konnte ich mein Buch nicht von oben holen. Die untere Ebene bestand aus einem einzigen, großen Raum. Die alten, rostroten Fliesen waren herrlich kühl unter den nackten Fußsohlen. In der Mitte ein langer Tisch – das Haus war für Großfamilien konzipiert – aus rohem Holz, acht Stühle mit Sitzflächen aus Bast. Wenn Papa und ich zum Frühstück hier saßen und plauderten, hallten unsere Stimmen von den unverputzten Granitmauern. Gegenüber der Eingangstür lag die Küchenzeile. Aus dem Fenster dort erblickte man Le Baux. Wir besuchten die Ruinen der einstigen Festung gleich am ersten Tag nach der Ankunft. Steinquader, schroffe Felswände, hoch auf dem Hügel, Eidechsen und ein Haufen Touristen, den die Tiere offensichtlich gewöhnt waren, sie blieben in der Sonne sitzen. Steine, nichts als Steine. Käme doch ein Ritter und entführte mich!

Gelangweilt schlurfte ich in den Vorgarten und schaute den Turteltauben zu, wie sie ihre Schwanzfedern zu blütenweißen Rädern spreizten. Vor dem Maschendrahtzaun führte eine Sandstraße vorbei, die Gänse vom benachbarten Hof regten sich schon wieder auf. Sie rannten als Horde, mit drohend erhobenen Flügeln, dem Postboten nach, der auf seinem Roller vorüberfuhr.

Die Bäume rauschten und knarrten im Sturm, der Himmel leuchtete in knalligem Blau. So schön war es hier. Schade, dass Papa schlechte Laune hatte. Zwischen den Platanen, unter denen ich saß, war eine Kette gespannt, an der eine Schaukel hing. Wie zu Hause im Garten.

Eine der Tauben flog hoch und landete vor mir auf dem Tisch. Sie legte den Kopf schief.

»Dein Papa ist nicht böse, er ist traurig«, gurrte sie und flatterte wieder davon.

Am nächsten Tag besuchten wir den Papstpalast in Avignon. Papa hatte nur Augen dafür. Er bestrafte mich immer noch für die Aktion mit den Tollkirschen, so musste es wohl sein. Ich sehnte mich sehr danach, von ihm in die Arme genommen zu werden wie früher. Vielleicht hatte er mich wirklich nicht mehr lieb, das wäre grauenhaft. Ich übergab mich zwischen den dicken Mauern; meine Angst war groß. Als er mich zusammengekauert hinter einem Mauervorsprung entdeckte, mir den Kopf hielt, während ich mich erbrach, tröstende Laute von sich gab, wurde alles gut. Die restlichen Tage verbrachten wir harmonisch, nachdem Papas Ärger verflogen war, an dem ich zum Glück bestimmt nicht schuld war.

Karoum mustert mich durch den Rückspiegel. »Ist besser im Schatten?«

Das schützende Stoffdach hat die Fahrt wirklich erträglicher gemacht, ich nicke und lächle. Nach weiteren zwei Stunden kommen wir an Tataouine vorbei, im Dunstschleier wabern Tafelberge wie unscharfe Scherenschnitte.

Wir nähern uns gekalkten Mauern. Kurz darauf, ich hätte schwören können, das Mauerwerk wäre weiter entfernt, rollt der Jeep durch den schmalen Torbogen. Sogleich umringen Kinder den Wagen. Abarak hat sich auf seine Manieren besonnen, reicht mir galant die Hand und hilft mir beim Aussteigen. Ich habe den Reiseführer genau gelesen und reichlich Kaugummi und Bonbons eingepackt.

Als ich die Tüten aus dem Rucksack ziehe, packt Karoum meinen Arm. »Non, Mademoiselle, non, s'il vous plaît.« Ärgerlich.

Aber es ist zu spät. Vor Schreck lasse ich alles fallen.

Sogleich schnappen sich die Kinder die Süßigkeiten und rennen lärmend davon. Karoum wendet sich ab, seine langen Beine tragen ihn fort, und mir ist nach weinen zumute.

»Zuckerzeug macht die Zähne kaputt und verdirbt den Charakter«, sagt Hanif, »aber Karoum ist zu streng. Viel zu streng.« Er fasst mich am Ellenbogen. »Ich zeige Ihnen alles.«

Über den Dorfplatz sind Stoffbahnen gegen die Sonne gespannt, abseits brät ein Hammel am Spieß. Das stinkt, ich rümpfe die Nase. »Kamelmist glost am besten«, Hanif lacht.

Männer hocken wie auf dem Foto im Reiseprospekt unter dem Baldachin im Schatten. Ich weiß, ich darf sie nicht anstarren, das schickt sich nicht. Trotzdem beobachte ich Karoum aus dem Augenwinkel. Er unterhält sich und schaut nicht einmal auf, als wir an ihm vorbeigehen.

»Ich bringe Sie ins Hochzeitshaus zu den Frauen«, sagt Hanif, »damit Sie sehen, wie es bei uns vonstattengeht, wenn ein Mann eine Frau erobert hat.« Dabei zwinkert er anzüglich. »Und doch würde ich mich nach einer Dessousvorführung sehnen ...«

Ich kann dazu nur schweigen, wenn ich noch ein Geschäft mit ihm abschließen will, und hebe den Blick erst wieder, als wir das Haus betreten.

Die Luft summt vor Stimmengewirr. Die Frauen tragen blumenbestickte Kaftans und lange Hosen. Über eine Tafel gebeugt, bereiten sie die Beilagen aus Couscous und Gemüse für den Braten zu.

Eine von ihnen blickt auf, wischt die mehligen Hände an einem Tuch ab und kommt auf uns zu. Sie ist in meinem Alter, begrüßt Hanif, der sich gleich nach draußen verdrückt, dann reicht sie mir die Hand. »Je suis Siana.«

Die junge Frau erklärt, dass sie die Schwester der Braut sei, fragt, ob ich sie sehen möchte. Hinter einem Vorhang ertönt vielstimmiges Lachen.

Nachdem sie den Stoff zur Seite gerafft hat, trete ich ein, um die Braut zu betrachten. Mitten im Raum steht ein nacktes dunkelhäutiges Mädchen, die Frauen salben ihren Körper mit süß duftenden Ölen. Auch das hüftlange Haar wird damit gekämmt. Die Braut winkt uns.

»Seit drei Tagen wird schon gefeiert. Und heute findet die Hochzeitsnacht statt, damit endet alles. Oder beginnt.« Liebevoll lächelt Siana ihre Schwester an.

Ich stelle mir vor, wie der Bräutigam seiner Frau nachts zum ersten Mal beischlafen wird. Gleichzeitig denke ich an Karoum, dass er mich umarmt, mir Liebesworte ins Ohr flüstert. Schon werde ich sanft nach draußen geschubst und der Vorhang fällt zu. Betont beiläufig frage ich, ob Karoum verheiratet sei.

»Er ist böse.« Zur besseren Illustration schlägt sie die Hände über dem Kopf zusammen.

Ich kann es nicht glauben.

»Karoum ist ein altmodischer Wüstenmann, ohne Mutter aufgewachsen unter Beduinen. Ein Grund, dass er in seinem Alter noch nicht verheiratet ist. Die Frauen scheuen sich vor ihm.«

An der Tafel wird jetzt Teig geknetet.

»Gebacken wird dort.« Vor dem Fenster steht ein gemauerter Ofen, auf den sie deutet. »Honigkuchen.«

Die Luft im Haus ist stickig, draußen glüht der Nachmittag auch unter die Sonnensegel. Trotzdem siedet auf einem kleinen Gaskocher in der Männerrunde Wasser für Pfefferminztee.

Sie trinken ihn wohl literweise.

»Statt des verbotenen Alkohols.«

Siana lacht über meine Bemerkung, dann verschwindet sie

hinter dem Vorhang. Durch die Fensterluke betrachte ich die Männer. Sie drehen abwechselnd den Spieß mit dem Hammel, der allmählich knusprig bräunt.

Hanif Abarak, gestern noch in der großen Stadt ein Mann von Welt, ist heute von den Wüstenmännern nicht mehr zu unterscheiden. Seine Anmache vorhin war unter jeder Kritik. Er selbst lebt in einer mittelalterlichen Welt, in der die Frau zum Kinderkriegen da ist und für das leibliche Wohl des Mannes Sorge tragen muss. Während ihrer Monatsblutung gilt sie als unrein. Begeht sie Ehebruch, wird sie erschlagen. Aber ich soll mich dem fetten Kerl einfach hingeben? Denkt er, westliche Frauen sind jederzeit zu haben? Ihn anspucken ist das Geringste, was mir dazu einfällt.

Ich drehe mich weg und sehe, dass sich zwei Frauen bereit machen, Wasser vom Brunnen zu holen. Sie legen sich an einer Schnur zusammengebundene Kanister – also zweimal zwei – auf die Schultern.

»Darf ich mit?«, frage ich Siana, die neben mich getreten ist.

»Ist anstrengend für jemand, der das nicht gewöhnt ist«, meint sie. Gleichzeitig drückt sie mir einen Plastikkanister in die Hände. »Wenn du darauf bestehst, bitte sehr.«

»Aber sie tragen vier«, sage ich.

»Schau mal, ob du diesen hier schaffst, hm?«, grinst sie und stellt mir die Frauen vor. Eine heißt Raja, die andere Selin, ihr Nicken sieht nicht besonders erfreut aus, egal, ich will mit.

Als wir an den Männern vorbeigehen, wirft Karoum mir einen spöttischen Blick zu. Sofort schnürt es mir die Luft ab. Ich werde ihm schon zeigen, was ich alles schaffe.

Ungefähr zwei Kilometer laufen wir durch die steinige Wüste zum Brunnen. Obwohl es bereits fünf Uhr ist, prasselt die Hitze unvermindert. Mein Körper brennt, ich bleibe hinter meinen Begleiterinnen zurück, immer wieder muss ich aufholen. Der Kanister schlägt dumpf gegen meinen Schenkel, ich bin erschöpft. Die zwei vor mir plaudern vergnügt; ihre Schritte sind gleichmäßig, während ich dahin stolpere.

Rund um die Wasserstelle wachsen Palmen. Ein paar angeleinte Ziegen zupfen an mageren Grasbüscheln. Mit einer Kurbel dreht Selin das Seil, an dem ein rostiger Eimer hängt, nach oben. Ich beobachte genau, wie sie und Raja vorgehen, damit ich es richtig mache, wenn ich dran bin. Es sieht einfach aus, aber als ich an die Reihe komme, ist sogar das Drehen der Kurbel zu schwer. Die beiden schauen mir interessiert zu, diese Raja lacht auf, scheint sich über mich lustig zu machen, aber Selin hilft dann. Die nächste Aufgabe, das kostbare Wasser in den Kanister zu gießen, geht bei mir leider nicht ohne Verlust ab. Neben mir schüttelt Selin den Kopf und ich entschuldige mich zähneknirschend. Meine Ungeschicklichkeit ist wirklich zum Verzweifeln.

Endlich sind alle Plastikkanister gefüllt. Eine kleine Pause wird eingelegt, um Kraft für den Heimweg zu tanken. Im Schatten einer Palme hocken wir uns hin, Raja holt ein paar Feigen aus ihrer Kaftantasche, bietet mir auch welche an. Die saftige Süße bringt meine Lebensgeister zurück. Weil ich kein Wort von dem verstehe, was sie sagen, schlendere ich wieder zum Brunnen und beuge mich über den Steinrand.

Weit unten spiegelt sich ein Pünktchen Sonnenlicht auf dem Wasserkreis. Sich jetzt fallenlassen, die Tiefe zieht mich magisch an, ein Gefühl, das ich kenne. Auf Hochhäusern verspüre ich diesen Wunsch auch. Ich umklammere den Rand, keuche im Kampf gegen die Höhenangst. Auf dem Grund erscheint Karoums Gesicht, lockend, verführerisch, die Lippen leicht geöffnet zum Kuss.

»Mein Wüstenprinz«, stammele ich geblendet, strecke die Arme nach ihm aus, will ihm entgegenstürzen. Plötzlich verzerrt sich sein Antlitz, verschwimmt mit dem Wasser, das in Bewegung gerät. Und dann taucht es auf, das Krokodil. Reckt den Kopf empor, aufgerissen das Maul. Erschrocken zucke ich zurück. Doch die Bilder kommen schneller als Zeitraffer, bannen meinen Blick.

Angefangen hat es mit fünf. Ich war kurz vor dem Einschlafen, lag gemütlich in die Decke gekuschelt und schaute mir gerade Don Quichottes Kampf mit der Windmühle an.

»Verwegen«, flüsterte ich. Das war zu der Zeit mein Lieblingswort. Als ich die Seite in dem schweren Märchenbuch umblätterte, rutschte es mir aus den Fingern, und flapp, schlug es auf dem Boden auf. Ich beugte sich über den Rand und entdeckte in der Finsternis unter dem Bett das Krokodil. Es schnarchte leise.

Kaum wagte ich zu atmen und zog mich, ohne das Buch aufzuheben, auf die Matratze zurück. In der Hoffnung, das Ungeheuer würde weiterschlafen, löschte ich die Lampe auf dem Nachttisch und starrte mit großen Augen aus dem Fenster.

Der Silbermond war fast voll und tauchte das Kinderzimmer in kaltes Licht. So ein riesiges Krokodil unterm Bett war nicht lustig. Vor allem, wenn man aufs Klo musste. Ich raufte mir die dichten, kastanienbraunen Locken. Sie reichten mir bis zum Schulterblatt und würden in der Früh ganz verknotet sein. Dann schimpfte Papa sicher mit mir, käme nicht durch mit der Bürste. Täglich vor dem Frühstück flocht er mein Haar zu zwei Zöpfen, damit es nicht verfilzte.

In meiner Angst vor dem Tier und der Not, nicht aufs Klo gehen zu können, war es mir egal, ob das Bürsten schmerzen würde. Wenn es überhaupt ein Morgen gab für mich.

Ich saß auf dem Bett und blickte weiterhin aus dem Fenster, durch dessen Fugen die Kälte hereinkroch. Die Zweige des alten Nussbaums zerschnitten dem Mond das Gesicht, sie bogen sich im Wintersturm. Als ein Käuzchen schrie, bekam ich noch mehr Angst. Papa war auf Geschäftsreise. Deswegen lauerte das Vieh unterm Bett. Es war aufgewacht, ich hörte deutlich seine Zähne klappern. Meine klapperten ebenso, ich wickelte mich fest in die Decke. Das Krokodil war das Schlimmste, aber auch die Puppe, die auf dem runden Tischchen aus Peddigrohr saß und mich aus den Glasaugen anstarrte, war nicht ohne. Die Glatze glänzte anklagend – ich hatte die dummen blonden Locken vor einigen Wochen zuerst mit der Schere und dann mit Papas Rasierer bearbeitet.

Mutter schlief, sie fürchtete nichts auf der Welt, außer vielleicht Papas Ärger.

»Ich muss aufs Klo!«, rief ich endlich, schrie. »Dringend!«

Mutter, stürzte herein. Das Haar zerzaust, schaltete sie das Deckenlicht an. Der Ballon aus Reispapier tauchte das Zimmer nun in warmes Licht. Es war zu spät, heiß lief das Wasser aus meinem Bauch, ich hielt mir die Hände vors Gesicht.

»Du hast ja ins Bett gemacht«, sagte sie, »wie scheußlich«, und schubste mich von der Matratze hinunter. »Mit fünf geht man zur Toilette. Gleich schieß ich dich auf den Mond.«

Mit zwei Sätzen sprang ich in den roten Schaukelstuhl, den Papa mir zum Geburtstag geschenkt hatte. Ich zog die Beine an.

»Auf dem Mond sind wenigstens keine bösen Viecher unterm Bett«, flüsterte ich, damit sie es nicht hörte und keine ihrer schroffen Antworten geben konnte. Der rüde Ton tat mir oft weh, Papa sagte dann, dass Margarethe es nicht so meine, nur nicht anders könne. Ein neues Nachthemd aus dem Schrank flog mir um die Ohren, Mutter zog das Bett ab.

Darunter lag ein tiefer Schatten, obwohl nun Licht brannte. Ich plumpste vom Schaukelstuhl, als ich mich vorbeugte, um das Krokodil zu sehen. Es war fort. Verjagt von all dem Lärm.

Rasch schnappte ich die Glatzkopfpuppe und stopfte sie in die Spielzeugtruhe, dann legte ich mich auf das frische Leintuch, stolz auf Mutter, auch wenn sie beim Hinausgehen die Tür zugeknallt hatte.

Morgen würde Papa wieder daheim sein, ich musste ihm berichten, dass Margarethes Geschimpfe sogar Krokodile in die Flucht schlagen konnte.

Ich schloss die Augen, wollte mich dem Schlaf hingeben, mich fallenlassen. Schwindel erfasste mich. Karoums Gesicht, so nah, lockende Blicke. Es wäre so einfach.

Und dann ein Schrei: »Attention!«

Ich werde vom Brunnenrand weggerissen. Raja schaut mich entsetzt an, ihre Freundin greift sich an den Kopf. Ich schäme mich.

»Allez«, seufzt Selin und reicht mir ein kleines Kissen aus der Beuteltasche ihres Kaftans. Sie zeigt mir, wie ich den Kanister, der fünfzehn Liter Wasser fasst, schultern soll. Nach dreihundert Metern glaube ich, unter der Last zusammenzubrechen. Ich werde stürzen, liegenbleiben und willkommener Fraß der Wüstentiere sein. Schwitzend stolpere ich weiter und denke an Karoum, den Blick festgesaugt an den gestickten Blumen auf Rajas Gewand vor mir. Erst zähle ich die Blüten, dann die Blätter an den Stängeln, befasse mich mit den Farben vom Saum aufwärts. Als ich das Schulterblatt erreiche, sehe ich die Dorfmauer vor mir. Geschafft. Ich schnaufe glücklich auf, meine Mutprobe habe ich bestanden.

Hanif nickt anerkennend. Insgeheim freue ich mich, vielleicht habe ich mir jetzt Respekt verschafft, obwohl Karoum keine Miene verzieht. Bis zum Hochzeitshaus schreite ich wie eine Königin. Eine der älteren Frauen eilt herbei, nimmt mir die Last ab. Beide Schultern schmerzen höllisch, da ich auf dem Weg immer wieder den Kanister von der einen auf die andere wechselte. Erschöpft sinke ich zu Boden. Wasser trinken, nie mehr aufstehen. Siana lobt mich, bringt mir Coca Cola und ein Schälchen mit geschälten Mandeln.

»Warum kein Wasser? Jetzt ist es ja da?«

»Weil Coca Cola leichter zu beschaffen ist.« Sie lächelt gutmütig.

Ich schiebe das Hemd von den Schultern. Sie sind geschwollen, gerötet und blau durchzogen. Ein kapitaler Bluterguss.

»Bei uns sind die Muskeln hart wie die Steine da draußen. Komm jetzt, lass uns feiern.« Siana zieht mich vom Boden hoch und mit sich.

Die Jungvermählten begegnen sich zum ersten Mal heute beim gemeinsamen Essen auf dem Dorfplatz, ehe sie sich ins Hochzeitshaus zurückziehen werden. Mein Herz klopft aufgeregt, als wäre ich selbst die Braut.

Die beiden nehmen nebeneinander Platz, sehen sich zärtlich an und füttern sich gegenseitig mit den kleinen Häppchen.

»Einhundert Stücke Fleisch müssen gekocht werden, dann kommen einhundert Eier dazu. Damit ihnen niemals die Nahrung ausgehen möge«, flüstert Siana neben mir. »Erst wenn sie gesättigt sind, essen die Gäste davon.«

Wie aufgeregt die Brautleute sind. Ihre Hände zittern, es rührt mich zu Tränen. Nach wenigen Bissen haben sie genug und erheben sich. Von den Familien begleitet, tritt das Paar ins Haus. Im Fenster wird eine Gaslaterne angezündet.

»Sie erlischt, sobald der Bräutigam das Bettlaken herausbringt«, erklärt Siana mir das Ritual, »in der Zwischenzeit feiern wir.«

Mit Sonnenuntergang ist es kühl geworden, mich fröstelt. Meine neue Freundin bringt mir ein Schultertuch. Zwei verschleierte Frauen führen zu eindringlichen arabischen Klängen einen Bauchtanz vor.

»Ich sehe ja ihren Bauch nicht.« Ich muss kichern.

»Das sind die traditionellen Kostüme bei uns in Tunesien. Nur in den Nachtklubs für die Touristen zeigen die Tänzerinnen sich halb nackt.«

Die Schleiergewänder wehen im stampfenden Rhythmus der Melodie, die mit zwei ledernen Dudelsäcken und Trommeln gespielt wird. Die Festgäste applaudieren und schreien dazu.

Wenn ich noch einmal in die Hände klatsche, pinkle ich mich an. Ich muss eine Toilette finden. Seltsam. Die Hitze sollte jegliche Feuchtigkeit aus meinen Zellen gesaugt haben. Für das Dorf gibt es nur eine Latrine, Kanalisation ist hier unmöglich; Siana beschreibt mir den Weg.

Die Senkgrube liegt am Ende der Häuser an der Mauer zur Wüste. Vielleicht fließt auch alles hinaus in den Sand, denn es stinkt. Ich sorge mich um meinen Hintern in der Dunkelheit, aber weder Schlange noch Skorpion beißen mich. Auf dem Rückweg entdecke ich eine Koppel, in der die Kamele ruhen. Sichtlich handelt es sich um eine arme Gemeinschaft, ich zähle ganze vier der Wüstenschiffe. Wahrscheinlich gibt es solche Karawanen, wie ich sie auf der Fahrt hierher fantasiert habe, gar nicht mehr.

Eine Gestalt nähert sich, verharrt. Karoum.

»Bonsoir.« Ich schlucke.

Er schweigt, reißt mich an sich und küsst meine Lippen, wild und hart. Genauso plötzlich lässt er los und schlägt den Weg zur Latrine ein. Ich suche Halt an einer der Palmen.

»Mon dieu, Helene!«

Ich öffne die von Sand und Sonne entzündeten Augen. Besorgt rüttelt Siana mich an der Schulter. Meine Beine kribbeln, der Rücken brennt wie Feuer. An den Palmenstamm gelehnt, muss ich eingeschlafen sein, die Nacht hat sich über die Wüste gesenkt.

»Ich habe dich schon überall gesucht. Du bist unser Leben nicht gewöhnt.« Sie lacht und hilft mir auf.

Wir gehen zum Dorfplatz zurück. Dort ertönen rundum Pfiffe und »Ah«- sowie »Oh«-Rufe. Alle jubeln und ich mache wie ferngesteuert mit. Habe ich den leidenschaftlichen Kuss unter der Palme geträumt? Mein Blick sucht Karoum.

Er steht bei den Männern und applaudiert gemeinsam mit ihnen dem Frischvermählten, der stolz das Laken präsentiert, dessen Mitte ein kleiner Blutfleck schmückt. Sein Haar ist zerrauft, das Gesicht müde vor Anstrengung und vielleicht auch vor Glück. Karoum geht auf ihn zu, drückt ihm einen Hammer und Nägel in die Hand. Zusammen schlagen sie das Tuch an die Tür.

»Der Bräutigam ist Karoums Cousin«, erklärt Siana, »deswegen darf er von ihm unterstützt werden.«

Nach diesem letzten Ritual wird die Laterne in der Fensternische gelöscht. Mein Wüstenprinz umarmt seinen Cousin und schubst ihn liebevoll zurück ins Hochzeitszimmer. Seine Zähne leuchten in der Dunkelheit, sein Lachen ist breit.

»Nun ist es Zeit, heimzufahren, das Fest ist vorbei.« Siana reicht mir die Hand. »Mein Haus ist dein Haus, solltest du jemals wieder in unsere Gegend kommen. Glück auf allen deinen Wegen.«

Ich weiß nicht, was ich sagen soll und umarme sie.

Hinter uns warten schon Hanif und Karoum, um nach Tunis zurückzufahren. Kaum sitze ich auf der Rückbank des Wagens, dämmere ich ein. Wenn der Jeep über Steine rumpelt, schrecke ich auf. Dann höre ich die Männer vorne plaudern und lachen. Sie scheinen sich über Frauen zu unterhalten, es fällt der Ausdruck *putain*, was Hure bedeutet. Wahrscheinlich beliefert Abarak die Prostituierten Tunesiens mit den Dessous, die er bei mir bestellt hat. Schnell döse ich weiter.

Die Sonne steht hoch, als ich aufschrecke. Ich habe geträumt, will die Bilder nicht sehen, weiß, dass es scheußlich war. Mein Herz hämmert, mein Körper klebt vor Schweiß. Die Realität ist nicht tröstlich, vor mir, neben Karoum, schnarcht Hanif mit offenem Mund.

Gegen Mittag erreichen wir mein Hotel. Karoum hilft mir beim Aussteigen. »Bonnuit, Mademoiselle.« Kühl und höflich. Nichts an ihm zeigt mir einen Hauch der Leidenschaft seines Kusses in der Wüste.

»Ruhen Sie gut aus, Helene!«, ruft Hanif, der mittlerweile aufgewacht ist, »ich melde mich morgen wegen der Dessousmodenschau, ma chère.«

»Niemals!«, schießt es mir heraus, und in dem Moment weiß ich, dass damit der Auftrag verloren ist.

Ich stolpere durch die Halle zum Lift, fahre nach oben. Erst im Zimmer, beim Anblick des unberührten Obstkorbes auf dem Tisch, durchflutet mich Verzweiflung. Ich habe Hanif Abarak vertrieben, Papa wird sauer sein.

Nach dem Zähneputzen esse ich eine Orange und denke an Karoum. Wie konnten meine Fantasien so weit gehen, den gestrengen Mann aus der Wüste solcher Taten zu bezichtigen? In meinem Traum auf der Heimfahrt hat er mich von hinten gevögelt und danach als »Putain« beschimpft. Was bin ich nur für eine furchtbare Person. Widerlich schmeckt die Frucht, nach Zahnpasta. Ist schon recht so, ich verdiene es nicht besser, so wie ich bin.

In der Wut verpasse ich mir einen Kinnhaken. Das reicht nicht, tut noch viel zu wenig weh. Ich ohrfeige mich, bis meine Wangen glühen.

Zur Strafe dusche ich mit brennend heißem Wasser, eine Gänsehaut der Abwehr überzieht meinen Körper.

»Gut so, du saudummes Luder«, keuche ich und genieße den Schmerz. Unglücklich krieche ich ins Bett. »Ich bin nicht liebenswert. Ab sofort muss ich jenen, die mir gefallen, ausweichen, es dürfen keine Fehler mehr passieren.«

Vor dem Check-in tippt ein Finger auf meine Schulter. Ich drehe mich um, Karoum steht vor mir.

Er wolle Adieu sagen und sei erfreut gewesen, mir sein Dorf zeigen zu können. Lächelnd drückt er mir seine Visitenkarte in die Hand.

»Sollten Sie wieder einmal mein Land besuchen, rufen Sie an, hier gibt es noch viel Schönes zu sehen.« Sein Gesicht verdüstert sich plötzlich, er fährt verlegen durch sein Kraushaar. »Hanif Abarak ist ein verdammter Lügner. Er bezeichnete Sie als leichtes Mädchen. Ich hätte mir nicht erlaubt, Sie zu küssen, wäre ich darüber im Bilde gewesen, dass Sie eine Firma führen. Ver-zeihen Sie bitte.«

Wie betäubt höre ich mir das an. Er hat mich nur geküsst, weil er dachte, ich bin eine Hure. Nur deshalb begehrte er mich?

»Warum hat Hanif das getan?«

»Vielleicht hat er Ihre Freundlichkeit als Aufforderung verstanden, und nachdem nichts weiter folgte, ist er wütend geworden. Es tut mir sehr leid«, antwortet Karoum. Er deutet eine Verbeugung an. »Vielleicht sieht man sich wieder, Mademoiselle, wenn Allah es wünscht.«

Der Saum der weißen Djellaba tanzt um seine Füße, während er dem Ausgang zustrebt.
»Ich hätte dich lieben können«, flüstere ich.

2.

»Helene, Süße, du musst einfach nach London kommen!« Gwen kreischt. »Zu unserem Fünfundzwanzigjährigen. Wir können sozusagen silberne Hochzeit feiern.« Sie lacht so laut, dass ich den Hörer weit weghalten muss. Typisch Gwen.

Zwei Wochen hat es gedauert, Papa davon zu überzeugen, dass ich nun eine Auszeit brauche. »Über vier Jahre habe ich jetzt praktisch ohne Urlaub gearbeitet, es steht mir zu, eine Art Sabbatical zu nehmen.« Ich kämpfe.

Papa hält dagegen: »Sprichst du von einem ganzen Jahr? Das kannst du vergessen. Wer soll denn statt deiner die Akquise und Werbung betreuen?«

Jetzt habe ich ihn, darf wieder einmal stolz auf mich sein.

»Aber nein, Papa, das verlange ich doch gar nicht. Zwei, drei Monate reichen mir schon. Ich möchte ein bisschen reisen, ich kenne so wenig in Europa, verstehst du das nicht?«

Sichtlich erleichtert atmet er auf, sagt aber streng: »Dann bereite alles so vor, dass Frau Berta dich vertreten kann.«

Ich falle ihm um den Hals.

»Mach keine Dummheiten, Helene«, murmelt er in mein Haar hinein, »ich will mir keine Sorgen machen müssen.«

»Ich bin fast dreißig, Papa«, erinnere ich ihn behutsam.

*

Beim Wiedersehen in Heathrow reißt mich Gwen in ihrem Überschwang ums Haar zu Boden. Sie ist noch üppiger geworden seit unserer letzten Begegnung in Wien vor ein paar Jahren, wirkt wie eine Matrone.

»Du hast dich lange nicht fortgewagt von daheim.« Lauter ist sie auch geworden.

»Jetzt hat mich das Fernweh gepackt. Bin froh, dass Papa es versteht.«

Gwen kugelt neben mir durch die Empfangshalle des Flughafens zum Parkplatz. »Und Margarethe, was sagt die?«

»Weiß ich nicht, derzeit plaudert sie mit den Hagebutten und Vogelbeeren, Herbst, du weißt.«

Meine Freundin lacht aus vollem Herzen. »Solange sie nicht mit ihren Wühlmäusen verhandelt …«

Sie redet und redet, bis sie ihren Minicooper in der Portobello Road parkt.

Im fünften Stockwerk des abgewohnten Hauses stößt sie den Fuß gegen die pink lackierte Wohnungstür, die nach dem zweiten Tritt auffliegt.

»Hast du denn keine Angst vor Einbrechern?«, staune ich.

»Nein, ich sperre nicht ab. Ein neues Schloss ist mehr wert als der Dreck, der hier herumliegt.«

Sperrmüllmöbel. Überwürfe, berauschend. Ich versinke im Sofa, eine Sprungfeder sticht mich in den Hintern. Gwen kocht Tee und ich nehme Schwung, aus der Tiefe aufzustehen.

»Das Wasser der Stadt ist Weltklasse dafür. Earl Grey mit einem Schuss Rahm?«

»Gern.« Das Tablett, ein altes, versilbertes Schmuckstück, trage ich zum Couchtisch, setze mich wieder.

»Jetzt sag«, sie baut sich vor mir auf, »was hast du die ganze Zeit getrieben, außer Unterhosen genäht?«

Nach einem Schluck Tee sinke ich in die Kissen zurück.

»Ich verkaufe Unterhosen an Großabnehmer, nähen tu ich sie schon lange nicht mehr. Und die Public Relation mache ich auch.«

Als sie sich neben mich aufs Sofa wirft, bebt das ganze Zimmer. Ihr Lachen ist tief und herzlich, ich fühle, wie sehr ich diese laute, liebe Freundin vermisst habe. Geräuschvoll trinkt sie ihren Tee.

»Hast du mittlerweile einen Mann an Land gezogen, Süße?«, forscht sie weiter.

»Ich schaff das nicht«, antworte ich ehrlich, »bin zu blöd und vermassle alles.«

»Oh, armes Mäuschen.« Zärtlich tätschelt sie mein Knie. »Ich hab auch niemanden, ich brauch keinen von diesen Idioten.«

Vielleicht wäre das eine gute Lösung, sich von Männern komplett fernzuhalten, so wie ich es die letzten Jahre getan habe.

Monsieur Abarak hatte sich schließlich doch besonnen und die Bestellung der Unterwäsche bestätigt und bezahlt. Papa war wirklich nicht begeistert gewesen von der Summe.

»Da haben dein Hotel und der Flug mehr gekostet«, sagte er grantig. »Darauf lasse ich mich nicht mehr ein, dich auf Akquise durch die Welt zu schicken.«

Ich denke noch oft an Karoum. Ob deswegen, weil er ein unerfüllter Traum geblieben ist, oder weil ich mich, weniger feige und unsicher, dafür hätte entscheiden sollen, Wien abzublasen und einfach dortzubleiben? Zu prüfen, ob es Liebe war, die trug?

Im Grunde habe ich mit meinen dreißig keinen Schimmer, wie Liebe sich anfühlt. Ich sehne mich nach etwas, wovon ich nicht weiß, was es ist.

Am Nachmittag spazieren Gwen und ich eingehängt über den Flohmarkt. Da steht einer und bewegt zwei kniehohe Marionetten. Und wieder höre ich: »He's a real nowhere man, sitting in his nowhere land, making all his nowhere plans for nobody ...«

Diesmal aus einem Kassettenrekorder. Was schrieb Bertolt Brecht einst? »Mach nur einen Plan, sei ein großes Licht. Mach noch einen zweiten Plan: Gehen tun sie beide nicht.« Eben.

Die Figuren tanzen zur Melodie; ich erkenne sie: Nowhere Man und George Harrison. Der Beatle schlenkert überlange Arme und Beine im Rhythmus, die andere Puppe, ich kann es kaum glauben, zwinkert mir zu. Ich gehe in die Hocke, um sie genauer zu betrachten.

»Na, Mädchen, wie wär's? Du könntest mir einen Gefallen tun, indem du mich mit dir nimmst.«

»Ich werde dir keine Hilfe sein, Kleiner«, gebe ich zu bedenken.

»Ich fühle mich ziemlich verloren in dieser Welt, und da wir beide Nobodys sind, würde es sich anbieten«, sagt Nowhere Man zu mir. Ja, denke ich, ihm geht es nicht anders, eine verwandte Seele.

Kurzentschlossen kaufe ich das einsame Kerlchen in dem braunen Plüschfell. Aus einer Kiste hinter sich holt der Puppenspieler Ersatz heraus. Darin liegt auch ein Affe, starrt mich aus glitzernden

Glasaugen an. Oftmals habe ich einen Traum, in dem ein großer Pavian eine beängstigende Rolle spielt.

Der Nowhere Man in meinen Armen sagt: »Ich bin ja jetzt bei dir, Liebes.«

Nach Sonnenuntergang treibt uns die Herbstkälte nach Soho zu einem Chinarestaurant.

»Ein gigantisches Essen und dennoch preiswert«, sagt Gwen, »die Schlitzaugen können sich das leisten, ist ja alles eine Mafia. Die leben gar nicht von den Restaurants, die nur der Geldwäsche dienen.« Sie zwinkert verschwörerisch.

Diese Hetze erschüttert mich, sie hat doch früher nicht alles in einen Topf geworfen?

Während wir durch die Scheiben ins Lokal blicken, spiegelt sich ein Mann darin. Er steht hinter uns, sein Blick brennt.

In der Auslage hängen Pekingenten kopfüber in Reih und Glied. Ihre Augen sind geschlossen. Ich schaue so lange hin, bis mir eine zuzwinkert. »Hallo«, antworte ich höflich.

Zu mehr kommt es nicht, weil Gwen mich durch die Tür drängt. Hier ist nichts zu sehen vom derzeitigen Trend des unterkühlten Designs, der Neonfarben, der scharfkantigen Tische und Stühle. Stattdessen rote Stofftapeten, Goldschnitzereien und überall Fransen. Leise chinesische Musik erklingt, und ebenso leise tritt die Kellnerin an unseren Tisch. Sie faltet die zarten Hände vor der Brust und verneigt sich. Fast bin ich versucht, aufzustehen und ebenfalls auf die asiatische Art den Gruß zu erwidern. Dann trifft mein Blick Gwen, die die Mundwinkel abwärts zieht. Sie bestellt lauthals Pekingente, ein Gericht für zwei Personen.

»Den Rest lasse ich mir einpacken. Und was nimmst du?«, fragt sie. Ich wähle die Fastenspeise des Buddhas.

Die kleine Chinesin serviert Jasmintee. Gwen greift über den Tisch und schnappt sich den Nowhere Man von meinem Schoß, lässt ihn tanzen und singt dazu: »Alle meine Entchen schwimmen auf dem See ...«

In der Auslage entsteht Unruhe. Ich schaue gespannt zu, wie die rot glänzenden Enten die Haken aus ihren Hälsen ziehen. Sie formieren sich und springen, eine nach der anderen, von der Rampe ins Restaurant. Ihre Flügelhände mit kleinen Fingerspitzen umklammern Tranchierbeile, und die federlosen Enten marschieren in einer langen Reihe auf unseren Tisch zu.

»Bestell die Pekingente ab«, flehe ich meine Freundin an, »das ist nur, weil du so unhöflich zur Kellnerin warst.«

Gwen, die mit dem Rücken zum Geschehen sitzt, singt weiter, »... Köpfchen tief im Wasser ...«, als sie der erste Schlag mit dem Beil trifft. Mit brechender Stimme flüstert sie: »Aber wir sind doch Freundinnen.« Blut tropft von ihrer Stirn.

Ich reibe mir die Augen, stürze zur Toilette und erbreche mich. Grüne und schwarze Federn schwimmen in der Kloschüssel.

Langsam beruhigt sich mein Magen, ich sehe mich um. In dem Waschraum sind die Wände mit roten Kacheln gefliest, auf jeder fünften ein kleiner grüner Drache.

Ich schaue mich im Spiegel an, das Gesicht weiß wie das Nachthemd, das ich in jener Nacht trug, frierend im nächtlichen Vorzimmer, Papas verbalen Prügel Margarethe gegenüber lauschend. Das Krokodil, auch ein kleiner Drachennachfahre, an meine atemlose Brust gedrückt. Irgendetwas war falsch damals, ich kann es nicht greifen, das macht mich noch verrückt. Mir schwindelt, ich stütze mich an den Fliesen ab, berühre einen der Drachen, möchte mich an ihm festhalten. Doch er ist nur aufgemalt, er bietet keinen Schutz.

Niemand beschützt mich. Nicht einmal jetzt, während ich mir die Seele aus dem Leib gekotzt habe.

Und immer noch befinde ich mich in meinem eigenen Niemandsland. Bin ein Niemand, der sich auf dem Flohmarkt einen Niemand gekauft hat.

Der Schwindel lässt nach, ich wasche mein Gesicht, gehe an den Tisch zurück. Die Pekingenten hängen still in der Auslage, und Gwen vertilgt ihr Essen. Die Fastenspeise Buddhas steht an meinem Platz, und der Nowhere Man sitzt auf dem Stuhl und grinst. Ich kann es sehen.

Neben meinem Teller liegt eine rote Gladiole.

»Woher kommt die?« Ich streichle die seidige Blüte, nehme sie hoch und rieche an ihr. Sie verströmt einen leichten, verführerischen Duft.

»Ein Kerl hat sie verteilt, mit einem Flyer für eine Revue, ist schon wieder weg. Was macht eigentlich Selma?«

»Sie ist keine Schauspielerin geworden und lebt in der elterlichen Villa im Wienerwald.« Ich spiele mit den Blütenblättern und lese das Flugblatt.

Gwen mault eine Weile, ehe sie mir erlaubt, ohne sie loszuziehen. Dass ich sie liebe und trotzdem manchmal allein sein will, steht für mich in keinem Widerspruch. Immerhin ist sie heute früh nett und toleranter der Welt gegenüber als gestern beim Chinesen. Erst, als ich sie frage, seit wann sie Menschen in Schubladen stecke, verschließt sich ihr Gesicht. »Ich bin einsam.«

Und was ist mit meiner Einsamkeit? Ich schweige, will nicht weiterreden und gehe. Auf dem Piccadilly treibt mich die Masse an Menschen mit sich, ich genieße die Anonymität. Schließlich stehe ich vor dem Erosbrunnen, setze mich auf die von der Oktobersonne erwärmte Treppe. Der Göttliche schwebt mit ausgebreiteten Schwingen vor dem wolkenlos blauen Himmel hoch über mir. Mit einem Mal fühle ich, dass sein Pfeil mich jetzt gleich treffen wird. Es muss sein, es ist Zeit.

»Ich sah Sie gestern beim Chinesen«, sagt ein schwarz gekleideter Mann. Er steht drei Stufen unter mir, sein Blick brennt.

Ich sehe auf seine Hände. Feingliedrig, durchscheinend weiß die Haut, die Finger lang, sogar der kleine. In der Linken hält er eine rote Gladiole. Die dunklen Haare reichen ihm bis über den Hemdkragen, er streift sich eine Strähne aus dem Gesicht und reicht mir die Blume.

»Sie standen hinter uns bei den Pekingenten vor der Auslage. Plötzlich waren Sie fort«, erinnere ich mich.

»Ich war auf Werbefeldzug durch die Lokale.« Lächelnd.

Ich verliere mich in seinen Augen, sie betrachten mich weich und wild zugleich. In dem Moment verschwindet Karoum, der Wüstenprinz, im Brunnen des Vergessens.

Robert, wie er sich vorstellt, ist nicht von herkömmlicher Schönheit; nur wenig größer als ich, zierlich, die Schultern etwas nach vorn gebeugt. Das Gesicht erinnert an einen Raubvogelkopf, scharfgeschnitten die Nase, ausgeprägte Nasolabialfalten bis zu den Mundwinkeln, die Lippen schmal, doch wohlgeformt.

Er lächelt mich unverwandt an, ich spüre seine charismatische Aura und hoffe, dass er es ist, nach dem ich mich sehne.

Im Pub, in den er mich geführt hat, legt er die Hände auf den Tisch.

»Außergewöhnlich«, sage ich.

»Mein täglich Brot.«

»Wie haben Sie mich gefunden?«, frage ich. »Am Circus ist weiß

Gott genug Trubel, wie gibt es das denn?«

»Schicksal.« Er schenkt mir für diesen Abend zwei Karten.

»Ich kann nicht.« Ich denke an Gwen, die mich doch für sich haben möchte.

»Bitte.« Seine kastanienbraunen Augen glänzen.

»Du kommst nach London, spazierst über den Circus und triffst einen Artisten.« Gwen ist wider Erwarten begeistert, als ich ihr von der Begegnung berichte und die Karten zeige.

Das Revuetheater liegt in der Nähe der Westminster Abbey in der Circus Road, rot bespannte Wände, plüschiges Ambiente. Unsere Plätze befinden sich in der Mitte der ersten Reihe.

»Das nenn ich Protektion, meine Süße.« Gwen freut sich, aber mir ist das peinlich, ich wäre lieber diskret irgendwo hinten im Publikum gesessen.

Ein klassisches Programm läuft ab. Trapezkünstler in Lamé-Overalls aus Südamerika, ein Zauberer im Frack mit Kaninchen im Zylinder und einer Dame, die er zersägt. Eine Nummer, in der Pudel in Apricot durch flammende Reifen springen, angeführt von einer üppigen Frau, deren Dauerwellenlöckchen wie das Fell der Hunde gefärbt sind. Zwischen den Darbietungen die typischen Spaßnummern von zwei Clowns.

Einer von ihnen agiert in Frauenkleidern, und jedes Mal, wenn der andere in seinen übergroßen Schuhen hinfällt, dreht er dem Publikum den Rücken zu, streckt den Hintern vor und rafft den Rock. Auf seiner Unterhose steht: »Total Asshole«. Die Zuschauer pfeifen und grölen.

Meine Spannung steigt, je weiter sich die Show der Halbzeit nähert, denn danach tritt der Messerwerfer auf. In der Pause muss Gwen eine Zigarette haben.

Auf der Straße sagt sie: »Jetzt bin ich aber gespannt auf deinen …«

»Robert. Nicht mein.« Doch insgeheim wünsche ich es mir. Mein Robert.

Als wir in den Saal zurückkommen, steht schon ein kleiner Tisch nahe der Rampe. Darauf liegen in zwei akkurat ausgerichteten Reihen Wurfmesser mit roten Griffen. Robert betritt von links die Bühne. Sein Gesicht verborgen hinter einem Blumenmeer roter Gladiolen in den Armen. Lächelnd wirft er eine um die andere ins Publikum. Eine landet vor meinen Füßen. Ich hebe sie auf, und als ich wieder zur Bühne blicke, steht eine Assistentin im hautengen, silbernen Overall neben Robert. Er führt sie zur schwarzen Zielscheibe, die an der hinteren Wand montiert ist, schnallt ihr Lederriemen um Hand- und Fußknöchel, Taille und Stirn. Kurz betrachtet er sein Werk, wendet sich dann dem Tischchen zu.

Mein Herz steht still, als Robert das erste Messer in die Hand nimmt und sich auf die Finger haucht. Es ist ganz ruhig im Saal, vielleicht halten alle den Atem an wie ich.

Roberts Muskeln spannen das Seidenjackett am Rücken, an den Schultern. Plötzlich steckt das Messer mit zitterndem Griff neben dem linken Ohr der Frau. In rascher Folge fliegen die anderen, während die Scheibe zu rotieren beginnt. Schneller und schneller, Robert jagt ein Messer nach dem anderen über die Bühne.

Ich schließe die Augen, in meinem Kopf dreht sich alles, ich sehe, wie der Schenkel der Assistentin durchstochen wird, eine Klinge steckt in ihrem Herzen, eine im Augapfel. Blut spritzt auf die Bühne, da die Scheibe nicht aufhört zu rotieren.

Dann tost Applaus in meinen Ohren und ich öffne die Augen. Die Scheibe steht ruhig, Robert hat alle Messer geworfen. Er befreit seine Assistentin, geleitet sie zur Rampe. Sie knickst. Ihr Overall ist natürlich unbefleckt; meine absurden Fantasien. Robert breitet die Arme aus und verbeugt sich. Wieder brandet Applaus auf.

»Yes!«, schreit Robert triumphierend, »Yes!«

»Ich muss zu ihm«, sage ich entschlossen, »verstehst du das, Gwen?«

»Natürlich, geh nur, wir sehen uns zuhause. Man lernt ja nicht jeden Tag einen Artisten kennen.«

Vor dem Flur, der zu den Künstlergarderoben führt, verabschiedet sie sich mit einem anzüglichen Grinsen. Ich gehe von Tür zu Tür, schließlich finde ich jene mit Roberts Namen. Sie steht offen, ich hebe die Hand, um zu klopfen, doch im selben Moment spaziert die Assistentin, in Jeans und Rollkragenpulli, an mir vorbei. Sie schaut mich spöttisch an.

In einem schwarzen Frotteebademantel lehnt Robert am Schminktisch und cremt sich die Hände ein. Auf dem Stuhl sitzt einer der Clowns, noch in seinem Kostüm. Robert wirkt überrascht, als er mich in der Tür stehen sieht.

Doch dann lächelt er glücklich. »Komm rein.« Er deutet auf seinen Besuch. »Das ist Jack total asshole.«

Der Clown nickt mir zu, grinst. »In Wahrheit ist Robert das Arschloch, Sie werden schon sehen.«

»Hau schon ab«, sagt Robert und Jack verlässt die Garderobe.

»Schön, dass du hier bist, ich habe mir eben den Angstschweiß abgeduscht«, er zeigt auf seine feuchten Haare. »Was trinken?« Geschmeidig stößt er sich vom Tisch ab und füllt zwei Gläser mit Grenadine und Sekt, reicht mir eines. Ich nippe daran.

Robert trinkt seines in einem Zug leer, drückt mich an sich.

Sein Kuss drängend, er saugt an meiner Oberlippe, ganz

selbstverständlich. Was denn sonst?, denke ich und sage auch ganz selbstverständlich: »Ich will dich.«

»Ich weiß.« Er schlüpft aus dem Bademantel, steht im roten Minislip vor mir und ich senke den Blick. Dann kleidet er sich an. »Komm, wir gehen zu mir.«

Das Hotel ist schäbig.

»Yes«, flüstert Robert. Als er in mir explodiert, brüllt er es und rollt sich neben mich.

»Es tut mir leid«, sage ich, »ich bin nicht besonders gut in dieser Disziplin.«

Er lacht. »Ich war zu geil auf dich, zu schnell.« Er streichelt meine Wangen. Sein Körper ist drahtig und so blass wie die Hände.

Ich berühre seine Finger. »Sie sehen so zerbrechlich aus.«

»Sie sind kräftig.« Robert stützt sich auf den Ellenbogen, mustert mich. Ich schaue zur hochglanzlackierten Holzschatulle, in der er seine Messer aufbewahrt. Er folgt meinem Blick.

»Ich lasse sie niemals in einem der Theater, lieber schleppe ich mich damit ab.«

Ich stehe auf und stelle mich an den windschiefen Schrank.

»Wirf! Beweise es.«

»Was?« Erstaunt.

»Dass ich mich sicher bei dir fühlen kann, dass du mich liebst.«

»Nein!« Er kommt zu mir, presst seinen Körper an mich.

»Willst du morgen mein Model auf der Bühne sein? Wagst du es?«

»Yes«, sage ich.

Wir lieben uns die ganze Nacht, bei jedem Mal öffnen wir einander mehr. Robert führt mich geduldig in die Kunst der Liebe ein, und ich strecke meinen nackten Körper wohlig unter seinen Zärtlichkeiten. Ich denke an Django, seine grobe Umgangsweise, kein Wunder, dass ich bisher kein großes Interesse an Sex entwickelt habe.

»Ich glaube, du bist meine Liebe.« Ich werfe mich auf ihn und überschütte ihn mit Küssen.

»Liebe. Was für ein großes Wort«, lacht er.

Zwei Wochen sind es nun, die ich mit Robert in seiner Absteige verbringe. Gwen treffe ich nur ab und zu. Es entgeht mir nicht, dass sie deswegen schmollt.

»Schau«, sage ich und bestelle für sie eine zweite Portion Schokoladeneis in der besten Eisdiele Londons nach unserem Spaziergang durch Convent Garden, »ich lerne endlich wirklich die Liebe kennen, sei mir doch nicht böse.«

Um sie zu beruhigen, habe ich ihr in der Mall ein schönes XXL-Kleidchen gekauft, das sie gleich anbehalten hat. Immerhin hat sie danach aufgehört, mit mir zu schimpfen. Liebevoll und gar nicht laut sagt sie: »Ich mach mir einfach Sorgen, du bist so naiv, weißt du? Jetzt gehst du sogar auf die Bühne mit dem Typen, wo soll das hinführen?«

»Hab dich nicht so, komm mit, sieh es dir an.« Ich lache. »Ich werde doch nicht zum Schafott geführt. Robert ist ein Profi. Und nun ist er mein.«

Entsetzt schüttelt Gwen den Kopf, sie plustert sich in ihrer Üppigkeit auf, indem sie die Rüschen des neuen violetten Samtkleides um sich drapiert. Theatralisch hebt sie den Arm und legt ihn über die Stirn.

Nachher in Roberts Garderobe – Gwen ist tatsächlich nicht mitgekommen – kippe ich zwei Gläser Kir royal.

»Der Köper muss absolut ruhig bleiben.« Seine Finger spielen Klavier in der Luft.

Ich trinke ein weiteres Glas. »Jetzt bin ich ganz ruhig. Vielleicht sterbe ich heute. Ich will in einem Zustand der Erleuchtung ins Blau übergehen.«

»Du bist verrückt.« Er steckt mir die Zunge zwischen die Lippen. Es wird Zeit, ich schminke meine Augen, male den Mund dunkelrot an. Das Kostüm der Assistentin ist mir zwei Nummern zu groß. Robert verzieht das Gesicht.

»Ich weiß was«, sage ich, »hast du vielleicht ein Messer hier?« Darüber muss ich augenblicklich lachen. Er auch. Ich schneide die Beine der schwarzen Seidenhosen in Fransen, meinen roten Pulli in Streifen. »Heute nagelst du zur Abwechslung einen Punk an die Scheibe.«

Sein Lächeln wirkt abwesend, wir laufen den Flur entlang zur linken Seite der Bühne, warten auf das Zeichen für den Auftritt. In einem Aufwallen von Angst greife ich nach Roberts Hand.

»Jetzt nicht«, flüstert er heiser, schüttelt mich ab und umarmt den dicken Blumenstrauß. In seinen dunklen Augen flackert die Anspannung. Er hat auch Angst, das beruhigt mich. Als er sagt, »Du musst Arbeit und Liebe auseinanderhalten«, öffnet sich der Vorhang.

Schon hat er sein umwerfendes Lachen aufgesetzt und wirft die Gladiolen ins Publikum. Dann winkt er mich zu sich. Stolz stöckle ich in meinen Stiefeletten auf die Bühne. Robert nimmt meine Hand und verbeugt sich tief mit mir zusammen. Kerzengerade gehe ich neben meinem Messerwerfer zur Drehscheibe. Während er mir die Gurte umlegt, zischt er zwischen den Zähnen: »Das ist Arbeit – ernst wie der Tod.« Ich suche vergebens seinen Blick. Nun bin ich eine Schießbudenfigur.

Er läuft zur Rampe, zu den Messern.

Meine Schenkel fangen zu zittern an, der Tremor ergreift den gesamten Körper bis hinauf zu den Haarwurzeln. Robert tariert das erste Messer aus, wirft. Ich kneife die Augen zusammen.

Ein Luftzug, ein Aufschlag neben dem linken Ohrläppchen. Die Klinge singt eine Zehntelsekunde. Ein Einschlag nach dem anderen. Schweiß sammelt sich zwischen den Brüsten, sickert zum Bauchnabel abwärts. Dann eine kühle Hand an meinem Hals, erschrocken reiße ich die Augen auf.

»Ist gut. Alles gut«, sagt Robert und drückt den Hebel, der die Scheibe in Drehung versetzt.

Die Welt zerfällt in bunte Wirbel, Strudel, Schlieren. Durch die Lichtkreisel kriechen Amphibien aus dem brodelnden Meer ans Land. Vulkane spucken Feuerfontänen, die Erde bebt unter den Schritten der Saurier. Ein Tyrannosaurus Rex beißt den Kopf vom langen Hals eines Dinosauriers, als handle es sich um einen kandierten Apfel am Stiel. Mammuts wiegen sich vorbei, und dahinter brüllen die ersten Menschen, bewaffnet mit Stangen.

Die Drehgeschwindigkeit verlangsamt sich. Applaus rauscht in meinen Ohren. Ich wage einen Blick. Vor mir steht Robert.

»Yes! Und wieder die Liebe«, sagt er und hebt mich herunter.

In der Garderobe desinfiziert er den winzigen Schnitt an meinem Oberarm und klebt ein Pflaster darüber. Es ist eines für Kinder mit Daisy Duck darauf, das Entchen zwinkert mir mit den langen Wimpern zu.

Als wir das Theater verlassen, ist London in dichtem Nebel versunken. Vor dem Portal warten zwei junge Frauen, sie bitten Robert um ein Autogramm.

»Sie sind der Superstar dieser Show«, sagt die eine, die andere berührt ihn am Arm. »Wir verehren Sie.«

Ich weiche einen Schritt zurück. Robert zieht zwei Karten aus dem Mantel. Sie haben die Form eines Messers. In der Klinge ein Foto von Robert. Ich friere.

»Yes.« Eilig kritzelt er seinen Namen in den Messergriff, kneift die eine Frau in die Wange. »Schön aufpassen, Jack the Ripper geht bei Nebel um.« Er lacht verwegen. Mir entgeht nicht, dass er der anderen, die ihn unverwandt anstarrt, eine Telefonnummer – seine natürlich – unter das Autogramm schreibt.

»Komm«, sagt er und fasst mich um die Taille.

Ich schäme mich ein bisschen für seine Gefallsucht. Trotzdem werden mir die Knie weich, wenn er mich berührt. Jedes Mal wieder. Alle Männer sind auf eine gewisse Weise eitel, spreche ich ihn frei und verdränge meinen Unmut.

»Ich kann immer mit dir auf die Bühne. Angst habe ich keine mehr.« Bei jedem Schritt schlenkern die Streifen der Hose um meine nackten Beine.

»Wir werden sehen, Honey. Dir ist kalt.« Robert geht schneller.

»Warum willst du, dass dich das Mädchen von vorhin anruft?«

»Eine Fanbase kann man immer gebrauchen.« Er sieht verstimmt aus.

»Wieso wohnst du in dem schäbigen Hotel?«, wechsle ich rasch das Thema.

»Das machen hier alle, die auf der Reise sind.«

»Wann reist du?«

Robert lacht leise. »Ich weiß es nicht.«

Heute Nacht ist es schön in dem Zimmer. Auf dem verschlissenen Teppich, der Bettdecke, überall, wohin ich schaue, sind rote

Gladiolen verstreut. Innerlich juble ich, bestimmt will er mich fragen, ob ich seine Frau werden möchte.

»Ein Freudenfest dir zu Ehren, du hast einen Auftritt mit mir gehabt, und ich habe dich nicht getötet.« Robert sinkt müde in den Lehnsessel. Er verschränkt die Arme im Nacken. »Hast dich gut angestellt«, sagt er, »ich kündige meiner Assistentin, sie geht mir schon lange auf die Nerven.«

»Du meinst, deiner Geliebten.« Ich lege mich auf den Teppich, mit beiden Händen schaufle ich Blumen über mich.

»Du bist doch auf der Reise, sagst du. Lass uns nach Rom fahren, da ist es wärmer als hier.«

»Ich gehe dorthin, wo ich ein Engagement kriege, bin kein Gigolo, der sich von einer reichen Bitch aushalten lässt!« Scharf.

In dem Moment weiß ich, dass er keine Ahnung von mir hat, ich schüttle die Blüten ab.

Er steht jetzt über mir, funkelt mich an, das Gesicht verzerrt. Das tut weh! Ich krümme mich wie unter Schlägen. Seine Fingernägel, zehn Zentimeter lang, Dolche, kratzen meinen Rücken blutig, die Schenkel. Der Geruch von Schwefel nimmt mir den Atem, auf den kahlen Hügeln, in den schroffen Klüften lodert Feuer. Geier kreisen über der Schlucht, in der ich an einen Felsen gekettet bin. Rundum kreischen und lachen die sieben Todsünden, am lautesten Superbia, die Messer auf mich schleudert.

»Kennst du Rom? Haben die Revuetheater dort?«, lenkt Robert ein, setzt sich zu mir auf den Boden und streichelt mich. Zart hängt der Duft der Gladiolen im Zimmer. Wir schlafen miteinander, alles fühlt sich gut an. Getröstet gehe ich ins Bad, aber als ich zurückkomme, telefoniert er, flirtet offensichtlich, schäkert, ohne sich um meine Gegenwart zu scheren.

Ich reiße ihm das Telefon aus der Hand. »Ich liebe dich, und was treibst du?« Die Tränen lassen sich nicht verbergen, obwohl ich mir Mühe gebe. »Du glaubst, du kannst dir alles erlauben, Robert. Ich bin nur eine unter vielen Bitches für dich.«

Er weicht meinem Blick aus, zuckt stumm mit den Achseln.

»Du bist hochmütig, Messerwerfer, hast keine Achtung vor Frauen. Du wirfst deine Assistentin raus, weil jetzt ich da bin. Und wenn die Nächste in dein Leben tritt, verstößt du mich. So ist es doch, nicht wahr?« Entschlossen.

»Dass du so keifst. Von dir habe ich mir anderes erwartet«, murmelt er und greift nach mir. Ich entziehe mich, weil ich weiß, dass ich recht habe.

»Ich hab dich so lieb gehabt, lebe wohl«, sage ich schweren Herzens. Robert bleibt zwischen seinen Gladiolen sitzen, als ich die Tür leise hinter mir zuziehe.

Ich laufe nach Hause in die Portobello Road, auf dem Weg singe ich leise: »He's a real nowhere man, sitting in his nowhere land. Making all his nowhere plans for nobody... Kein Land für mich hier.« Das hilft ein wenig. Sehr wenig.

Ich sehe Gwen an, wie schwer es ihr fällt, nicht zu sagen, dass sie recht behalten hat. Sie verkneift es sich bis zu meiner Abreise. Ehe ich in den Zug steige, umarmt sie mich. »Der Richtige wird schon noch kommen, Helene.«

*

»Mit der Bahn?«

»Ja, Papa, in neunzehn Stunden bin ich in Rom, mit zweimal umsteigen.«

»Das klingt ja nach Selbstgeißelung. Warum fliegst du nicht?

Und wann kommst du wieder nach Hause? Ich brauche dich doch.«

»Noch ein bisschen, Papa, bitte. Zugfahren ist viel schöner.«

Er sagt, »verrücktes Huhn«, und legt auf.

Ich hänge den Hörer des Münztelefons auf und steige in den Zug. Nowhere Man sitzt mir gegenüber, wir haben das Abteil für uns allein. Das ist gut, weil ich wegen Robert weinen muss.

»Rom ist trüb im November, tristezza assoluta«, sagt Nowhere Man und glättet sein Brustfell. »Manchmal auch im Sommer. Ich erinnere mich an ein Konzert, Ende Juni 1965. Ringo wollte unbedingt die Caracalla Thermen besuchen. Selbst wenn man es ihm nicht ansah, er war ein Archäologie-Freak, und so nahm er mich unter den Arm, schlich sich aus dem Hotel. Es war ein düsterer Tag, warmer Nieselregen ohne Unterlass. Wir standen dann inmitten der lehmbraunen Ruinen, außer uns war keiner so verrückt, bei diesem Wetter, du weißt schon ...«

Er seufzt. »Ringos Augen schwammen in Tränen vor lauter Ergriffenheit, als ob es nicht schon feucht genug war. Über eine Stunde lief er in seinen maßgeschneiderten Stiefeln aus Schlangenhaut durch den Schlamm. Er warf sie später weg. Um ein Haar wäre ich auch im Müll gelandet, durchweicht, wie ich war, hätte George sich meiner nicht erbarmt; er kämmte und föhnte mich trocken ...« Der Nowhere Man blickt aus dem Fenster und verstummt.

Ich trockne meine Tränen und frage mich, ob ich im Morgengrauen eine Unterkunft finden werde.

»Wenn nicht, dann bleiben wir am Roma Termini und trinken Kaffee, bis die Stadt erwacht«, sagt der Nowhere Man, ohne dass ich meine Bedenken ausgesprochen habe.

»Siehst du, nichts von tristezza.« Ich spreche in Nowhere Mans Nackenpelz hinein und trete aus dem Bahnhofsgebäude auf die Straße. Es ist mild um sieben Uhr am Morgen und ein blass-blauer Himmel verspricht einen schönen Herbsttag. Ein Taxifahrer nennt mir die Pensione Pincio nahe der Villa Borghese und fährt mich hin. Ich habe Glück, unterm Dach ist noch ein Zimmer frei. Beim Einchecken sagt die Rezeptionistin zu mir, die Signorina könne gern ein Frühstück einnehmen, verhungert, wie sie aussehe.

»Rom wird mir helfen«, sage ich und werfe die Puppe aufs Bett. »Danke«, füge ich hinzu; ohne Nowhere Man wäre mir die Trennung von Robert viel schwerer gefallen. Es war unumgänglich gewesen, ihn zu verlassen. Er lässt sich zwar nicht aushalten, das verbietet ihm sein Stolz, aber er nimmt die Frauen auf andere Weise aus. »Wenn sie ihm über sind, schmeißt er sie weg«, erkläre ich Nowhere Man, der mitfühlend nickt. »Nein, ich lass mir das Herz nicht brechen.«

Ich dusche und suche den Frühstücksraum auf, in dem es nach Espresso und Kipferln duftet. Eine Reisegesellschaft aus Rentnern klirrt mit den Tassen und unterhält sich lautstark.

Nachher rolle ich mich im Bett zusammen, weine ein bisschen über die missglückte Liebe und schlafe ein.

Sturmgebraus gegen zwei Uhr früh, ich reiße die verklebten Augen auf und schaue zum Fenster. Regen peitscht gegen die Scheiben, und Robert ist immer noch in meinem Herzen. Es schmerzt und ich bereue meine Entscheidung. Ich hätte ihm mehr Zeit geben sollen, jetzt ist es zu spät. Ich bin und bleibe eine dumme Kuh. Gegenüber schwingt die Lichtreklame »La Dolce Vita« blinkend an den Befestigungsrohren.

»Wir könnten ins Freudenhaus gehen«, schlage ich Nowhere Man vor. Er schweigt.

Bisher war ich nicht besonders scharf auf Alkohol, und mein Ausflug ins Tablettenland damals im Wienerwald hat mich auch nicht gerade animiert, derlei zu wiederholen. Aber ich denke unwillkürlich an den geröteten Sekt; ich und Robert haben täglich viel davon getrunken.

»Wir könnten uns dort betrinken. Mit Kir royal.« Ich kichere.

Nowhere Man schweigt beharrlich, also lasse ich die Idee fallen. Mein Kopf sitzt steif auf dem verrenkten Hals, das Kissen ist dafür verantwortlich, ich muss den ganzen Körper drehen, um zur Seite zu schauen. Ich tripple um meine eigene Achse, rufe, »huhuuu«, doch die Marionette rührt sich nicht. Im Haus ist es still bis auf das Gluckern in den Heizungsrohren. Nach bald fünfzehn Stunden Schlaf bin ich noch immer liebeskrank, und dummerweise habe ich kein Buch dabei, um mich abzulenken. Die Verletzung auf dem Oberarm, die Robert mir zugefügt hat, juckt. Ich kratze den Schorf ab, ein Blutstropfen zeigt sich.

»Es vergeht ...« Ich ziehe den gewichtigen Sessel vors Fenster. Der Regen drückt sich als Wasserwand gegen das Glas.

»Huiiii«, heule ich unglücklich mit dem Wind.

Als der Tag heraufdämmert, nieselt es nur noch und ich muss raus, Luft schnappen. Zuerst gehe ich zur Piazza del Popolo, dann die Via Babuino entlang, die parallel zum Pincio, einem der Hügel Roms, verläuft. Ich patsche durch die Pfützen, während ich im Reiseführer lese, dass Babuino Pavian bedeutet.

Schon kommt mir der Affe entgegen, das dichte Fell regenbestäubt. Er ist riesig und sieht dem Pavian aus meinen Träumen ähnlich, die ich in Abständen habe, seit ich denken kann.

Draußen stürmt es, ich liege im Bett, und der Affe flitzt von Fenster zu Fenster. Er reißt sie weit auf, sodass der wilde Wind die

Vorhänge erfasst und daran zerrt. Verärgert stehe ich dann auf, renne hinter ihm her und schließe die Flügel wieder. Kaum damit fertig, geht es von vorn los.

Der römische Pavian dreht sich voller Stolz, damit ich ihn bewundere. Ich tu ihm den Gefallen und pfeife anerkennend. Daraufhin springt er auf meinen Rücken, macht kopulierende Bewegungen und knetet mir inbrünstig den verspannten Nacken.

»Babuino!« Ein Mann in weißen Satinkniehosen und spitzenbesetztem Hemd tritt vor die Tür eines Palazzos und blickt sich suchend um. »Babuino!«

Mit zierlichen Schritten, ein silbernes Spazierstöckchen drohend erhoben, läuft er auf mich zu und entschuldigt sich auf Italienisch mit einem starken englischen Akzent. Als würde der Pavian ihn verstehen, springt er von meinem Rücken und ergibt sich seinem Schicksal als Schoßtier des Lords. Folgsam lässt er sich von ihm an der Hand nehmen. Sie verschwinden.

Die Pavianstraße mündet in die Piazza di Spagna, dort will ich hin. Ein Kiosk hat geöffnet, ich bestelle einen Espresso doppio, der so heiß ist, dass ich mir die Zunge verbrühe. Dem Mädchen hinter der Theke erzähle ich von dem Pavian. Bauarbeiter scharen sich um den Kiosk, spitzen die Ohren, während sie ihr Birra trinken, werfen sich Blicke zu.

»Ich bin nicht verrückt«, verteidige ich mich. »Der Affe war da.«

Einer in meinem Alter erklärt in wunderbarem Deutsch: »Signorina, Sie haben bestimmt die Geschichte vom Lord mit seinem Babuino gelesen und bilden sich nun ein, das Tier gesehen zu haben.«

So schön klingt seine Stimme, dass es mir kalt den Rücken hinunterläuft.

»Ich hab mir nichts eingebildet.«

Meine brennende Zungenspitze schlägt die S-Laute hinter die Vorderzähne, als würde ich lispeln.

Die Kollegen sagen »Andiamo Giulio«, und bezahlen ihre Getränke.

»Geht nur«, antwortet er und bleibt. Giulio ist blond, mit einem runden, kindlichen Gesicht, sein Körper wirkt bullig.

Im Gegensatz zu Roberts Händen sind seine zerkratzt, gerötet und nicht besonders sauber.

»Wieso arbeiten Sie am Bau?«

»Weil ich keinen Job in meinem Bereich finde.«

Inzwischen hat das Caffè Greco geöffnet, Giulio nimmt meine Hand und führt mich dorthin. Wir frühstücken zusammen, als sei dies täglicher Ablauf. Irgendwie tröstlich.

Ich sitze auf einer ockerfarbenen Plüschsamtbank, Giulio hat den Stuhl genommen. Auf den Marmortischchen ist kaum Platz für die Kaffeetassen.

»Seit ich in Rom bin, ernähre ich mich von diesen Kipferln.« Ich lecke mir die Krümel von den Fingern.

»Die heißen hier Cornetto.« Giulio mustert mich. »Wir könnten heute Abend essen gehen.«

»Sie werden nicht bezahlen können, wenn Sie die Arbeit schwänzen.«

Er schüttelt den Kopf. »Es ist die Firma meines Vaters.«

»Sie wollten etwas anderes werden, nicht wahr?«

Giulio spielt mit den Resten des Cornettos auf dem Teller. »Ich habe Literatur studiert. Der größte Schwachsinn meines Lebens, brotlos.«

»Dafür wissen Sie alles über Bücher und Schriftsteller, das ist doch schön. Erzählen Sie, Giulio.« Nun habe ich seinen Namen ausgesprochen.

Er klopft mit dem Arbeitsstiefel gegen das Tischbein. »Haben Sie Goethes ›Italienische Reise‹ gelesen?«, fragt er. »Er war hier. Im Karneval. Hat Kaffee getrunken wie wir. Und dabei geschrieben.«

»Lass uns etwas völlig Irrsinniges tun.«, sage ich.

Giulio errötet bis zum Haaransatz. Wenn ich ehrlich zu mir bin, benutze ich den jungen Kerl, um Robert loszuwerden.

»Entschuldigung.« Ich wische Blätterteigkrümel vom Schoß.

»Ich habe schon lange nichts Verrücktes mehr gemacht und schäme mich dafür«, antwortet er, »du hast nichts Schlimmes gesagt.« Giulio greift über den Tisch nach meiner Hand, es fühlt sich gut an. »Klar, machen wir das.« Lächelnd nimmt er ein tragbares Telefon aus der Brusttasche der Latzhose, wählt. Anfangs spricht er leise, dann schreit er und beendet das Gespräch.

»Los, gehen wir.« Richtig wütend. Dabei sieht er sanft aus, mit dem Mund eines Cherubs und den langen Wimpern. Seine blauen Augen stehen in Tränen. Er wirft ein paar Münzen auf den Tisch, springt auf.

»Gut«, sage ich. Wir spazieren die Spanische Treppe hinauf. »Ich habe noch nie ein mobiles Telefon gesehen, darf ich es angreifen?«

»Hat bisher kaum einer. Wir brauchen das für die Baustellen. Aber es ist ziemlich unhandlich.« Seine Stimme ist immer noch ärgerlich, er drückt mir das Telefon in die Hand. »Bald wird jeder so etwas bei sich tragen und ständig erreichbar sein.«

»Ich würde gern meinen Vater anrufen, geht das?«

Nun lächelt er endlich wieder. »Na klar. Gib her, ich wähle.«

Giulio tippt die Nummer ein, die ich ihm ansage, dann hält er das Handy an mein Ohr, ich lege meine Hand auf seine.

»Konrad Meyerling, guten Tag.«

»Ich bin's, Papa, hallo! Du wirst es nicht glauben, aber ich stehe auf der Spanischen Treppe und rufe dich von einem Mobiltelefon an.«

»Du meinst ein Funkgerät?«

»Aber nein. Ein richtiges Telefon zum Einstecken. Ich wollte nur sagen, dass es mir gut geht und Rom sehr schön ist.«

»Sachen gibt es ... also dann hab es noch schön, gib acht auf dich, Helene, hörst du?«

»Versprochen. Ich hab dich lieb, Papa.« Er legt auf und ich überreiche Giulio sein geniales Ding, wir gehen weiter aufwärts. Auf halber Höhe der Treppe packt er aufgeregt meine Hand. »Schau, hier hat Shelley gelebt. Und sein Freund John Keats starb bei ihm an Tuberkulose.« Giulios Hand klebt vor Schweiß, er klammert sich regelrecht an mich. Um ihn zu beruhigen, drücke ich seine Finger, doch er reißt sich unvermutet los und lehnt sich an das Treppengeländer aus Stein. Deklamiert, im Rücken Shelleys Haus, ein Gedicht von Keats:

When I Have Fears

When I have fears that I may cease to be
Before my pen has glean'd my teeming brain,
Before high-piled books, in charactery,
Hold like rich garners the full ripen'd grain;
When I behold, upon the night's starr'd face,
Huge cloudy symbols of a high romance,
And think that I may never live to trace
Their shadows, with the magic hand of chance;
And when I feel, fair creature of an hour,
That I shall never look upon thee more,
Never have relish in the faery power
Of unreflecting love; - then on the shore

Of the wide world I stand alone, and think
Till love and fame to nothingness do sink. *

Das altertümliche Englisch in Kombination mit Giulios italienischem Akzent greift nach meinem Herzen. Vielleicht ist er doch viel mehr als ein Vergessenheitstrank gegen Robert?
Auf einmal stürmt der Pavian aus der Straße um die Ecke mit Riesensprüngen die Treppe herauf, ihm nach sein Herr, gefolgt von Lord Byron. »Was für eine Räuberpistole!«, schreie ich entnervt und suche Schutz am oberen Ende der Stiege in der Trinitá del Monte.

*Übersetzung
Befürchte ich, mein Leben könnte enden,
Gwenor Papier hält, was mein Denken prägt,
mit fester Schrift in vielen, vielen Bänden
so wie man Erntegold in Speicher trägt,
seh` dann dem Sternenhimmel ins Gesicht,
wenn Wolkenträume lockend mit ihm spielen
in dem Bewusstsein, es gelingt mir nicht,
was sie versprechen auch nur nachzufühlen,
und ahne, du bist mir ein Glücksmoment,
nur ein Geschenk, dass ich Verlust erlerne,
da wahre Liebe mich niemals erkennt,
dann steh ich abseits, grüble in der Ferne
bis aller Ruhm und alles Liebesglück
zu Staub und Nichts zerfallen, Stück um Stück.

*zur Verfügung gestellt von dem Forum: http://www.sonett-archiv.com/forum/archive/index.php/thread-914.html

»Was ist denn los mit dir?« Keuchend lehnt Giulio sich neben mir an eine der Säulen.

»Wir wollten zusammen was Verrücktes machen, und dann kommt Babuino und macht was mit meinem Kopf.«

»Du bist wohl ein bisschen durch den Wind, oder?«

Ich seufze. »Eher komplett durchgeknallt, ist ja nicht das erste Mal, dass ich Dinge sehe, die andere nicht wahrnehmen können.«

Giulio stößt sich von der Säule ab und nimmt mich in die Arme. Wie gut das tut. »Das macht doch nichts«, tröstet er, »vielleicht steckt in dir eine begabte Schriftstellerin?«

»Ah, das würde dir gefallen, Herr Literaturwissenschaftler.«

Ich lächle und drücke einen zarten Kuss auf seine Wange, sehe sogleich, wie ihn das freut, sein Gesicht glüht.

»Und jetzt pfeifen wir auf den blöden Affen und machen echt was Närrisches«, sagt er.

»Du bist nicht irritiert?« Ich staune.

Er strahlt mich an. »Nein. Komm.«

Giulio führt mich nach Trastevere. Hinter einem morschen Haustor presst er mich zwischen Müllcontainern mit solcher Kraft an sich, dass mir Hören und Sehen vergeht.

Jetzt ist es wirklich Zeit, Robert loszuwerden. Ich flüstere in Giulios Mund: »Hotel?«

»Ich wohne in diesem Haus, lass uns nach oben gehen.«

»Und das war jetzt verrückt?«, frage ich, nachdem wir miteinander geschlafen haben. Im Vergleich mit Robert kommt Giulio mir rührend unschuldig vor, so, wie ich vor ein paar Wochen noch war.

Er grinst. »Für mich schon, du wunderbares Geschöpf. Am

helllichten Tag mit einer völlig Unbekannten, in die ich mich ihrer verbrannten Zungenspitze wegen verliebe? So etwas gibt es normal gar nicht.«

Noch am selben Tag ziehe ich aus der rentnerverseuchten Pensione Pincio aus und bei Giulio ein. Seine Wohnung in der schmalen Gasse ist klein genug, um sich ganz nahe zu kommen. Seit ich in seine Arme gebettet einschlafe, werde ich nur selten von Träumen heimgesucht; Giulio ist ein guter Mann.

Ab und zu allerdings rast der Pavian durch das Haus meiner Kindheit. Jetzt ängstige ich mich nicht mehr davor, immerhin hat der römische Affe mich mit Giulio zusammengebracht. Bei ihm fühle ich mich geborgen, wie nie zuvor im Leben.

Er lacht viel, was seinen Erzählungen nach nicht immer so gewesen ist. Aber durch mich, sagt er, sei die öde und harte Arbeit auf dem Bau ein Klacks geworden, die Stunden erfüllt von Gedanken an den Feierabend mit mir. Das steigert mein Selbstvertrauen, ich bin vielleicht doch nicht so eine dumme Kuh, die nichts hinbekommt.

Abends sitzen wir auf Giulios kleiner Couch, den Raum von einer Kerzenflamme erhellt. Ich kann ihm stundenlang zuhören, wenn er Gedichte oder Geschichten von seinen Lieblingsautoren vorliest, allen voran John Keats.

Bis zum dritten Adventsonntag hat das *maledetto* Wetter angehalten. Giulio lacht immer über meine Mischmaschsprache.

»Die bösen Wörter beherrschst du richtig gut«, grinst er dann.

Nun strömt der Weihnachtsfrühling mit lauer Luft wie im Mai durch die Stadt.

Heute bummle ich durchs Zentrum, um ein Weihnachtsgeschenk für meinen Liebsten zu finden. Er ist wirklich ein so guter

Mann. Es scheint, bei ihm werde ich zur Ruhe kommen.

Mein absurder Wüstenprinz und der teuflische Messerwerfer sind vergessen. Gut, manchmal ist es ein bisschen langweilig mit ihm, aber er arbeitet ja hart den ganzen Tag. Ich verstehe, dass er mir nicht ständig vorlesen oder die absolute Hinwendung schenken kann. Es kommt immer öfter vor, dass er neben mir auf dem Sofa einschläft. Na und?, beruhige ich mich, wer ist schon dauernd fit und leidenschaftlich? Die Hauptsache ist doch, dass er mich liebt, zu mir hält, Geborgenheit ausstrahlt.

An allen Fassaden klettern Weihnachtsmänner in verschiedenen Größen auf und ab. Dem Petersplatz weiche ich großräumig aus, dort ist eine riesenhafte Krippe aufgebaut und mir wird übel davon und von den Touristenströmen, die durch die Straßen drängeln.

Schließlich flüchte ich in eine Seitengasse, lehne mich für eine Minute an eine bröselige Hauswand, mit dem Gefühl, das Geschubse auf den Trampelpfaden weg atmen zu müssen. Nach ein paar Schritten in die Tiefe der Gasse bleibe ich stehen, angezogen von einem Kohleporträt in der Auslage eines Antiquitätenladens. Es zeigt John Keats, der mir mit tragischer Miene aus einem breiten verschnörkelten Ebenholzrahmen intensiv in die Augen blickt. Lachend gehe ich ins Geschäft, was für ein glücklicher Zufall. Das ist das tollste Geschenk für Giulio. Ich blicke mich nach einem Menschen um, der mich bedient, komme mir vor wie in einer Theaterkulisse, denn überall stehen Paravents und Puppentheater herum. Dazwischen baumeln Kostüme für Edelmänner und Burgfräuleins von der Decke.

»Bon giorno!«, rufe ich fröhlich.

»Ihr Lachen ist herzerfrischend«, ertönt es in wienerischem Tonfall aus dem Halbdunkel.

»So schlecht ist mein Italienisch?« Ich bin überrascht.

»Bisserl hab ich rausgehört, woher Sie kommen, das ist halt so. Als Wiener merkt man das.«

Ein älterer Mann tritt ins Licht des ermatteten Kristalllüsters über dem Verkaufspult. Ich frage, was der Keats in der Auslage kosten solle.

»Zu viel«, sagt der Händler, »aber ich schenke Ihnen das Gemälde.«

»Warum?«

»Weil Sie so lieb lachen.« Er greift in die Auslage und drückt mir das verstaubte Bild in die Hand. »Buon Natale!«

»Frohe Weihnachten«, sage ich überwältigt.

»Aber geh, weinen S' doch nicht, plaudern wir lieber ein bisserl über meine alte Heimatstadt.« Er führt mich am Ellenbogen nach hinten zu seinem Schreibtisch und bietet mir einen klapprigen Stuhl an.

»Wann waren Sie zuletzt in Wien?« Ich schnäuze mich.

»1938. Mein Vater war ein Juwelier im Ruhestand und hatte zum Glück einige Ersparnisse. Ich war gerade dreißig und kurz davor, meine Zahnarztpraxis aufzumachen, was natürlich nicht mehr möglich war.«

Jetzt verstehe ich. »Sie konnten flüchten?«

Er hüstelt und sagt: »Gegenfrage: Trinken Sie einen Grappa mit?«

Eigentlich nicht, denke ich, stimme dann aber zu. Aus einer Bleikristallflasche, die im Regal hinter ihm steht, schenkt er zwei Gläschen ein. »Mazeltov, mein Fräulein.«

Mit Schwung und ohne einzuatmen, stürze ich den Schnaps hinunter. Trotzdem beutelt es mich.

»Konnten Sie flüchten?«

»Sonst wär ich jetzt nicht hier, nicht wahr? Hat viel Geld gekostet, aber im Gegensatz zu anderen armen Teufeln hatten wir es.«

»Und da sind Sie nach Rom?« Ein weiteres Glas lehne ich ab.

»Ach, Kinderl, Gott soll abhüten. Hier saß doch der Duce! Das wär ja gewesen vom Regen in die Traufe. Nein, wir sind nach Brasilien. Dort ist der Vater verstorben«, sein Blick gleitet in die Ferne, »recht schnell nach unserer Ankunft.« Er kippt den zweiten Grappa. »Nach dem Krieg bin ich hierher. Was hätt ich noch sollen in Wien? Mich am Wiederaufbau beteiligen vielleicht oder zuhören, wie die Leut sagen: Wir war'n nicht dabei? Na, seh'n Sie, kleines Fräulein.« Er lacht freundlich. »Jetzt erzählen S' mir was von Wien. Bitte.«

Wie kann er nur vergnügt sein nach all dem? Ich bewundere ihn dafür, nie könnte ich diese Untaten verzeihen, niemals. Manchmal denke ich, nicht weiterleben zu können, was für eine Vermessenheit angesichts seiner Biografie. Er möchte etwas über seine Heimat erfahren, ich überlege eine Weile.

»Also gut.« Ich straffe die Schultern, und dann rede ich darüber, dass Wien eher beschaulich sei, die weltweite Jugendrevolution inklusive Hippiezeit und Rolling Stones nahezu vollständig an der Stadt vorbeigeweht wäre. »Die Kärntnerstraße ist seit 1974 Fußgängerzone, wissen Sie das?«

»Schon lustig, kann ich mir gar nicht vorstellen. Wir haben eine Wohnung in der Führichgasse gehabt damals«, antwortet er, »und kurz nach unserer Flucht hat diese berühmte Reichskristallnacht stattgefunden, da wird's ja ausgeschaut haben!« Sein Lächeln muss eine Schutzmaske sein. »Wer weiß, vielleicht fahr ich doch irgendwann hin und seh mir das an.« Er reicht mir die Hand, »Viel Freude mit dem alten Keats, liebes Fräulein, besuchen S' mich, wenn

Ihnen danach ist, auf Wiederschau'n.«

Das Erlebnis will ich gleich mit Giulio teilen, ich schenke ihm das Porträt auf der Stelle. Er freut sich, küsst mich ab und wirbelt mich durchs Zimmer. Als ich ihm dann berichte, was der Mann erzählt hat, schluckt er heftig daran.

»Wie frei wir doch leben können, Helene, wir haben Glück.«
Wir verkriechen uns ineinander, die Liebe schwemmt das Unbehagen fort.

Am ersten Weihnachtsfeiertag sind wir bei Giulios Eltern eingeladen. Sein Auszug vor einem Jahr ist immer noch ein großes Ärgernis für seine *mamma*. Die Familie lebt in einer palastartigen Stadtvilla an der Piazza Navona, auf der ein Weihnachtsmarkt stattfindet. An diesem Abend jedoch ist der Platz wie ausgestorben.

»Alle sitzen bei Tisch«, sagte Giulio, »wir sind spät dran.«

Ich nehme einen Hauch von Zuckerwatte wahr. Der Duft versetzt mich augenblicklich in die Kindheit, auf den Christkindlmarkt vor dem Rathaus, wo Papa im Gedränge meine Hand festgehalten hat. Die Zuckerwatte schmeckte mir überhaupt nicht, aber sie sah wie Engelshaar aus. Ich aß am liebsten gebrannte Mandeln. Papa kaufte ein halbes Kilo, das ich aufs Nachtkästchen legte und mir tagelang einteilte. Mutter nörgelte über das Zuckerzeug, das die Zähne ruinierte, doch Papa entgegnete: »Ich bitte dich! Einmal im Jahr.«

Nach der Begrüßung erhält Giulio von der Familie einen Rüffel fürs Zuspätkommen.

Mamma, hochrot im Gesicht, eine Schürze über dem eleganten Kostüm in Mitternachtsblau, bringt Pollo al Riso in einer mächtigen Terrine herein.

Als ich aufspringen will, um ihr die Last abzunehmen, hält Giulio mich am Oberschenkel fest, flüstert: »Beleidige sie nicht.«

Der Vater erhebt sich, macht eine feierliche Miene und teilt mit der Kelle aus. Erwartungsvoll schaut die Mutter zu, wie ein jeder die Gabel in den Mund schiebt. Ihr Gesichtsausdruck erinnert mich an Margarethe; auch sie beobachtet Papa, wenn er zu essen beginnt, möchte wissen, ob es ihm schmeckt. Als mehrstimmig »Hmm, grandioso« ertönt, seufzt Giulios *mamma* erleichtert auf.

Giulios *Nonna* sitzt zusammengesunken im Rollstuhl.

»Sie ist zweiundneunzig und stocktaub«, sagt er, »am besten, du lächelst sie nur an. Sonst fragt sie den ganzen Abend lang, was du gesagt hast.«

Wie empfohlen, lächle ich sie an, bis sich Giulios Mutter erschöpft an den Tisch setzt, denn dann erfordert etwas anderes meine Aufmerksamkeit. Sowie Giulios Mutter das Messer ergreift, kriecht eine Nacktschnecke aus ihrem Dekolleté, weitere aus den Ärmeln. Sie hinterlassen glitzernde Schleimspuren auf der Haut. Die *Mamma* scheint das nicht zu stören, sie isst mit großem Appetit, während die Mollusken über ihr Gesicht ins sorgsam frisierte Haar wandern.

Trotz des Ekels muss ich zugeben, dass die rötlichen Geschöpfe keinen passenderen Unterschlupf finden könnten; ihr steht die Dekoration gut.

»Wie lange leben schon Schnecken auf deiner Mutter?« Neugierig.

Giulios Gabel mit Reis verharrt vor seinem Mund. »Bitte?«

»Aber siehst du sie denn nicht?«

»Du beleidigst meine *Mamma* also doch?« Giulio wird blass und verstummt. Ich senke den Kopf über den Teller.

Sobald wir in seiner Wohnung angekommen sind, packt Giulio meine Sachen in den Trolley, er flucht und schreit mich an.

»Deine verqueren Fantasien machen nicht einmal vor meiner Mutter halt, was fällt dir noch alles ein!«

»Du hast es gewusst. Damals auf der Spanischen Treppe. Dein Keats, dann der Pavian. Hast mich einfach in den Arm ...« Ich komme nicht dazu, den Satz zu beenden, Giulio ist mit einem Sprung im Bad, ich höre es klirren. Mit meinen Kosmetiksachen auf dem Arm kommt er wieder, wirft sie mir vor die Füße.

»Gewusst, gewusst ... aber nicht so. Nicht mit Menschen, nicht mit meiner Familie, nicht mit meiner *mamma*.« Glühend vor Wut seine Wangen, traurig die Augen, starrt er mich an. Aus der Hosentasche holt er meine Zahnbürste, schleudert sie mir ins Gesicht. Hier kann ich keine Stunde mehr bleiben. Eilig raffe ich alles zusammen, er tänzelt vor Ungeduld.

Als mein Trolley gepackt ist, stößt Giulio mich ohne ein weiteres Wort hinaus, knallt die Tür hinter mir zu.

Es dauert lang, bis ich in der Nacht ein Taxi finde. Nicht lang genug – der nächste Zug geht erst um halb sechs in der Früh. Ich lege mich in der Bahnhofshalle auf die Bank und döse ein, verwundert, dass ich nicht den geringsten Abschiedsschmerz verspüre. Natürlich betraure ich, dass Nowhere Man bei Giulio geblieben ist, aber er wolle Rom nie wieder verlassen, hat er betont. Soll er sich doch in Zukunft mit *mammas* Schneckenbefall herumschlagen.

Auf Dauer wäre der poetische Bauarbeiter ohnehin nichts für mich gewesen, ebenso wenig seine merkwürdige Familie. Wer braucht denn so was.

*

Papa ist überglücklich, dass ich wieder zuhause bin, das trocknet die Tränen, die ich auf der Heimreise doch weinen musste.
 Gleich nach der Heimkehr stürze ich mich in die Arbeit, das beste Mittel gegen den Liebesschmerz. Die Trotzreaktion, dass Giulio mir egal sei, ist abgeklungen. Jetzt tut es heftig weh. Einmal mehr hat meine Sicht der Dinge zur Niederlage geführt. Dabei hat er mich lange Zeit mit meinen Fantasien, die kommen und gehen, wie es ihnen gefällt, akzeptiert. Ich kann nichts dagegen tun. Gut, *Mamma* ist vermutlich bei Italienern das Heiligtum.
 Vielleicht sollte ich nie wieder jemandem mein Herz überlassen? Mir wird immer deutlicher, dass ich nicht richtig ticke, nicht zumutbar bin.

Sicherheitshalber wohne ich weiterhin in der elterlichen Villa, es gibt keinen Grund auszuziehen, es beschützt mich vor Gefahren. »So schnell lass ich dich aber nicht mehr weg«, sagt Papa oft und oft. Dabei streicht er mir übers Haar. Auch verstehe ich mich mittlerweile halbwegs mit Mutter, die es aufgegeben hat, an mir herum zu erziehen. Diese Zeiten sind vorbei, immerhin bin ich bald dreißig.
 Margarethe sitzt jetzt oft vor dem Fernseher, denn im Garten kann sie im kalten Februar unmöglich buddeln. Neuerdings haben die sogenannten Seifenopern ins Programm Einzug gehalten, die fesseln sie. Nicht jedoch mich oder Papa, wir finden den Kitsch schrecklich. Während der Fernseher siruppartige Liebesgeschichten von sich gibt, ziehen wir uns in den oberen Stock zurück. Er, um die Presse zu lesen, ich, um Musik zu hören. Zusammen in einem

Haus leben und dabei unglaublich einsam sein, jeder für sich, denke ich manchmal. Diese Gefühle habe ich seit meiner Kindheit, denn es ist nicht sehr gemütlich hier.

Damals schwor ich mir, ich würde in einer kleinen, hellen Wohnung leben, wenn ich groß wäre. Die hohen, dunklen Räume der Villa erfüllten mich mit Furcht. Oft schlich ich mit meinem Krokodil auf Zehenspitzen durchs Haus. Papa war viel unterwegs wegen der Textilmessen da und dort, und ich wollte nicht, dass Margarethe mich hörte. Sie ärgerte sich über meine Ängste, statt mich zu trösten. Ich fühlte mich allein. Wenn ich durch die dunklen Flure lief, neigten sich die schweren Eichenmöbel in meine Richtung, drohten, über mir zusammenzufallen.

Am besten waren noch das Gästezimmerchen im Erdgeschoss, das als Wäsche- und Bügelraum diente, und daneben die große Küche. Den Fliesenboden, ein Schachbrettmuster, und die weißen Möbel mochte ich. Das angrenzende Wohnzimmer, das Papa gern Salon nannte, konnte ich nicht ausstehen mit den kalten Ledersofas. Hinter den dunkelgrünen Samtvorhängen an den Fenstern verbarg sich Gefährliches, ab und zu bewegten sie sich trotz des schweren Stoffes. Niemals näherte ich mich ihnen; es könnte ja der Pavian sein, der dahinter auf mich lauerte. Der Salon wurde ohnehin kaum genutzt, das Leben spielte sich in der Küche oder den oberen Räumen ab, wo mein Zimmer liegt, daneben ein Badezimmer und Klo. Papas Büro und das Elternschlafzimmer sind gegenüber, der Grinzinger Straße zugewandt.

Und es zog durch alle Ritzen. Besonders in meinem kleinen Zimmer, denn es liegt gartenseitig. Dahinter beginnen die Grinzinger Weinberge. Ob Sommerhitze oder Schnee und Regen, alles prallt gegen die Hauswand, hinter der ich mich früher nach Papa sehnte. Leise, damit Margarethe mich nicht dabei erwischte, sang ich dann etwas, das ich heute als Mantra bezeichnen würde: »Lieber Papa, komm schnell wieder, ohne dich ist so allein dein kleines Kind Helenelein.« Eingewickelt in das Federbett, in den Händen das Plüschkrokodil hockte ich unter dem Fenster und sang es ohne Pause.

»Komm essen.« Die Tür krachte auf, ich verstummte und lief an Margarethes Seite in die lichte Küche.

Sie befindet sich unter meinem Zimmer. Von hier gelangen wir durch eine Tür mit Glasscheiben in den Garten. Außerdem ist neben der Tür ein breites Fenster, selbst bei grauem Himmel und Regen ist es wohlig hell. Hier schepperte es nicht so heftig wie oben bei stürmischem Wetter, denn die Küchenwand wurde vor meiner Geburt neu gesetzt.

Papa sagte immer wieder, er müsse endlich die Fenster- und Türrahmen vom Tischler renovieren lassen. »Schließlich hat das Holz weit über hundert Jahre ausgehalten, aber jetzt ist es an der Zeit«, erzählte er erst kürzlich, nur weiß ich schon jetzt, kaum wird es Frühling, vergisst er das Vorhaben wieder.

Nach den paar Wochen im Alltagstrott ist mir langweilig geworden in Wien, aber ich habe Papa versprochen, dazubleiben. Und wenn ich ehrlich bin, ist das auch gut so. Es würde wieder enden wie die letzten Ausflüge. Womöglich lerne ich jemanden kennen in einem fremden Land, in den ich mich tatsächlich verliebe, und ich würde ihm dann wehtun mit meinen fantastischen Eskapaden, falls er meine Gefühle erwidert. Zu riskant. Es ist besser, im Büro zu bleiben, und Schluss, sage ich streng zu mir und verkrieche mich unter der Daunendecke. Es schmerzt immer noch, an Giulio zu denken, seine sanfte Kindlichkeit, dann die Wut auf mich.

Im Café Wortner auf der Wiedner Hauptstraße verbringe ich die

Mittagspausen. Heute kommt ein strohblonder Kerl in das überfüllte Lokal. Langsam lässt er seinen Blick über die Tische gleiten, bleibt bei mir hängen. Ob der Stuhl frei sei?

Was soll ich tun, ich nicke und stochere in meinem Spinat mit Spiegelei. Der Mann ist in meinem Alter, groß und dünn. Unbeholfen legt er einen Stapel Notenblätter, den er unter dem Arm trug, auf seinen Schoß.

»Sie können das auf den Tisch packen.« Ich ziehe den Teller näher zu mir. Dankbares Lächeln. Das gefällt mir.

Als er seinen bestellten Pfefferminztee bekommt und nach dem Zucker greift, fegt sein Ellenbogen den Blätterberg zu Boden.

Ich bekomme einen Lachanfall, was für ein ungeschickter Kerl! Gutmütig lacht er mit und verschwindet unter dem Tischchen, um alles einzusammeln.

»Scheiße«, schimpft er leise dabei, »so ein Durcheinander.«

Ich kichere immer noch, als er mit wirrem Blick wieder auftaucht. »Musiker?«

»Komponist. Und nun sind sämtliche Musikstücke bunt gemischt.« Hilflos.

»Das ist blöd«, sage ich.

Er ist wirklich nett, denke ich eine Zehntelsekunde, unterdrücke die Sympathie sofort wieder. Schnell zahle ich und schaue, dass ich fortkomme.

*

»Nach einer Trennung muss man sich doch einen neuen Blick gönnen.« Wie gut, dass Papa mich zur Textilmesse in die Stadt der Liebe, wie er Paris nennt, geschickt hat, weil er Grippe hat, aber unbedingt Stoffe einkaufen möchte. Sogar ein Mobiltelefon hat er mir besorgt, damit ich erreichbar bin.

Papa wird tatsächlich modern. Ich juble.

Vor dem blindfleckigen Spiegel im Coupé bürste ich mein Haar mit langen Strichen. Vielleicht sollte ich meine Haarfarbe ändern? Hätte es Einfluss auf meine Persönlichkeit? Der Gedanke muss vertagt werden, denn der Zug fährt soeben in Paris Est ein. Ich werfe die Haarbürste in die Reisetasche.

Es ist frühmorgens, als ich auf den Bahnsteig hüpfe. Sogleich will ich wieder zurück. Am liebsten hätte ich mich zwischen den Sitzen im Abteil bei den Kaugummis und zerknüllten Papieren versteckt.

Seufzend schaue ich zum Glasdach, über dem die Sonne aufgeht, hoffe, ich habe mich getäuscht. Als ich den Blick erneut über den Perron schweifen lasse, ist der Mann, der wie Giulio ausgesehen hat, nicht mehr da. Das Herz möchte mir aus der Brust springen, was, wenn er mich doch liebt? Nein, widerspreche ich mir sogleich, hätte er mich nicht mit allem, was ich bin, lieben müssen? Bestimmt ein Irrtum; Giulio sitzt seit unserer Trennung in der römischen Kneipe und säuft oder deklamiert John Keats. Garantiert. Diese Vorstellung tröstet. Soll er sich ruhig grämen um mich, er hat mich fortgejagt. Hoffentlich ist er gut zu Nowhere Man.

Trotzdem schlottern mir die Knie, es dauert eine Weile, bis ich den Ausgang erreiche. Nachdem ich dem Bahnhof den Rücken gekehrt habe, rufe ich, »Bonjour, Paris!«, und winke einem Taxi.

»Hotel Tour Eiffel, Monsieur. Rue …«, ich hab die Straße vergessen, »… Quartier Latin.«

»Oui, Mademoiselle«, antwortet der Fahrer. Araber. Aber in Paris geboren, sagt er. Plötzlich muss ich an Karoum denken, noch immer schmerzt das, obwohl es acht Jahre her ist. Auch Robert geht mir nicht aus dem Kopf, alles bleibt. Alles bleibt immer bei einem, egal wie lang es her ist. Mag sein, dass auch Ereignisse, von denen ich keinen Schimmer habe, mich geprägt und gequält haben, mich so verrückt sein lassen, so allein.

Ich habe mir ein Hotel ausgesucht, das nahe dem Boulevard Saint Germain liegt, nur fünf Gehminuten von einem Museum, das ich unbedingt aufsuchen will.

Das lichte Zimmerchen im obersten Stockwerk ist entzückend. Die Bettdecke aus Chenillesamt, altrosa, das Fenster reicht bis zum Boden. Weicher, warmer Mairegen benetzt die Straße. Ich lehne mich über das Gitter, nun könnte ich mich ohne große Anstrengung darüber fallen lassen. Lieber gehe ich hinaus.

Der Portier erklärt mir den Weg zum Musée de Cluny. Unterwegs entdecke ich ein tunesisches Restaurant. Ein Schlauch mit Tischen auf einer Seite, die Wände schilfgrün, dort werde ich später zu Abend essen.

Das Museum war eine mittelalterliche Abtei, lese ich im Paris-Führer. Angesichts des runden Raums mit den Gobelins verschlägt es mir den Atem. Als ich ein Kind war, hat Papa mir von dieser Dame mit dem Einhorn und der Jagdgesellschaft erzählt, aus dem Büchlein von Rainer Maria Rilke vorgelesen. Natürlich verstand ich damals wenig bis nichts von den poetischen Zeilen, aber ich liebte die Stimme meines Vaters, und wie er am Bett saß, bis ich einschlief.

Das Buch habe ich hierher mitgenommen, hocke mich auf die steinerne Treppe und schlage das Buch von der Dame mit dem Einhorn auf.

»So schön war sie noch nie. Wunderlich ist das Haar in zwei Flechten nach vorn genommen und über dem Kopfputz oben zusammengefasst, so

dass es mit seinen Enden aus dem Bund aufsteigt wie ein kurzer Helmbusch. Verstimmt erträgt der Löwe die Töne, ungern, Geheul verbeißend. Das Einhorn aber ist schön, wie in Wellen bewegt«, lese ich laut, da ich allein bin.

»Ja, Rilke konnte diese Bilder beschreiben in seinem Cornet.« Eine männliche Stimme in meinem Rücken. Seine Stimme?

Ohne mich umzudrehen, lese ich weiter: »*Abelone, ich bilde mir ein, du bist da. Begreifst du, Abelone? Ich denke, du musst begreifen.*«

Als er fragt, warum meine Stimme so zittert, renne ich hinaus, ohne ihn anzusehen. Laufe bis zum Boulevard Saint Michel und weine immer weiter. In dem Moment meldet mein Telefon den Eingang einer Nachricht: *Komm zurück, Helene, Dein Giulio.*

Woher hat er meine Telefonnummer, wieso weiß er, dass ich in Paris bin? Papa!

Vergiss es, fahr nach Rom zurück, schreibe ich mit meinem Herzblut, denn es würde nicht mehr funktionieren.

Es gibt noch einen freien Tisch im Chez Paul.

Couscous mit Meeresfrüchten, tunesischen Wein. Nach der Bestellung schaue ich mir die Gäste an, ich scheine die einzige Touristin zu sein. Eine Frau sieht aus, wie ich selbst gern ausschauen würde.

Man ist immer drei, habe ich einmal gelesen; wie man meint, zu sein, wie die anderen meinen, dass man ist und wie man wirklich ist. Und so, wie ich wirklich bin, kann ich auf keinen Fall zu Giulio zurück, auch wenn er mich durch die ganze Welt verfolgt.

Die Frau ist groß und laut, sie trägt karottenrotes, kurzes Haar. Lacht heiser, in den Ohrläppchen hängen goldene Kreolen. Wahrscheinlich ist sie um die dreißig wie ich, aber bewundernswert selbstverständlich im Umgang mit sich selbst. Ich spüre, dass ich zusammenschrumpfe, und rutsche am Stuhlbein hinunter, laufe über den buckeligen Plastikboden zu der Frau hinüber, klettere an ihrer Gabardinehose hinauf und kralle mich in den Maschen der Strickjacke fest. Schließlich habe ich mein Ziel erreicht und schaukle im Ohrring, jedes Mal, wenn die Frau auflacht.

»Enchanté«, sage ich zu meinem Gericht. In der Hirse auf dem Teller vor mir kringeln sich die Ärmchen der Tintenfische um kleine Krabben, die Kichererbsen besteigen. Der arabische Kellner tritt an den Tisch und fragt, ob alles in Ordnung sei.

»Oui, trés bien«, antworte ich und steche mit der Gabel in die Mitte des blauroten Kranzes aus Armen. Ich kaue auf den Saugnäpfen herum, spucke den Bissen in die Stoffserviette. Wenigstens der Wein und das Couscous schmecken gut.

Am nächsten Morgen rufe ich Papa an, frage, woher Giulio wisse, dass ich in Paris sei. »Das kann ja nur von dir kommen.«

»Ganz einfach, er wollte dich sprechen.«

»Erzähl doch nicht allen, was ich mache.«

»Das hättest du mir sagen müssen. Ich hoffe, du kaufst ordentlich ein, sonst warst du das letzte Mal für uns unterwegs«, sagt er mürrisch und legt auf.

Ehe ich mit der Metro zum Place de la Bataille Stalingrad fahre, wo die Messe stattfindet, besuche ich den Friedhof Père Lachaise. Ich schaue bei Jim Morrison vorbei, knie vor seinem Grab. Heute noch liebe ich die Musik der Doors. Am meisten die Coverversion des Alabama Songs von Bert Brecht. Dann besuche ich Colette, wandere weiter zu Balzac, ich habe beide als Kind im Bett gelesen, bis Margarethe dahinter kam und die Bücher wegsperrte.

Sie knallte mir Jules Verne auf den Kopf. »Das ist etwas für dein Alter.« Nach zwei Seiten schlief ich regelmäßig ein, mich interessierten die Liebe und das Leben, aber nicht diese Fantastereien. Von denen hatte ich selbst genug in der Birne.

Nach der Messe, auf der ich Stoffe bestellt habe, spaziere ich zum Pont Neuf. Die Sonne steht tief, und ich bedecke die Augen mit meinen Händen, während ich über die Brücke gehe. Die Vorbeieilenden rammen mich mit den Ellenbogen, schimpfen, »Imbécile!« Doch ich lasse mich nicht aus der Ruhe bringen, muss mal wieder was Spaßiges tun. Ich laufe blind bis zum Ende der Brücke und kehre mit geöffneten Augen zurück.

Auf der Höhe der Ile de la Cité streckt mir ein Clochard eine Schale entgegen, in der wenige Franc liegen.

»Wollen Sie mit mir essen gehen?«, frage ich.

Er lacht, deutet auf die Fetzen, in die er gekleidet ist. Ich kann die fauligen Backenzähne sehen, er ist kaum älter als ich. Ich verstehe ihn und lege ein paar Scheine in seine Schale.

Nun muss ich allein das Café Les Deux Magots besuchen, ich hätte ihn gern mitgenommen. Ich bestelle Absinth und frage mich, warum ich nicht so, wie ich bin, geliebt werden kann. Es muss etwas ganz Eklatantes falsch sein an mir. Ohne Papas Liebe, um die ich weiß, wäre ich längst eingegangen wie eine der Pflanzen in Mutters Garten im Herbst.

Und Margarethe? Ich bin ihre Blume, hat sie gesagt. Warum erst danach ...

Es war Juli. Sommerferien. Selma rief mich an: »Party!«

»Wo sind deine Eltern?« Ich dachte, ich hätte mich verhört.

»In L.A.!«, jubelte meine Freundin, »Ganz weit weg, und wir lassen es krachen.«

Ich konnte die Endlos-Party kaum erwarten.

Papa war wenig erfreut, er zog ein Gesicht.

»Du rufst mich jeden Tag an, verstanden?« Sorgenvoll.

»Was sollen Selmas Eltern denn denken?« Ich log ohne Anstrengung. »Wir stellen nichts an. Es ist unser letztes gemeinsames Wochenende. Jetzt haben wir die Matura hinter uns, Papa, Gwen geht nach London und Selma zieht nach Los Angeles zu ihren Verwandten, sie will dort auf die Schauspielschule. Nur ich bleibe hier hängen.«

»Ich bring dich hin«, sagte er.

»Nein, Gwen holt mich ab. Sie hat nämlich schon den Führerschein, Papa.« Ich spürte, wie mir langsam die Hitze ins Gesicht fuhr und lief schnell in mein Zimmer, um den Rucksack zu packen.

An der Tür küsste ich Papa auf den Mund.

»Bis Montag dann.«

Wie ausgemacht wartete Hakon mit seinem VW eine Straße weiter. Er lehnte am Kühler, rauchte.

»Zeit wird's«, sagte er und warf die Kippe weg. Ich stieg ein, er zündete sich erst eine neue an, dann trat er aufs Gas, dass die Reifen quietschten. »Für die Party hab ich Zuckerln eingesteckt.«

»Captagon und Menocil?« Ich kannte das nur vom Hörensagen, tat aber wissend, was mir sogleich seinen anerkennenden Blick einbrachte. Innerlich kicherte ich, verzog aber keine Miene. Der Junge drehte den Ton vom Autoradio bis zum Anschlag hoch, er stand total auf die Beach Boys und hatte eine Menge Kassetten aufgenommen. Als wir im Wienerwald vor der Villa von Selmas Eltern ankamen, war ich halb taub.

Feuchte Hitze lastete auf der Stadt. Im Wald hingegen war es angenehm frisch, mein nassgeschwitztes Sommerkleid fühlte sich kalt auf den Schenkeln an. Selma und Gwen kreischten vor Freude, als ich ausstieg, umarmten mich und drückten mir fast die Luft ab. Hakon gesellte sich zu den beiden Burschen, die den Grill anheizten, und wir Mädchen liefen in die Villa.

Gwen warf sich in Selmas riesigem Zimmer aufs Bett. Als ich das erste Mal hier auf Besuch war, zur Winterzeit, hatte ich den Eindruck, es wäre düster wie mein eigenes Daheim. Selmas Zimmer war groß. Es ging auf den Garten hinaus, und jetzt, sonnendurchflutet, war es auch unvergleichlich schöner. Ausgestattet mit hellen modernen Möbelstücken, an den Regalen und Kastenknöpfen hingen Glitzertand, Modeschmuck und Faschingsgirlanden aus Folie. Sogar Selmas Plüschtiere waren weiß oder rosa. Alles ganz anders als bei mir. Viel Spielzeug brachte mich in Konflikt; ich konnte nur ein Plüschtier, mein Krokodil, eine Puppe – die ohne Haare – und meine Bücher lieben. Alles, was darüber hinausging, mochte ich nicht; wäre mir wie ein Verrat vorgekommen. Außerdem hatte ich ein sehr kleines Zimmer, ein Kabinett in unserem Haus, eingerichtet mit dunkelbraunen, alten Möbeln, die nachts knackten.

»Also ich will den Norbert, der ist so süß«, zwitscherte Gwen.

Ich lümmelte mich in den weißen Korbsessel, wollte »Bennie« sagen, aber Selma kam mir zuvor. »Ich liebe seine rotblonden Locken und den kleinen Po.«

»Bleibt der Drogenbaron übrig«, maulte ich.

Beim Essen kam es anders, denn Bennie pfiff auf Selmas femininen Körper. Er fütterte mich mit Häppchen von verkohltem Kotelett, presste seinen Schenkel an mein Bein.

Selma schaute von Minute zu Minute missmutiger drein.

Als Bennie seine Zunge in mein Ohr steckte, sprang Selma auf und rannte in den Wald.

»Jetzt ist sie gar«, grinste Bennie und lief ihr nach.

Norbert und Hakon lachten.

»So ein ausgekochtes Arschloch«, sagte Gwen.

Ich stand unter Schock.

»Hast du's endlich geschnallt?«, rief Hakon.

»Du warst das Vorspiel«, sagte Norbert, »die treiben's jetzt so richtig irgendwo in den Büschen.«

»Gib mir eine von den Pillen«, bat ich.

»Rauf oder runter?«

Ich schnappte mir drei Blaue zum Runterkommen, obwohl ich keine Ahnung hatte, was Hakon damit meinte.

»Das ist zu viel!«

Er steckte zwei Finger in meinen Mund, aber ich hatte bereits alles geschluckt.

»Mach dir nix draus«, tröstete Gwen, sie streichelte meine Schulter mit ihrer weichen Hand.

»Ich geh spazieren«, sagte ich. »Allein!«

Blind vor Tränen trottete ich entgegengesetzt der Richtung, in die Bennie und Selma gelaufen waren.

Für Bennie habe ich viel gemacht, mit ihm für die Matura gelernt, ihm eingetrichtert, was er ohne meine Hilfe nie kapiert hätte, ihn beim Schummeln unterstützt. Die Rosen, die er mir nach der Matura geschenkt hatte, deutete ich als den Beginn einer zarten Liebe. Im Grunde schämte ich mich für meine Dummheit. Wie nur konnte ich glauben, dass er ausgerechnet mich Selma vorzog? Sie, die mit üppigen Brüsten und einem knackigen Hintern betörte. Meine lächerlichen Rundungen erinnerten an einen Rechen. Da brauchte ich mich nicht wundern. Auf einer Lichtung legte ich mich ins Gras und weinte eine Runde. Wahrscheinlich müsste ich eine alte Jungfer werden. Nun, Jungfrau nicht gerade, das hatte ich ja erledigt. Aber bis auf den Kerl in Oberammergau während der Passionsspiele im Vorjahr gab es keinen weiteren, der sich für mich interessiert hatte. Und der zählte nicht.

Ich mochte Bennie schon länger, hatte mich seinetwegen so sehr auf das Wochenende gefreut. Obwohl ich zu weinen aufgehört hatte, verschwamm alles vor meinen Augen. Die saftigen Beeren da drüben. Es war der richtige Moment, zu entkommen. Meine Beine versagten, ich kroch auf die Tollkirsche zu. Disteln stachen in meine Hände, die Knie wurden weich, ich landete auf dem Bauch, krümmte mich unter dem Strauch zusammen. Die Kirsche schmeckte angenehm süß, es gab keinen harten Kern, nur Samen, die sich mit der Zunge zerdrücken ließen.

»Bennie, du Sau«, rief ich und stopfte mir noch eine Kirsche in den Mund. Grüne und blaue Kreise tauchten vor meinen Augen auf. Wäre mir nicht kotzübel gewesen, hätte ich mich kaputtgelacht. Ich hatte keine Zeit, die fliegenden Würmchen vor der Nase einzufangen, ich kämpfte ums Atmen, hechelte. Auf einmal war mir glühend heiß. Das verkohlte Kotelett fiel mir ein, und dann wurde alles schwarz. Erst im Krankenhaus wachte ich auf, es war genauso heiß wie jetzt in Paris.

Der Regen hat nicht abgekühlt, im Gegenteil, die Luft steht dick und feucht über der Stadt. Die Seine stinkt nach Abwasser. Ich spaziere zum Centre Pompidou; eine Empfehlung von Papa, der viele Male in Paris gewesen ist, weil er findet, in dieser Stadt gäbe es die schönsten Dessous der Welt. Er fotografierte die Modelle und ließ sie mit geringfügigen Abänderungen in der eigenen Schneiderei nach nähen. Ein Wäsche-Spion, der Papa. Ich kaufe in einer kleinen Bäckerei ein Stück Tarte Tatin und setze mich an den Rand des Brunnens, in dem Nicki Saint Phalles grelle Figuren stehen und liegen. Bunt und entspannt wie die dicke Liegende, so wäre ich gern. Nicht mager und nervös. Der Apfelkuchen hat geschmeckt, ich lecke die Brösel von den Fingern.

»Bonjour, Mademoiselle.« Eine sonore Stimme.

Ich sehe mich um, aber da ist keiner, doch etwas zupft am Riemen meiner Sandale. Eine große Ratte!

»Bonjour, Helene«, sagt sie.

Zuerst bemerke ich den voluminösen Hodensack zwischen den Beinchen des Tieres, das Männchen macht.

»Ich bin Louis, ganz Paris fragt sich, wieso Mademoiselle sich ungeliebt fühlt.« Er zieht die Nase kraus, »Es gibt einen Mann für dich, ich bin sicher.«

»Wie kommen Sie …« seit wann siezt man eine Ratte? »Wie kommst du dazu …«, korrigiere ich mich.

»Wir lesen Gedanken. Wie sonst werden wir mehr und mehr, obwohl ihr uns vernichten wollt? Meine Freunde finden dich charmant. Du hast im Deux Magots Absinth getrunken.«

»Ist ja unglaublich.« Ich fliehe, doch Louis läuft mir nach, ist nicht abzuschütteln. Es ist zu heiß, um weiter zu rennen, ich gebe auf und setze mich auf eine Bank. Der Rattenmann springt neben mich.

»Amadou hat Chevalier von dir erzählt, der hat es weitergegeben, und so kam die Botschaft irgendwann zu mir. Voilà, da bin ich.« Louis steppt eine Runde, ehe er sich niederlässt. »Und ich wollte immer schon das wunderbare Vienne besuchen. Ich helfe dir, chérie, wir werden das schon wuppen«, sagt er tröstend.

Er weicht während der kommenden drei Tage in Paris nicht mehr von meiner Seite, nur während der Besuche der Textilmesse lässt er mich allein.

Sobald ich aus dem Gebäude trete, steht Louis bereit.

»Pah«, sagt er, »warum besuchst du Friedhöfe? In dieser Stadt ist das Leben zuhause!« Und er führt mich durch Paris. Ratten kennen ihre Städte, ich mag Louis von Tag zu Tag mehr.

Für die letzte Tour vor meiner Abreise hat er sich das seinerzeit berühmte Künstlerviertel aufgehoben. Auf der Höhe des Montmartre tummeln sich die Menschenmassen, ein Restaurant klebt am anderen, Kneipen, sogar ein MacDonalds. In jedem der kleinen alten Häuser ist ein Lokal etabliert. Der Weg zur Sacré Coeur ist mit Souvenirläden und Würstchenbuden gespickt, ich rieche die öffentlichen Toiletten. Die Kirche, wie aus Zuckerguss, geht über vor Schaulustigen.

Der Parkplatz ist zugeparkt mit Reisebussen, aus denen unaufhörlich Touristen quellen.

»So viele Menschen!«

»Was dachtest du denn, Helene, Paris im Frühling. Die Stadt der Liebe«, lacht Louis und flüchtet mit mir vor dem Trubel in den kleinen Garten vor einer Kneipe. Wir trinken Pastis und schauen einem Maler zu, der einen Gast porträtiert. Der Schnaps schmeckt mir nicht sonderlich, aber ich trinke ihn im Angedenken an Toulouse-Lautrec und all die anderen Künstler, deren Namen mir entfallen sind. Mit Einbruch der Nacht zerstreuen sich die Touristen und Louis geht mit mir in ein Restaurant nahe den Stiegen, die vom Montmartre abwärts führen.

An den Wänden hängen vergilbte Porträtfotos von Künstlern wie der Piaf, Chevalier und Montand, die hier als Anfänger aufgetreten sind.

»Du sagst, Paris ist eine Stadt der Lebenden, Louis, aber ich sehe überall Tote.« Es bedrückt mich.

»Chérie, du hast wirklich ein grand Problem«, antwortet Louis und starrt mir intensiv in die Augen. »Ich werde dich nach Vienne begleiten, dich kann man nicht allein lassen.«

*

Seit ein paar Wochen wohne ich mit Louis in einer Mansarde – ein Zimmer mit Kochnische, Bad und winzigem Vorraum – im ersten Wiener Gemeindebezirk.

Meine Eltern kamen mit seiner Art nicht zurecht. Ständig bestimmte er, welches Fernsehprogramm anzusehen war, was auf den Tisch kommen sollte und vor allem, wie mit mir umgegangen werden durfte. Nämlich höflich und respektvoll.

Ein rotes Tuch für Mutter, die nicht anders als rau formulieren kann. Außerdem hasst sie alles abgrundtief, was sie an die Wühlmäuse in ihrem Garten erinnert.

Schließlich kam es zu einem letzten großen Krach zwischen ihr und Louis, ausgerechnet an meinem dreißigsten Geburtstag. Auf dem Höhepunkt des Konfliktes biss er Margarethe in den großen Zeh. Die Wunde entzündete sich, eiterte schließlich. Meine Mutter hatte große Schmerzen und nahm eines Abends ein Schlafmittel, das sie in die Bewusstlosigkeit schoss. In dieser Nacht amputierte Louis ihr die kaputte Zehe.

»Damit Madame keine Blutvergiftung bekommt«, erklärte er, während er den Nagel ausspuckte, der sich zwischen seinen Vorderzähnen verfangen hatte. Das war das Ende seines Aufenthaltes in der Villa meiner Eltern. Was hätte ich machen sollen? Ihn allein lassen, obwohl er meinetwegen nach Wien gekommen war, um mich zu lieben?

Manchmal besucht uns Papa, er schaut mich dann mit traurigen Augen an. Ich ahne, warum: Ich habe Louis gegen ihn eingetauscht.

»Ich bin erwachsen, Papa, da wohnt man nicht mehr daheim.«

Lahm, ich weiß.

Louis sagt über ihn, »Monsieur Konrad ist ein feiner Herr.«

Mutter betritt die Wohnung niemals.

»Ich spreche erst wieder mit dir, wenn er weg ist«, sagte Margarethe beim Auszug. Sie wollte Louis tottreten und er hat sich gewehrt. Hoffentlich gewöhnt sie sich allmählich an das Fehlen des Zehs.

Es ist Zeit aufzustehen, ich bereitete das Frühstück. Für Louis ein Schälchen Milch und Vanillekipferl, für mich Kaffee, schwarz wie die Nacht. Dann streichle ich ihn wach, seine Barthaare beben. Er scheint gewachsen zu sein, merkwürdig. Nach seinem Vollbad in Calvin Klein Schaum, wobei er französischen Rock von Johnny Hallyday gesungen hat, bitte ich ihn, »Stell dich mal eben neben mich, mon chère. Auf die Hinterbeine.«

»Dein Wunsch ist mir Befehl«, schäkert er.

Ich habe mich nicht getäuscht. Louis kann mir den Arm um die Taille legen, seine Ohren berühren meine Brust.

»Wieso wächst du?« Ich bin verwirrt.

»Très chic«, sagt er und führt einen Freudentanz auf. Immer schneller wirbelt der Rattenmann, ich sehe nur noch einen grauen Schatten um mich kreisen. Das Zimmer versinkt im Chaos, mich überkommt Schwindel, ich kippe um.

»Kümmere dich um die Zehe deiner Mutter, ein Rätsel ist darin verborgen …« , sagt Louis. Die Geräusche verschwimmen, ehe mir schwarz vor den Augen wird.

»Ma belle, wach doch bitte auf«, höre ich Louis' Stimme wie durch Watte dringen. »Alles ist gut.«

Mir ist kotzübel, ich öffne die Augen nicht, ich fürchte, mich dann übergeben zu müssen. Solange er für mich eine Ratte war, ist doch alles gut gegangen? Und nun, ein Mann?

»Louis?«, flüstere ich.

»Ich bin da.« Er fährt mir liebevoll durchs Haar. Nicht mit einer Pfote, nein! Seine große, weiche Hand streicht die Strähnen aus meinem Gesicht.

»Schau mich an«, bittet er.

Ich zwinkere die Tränen weg und wage es, die Lider ein wenig zu heben. Sein Lächeln ist breit, so breit, als hätte er mehr Zähne im Mund als andere. Die Fältchen um seine Augen wie Sonnenstrahlen.

»Liebste, warum weinst du?« Louis ist tatsächlich ein Kerl. Er beugt sich über mich, ich schlage die Hände vors Gesicht und rolle mich auf dem Teppich zusammen.

»Louis, bist du es?«

»Oui, naturellement«, sagt er.

Louis trägt Schnurrbart. In Paris geboren, fünf Jahre jünger als ich, studiert er Medizin. Seit er mir hierher gefolgt ist, an der Wiener Universität.

»Vier Monate sind wir bereits ein Paar, Helene.« Er hilft mir aufs Sofa, ich zittere so sehr, dass meine Zähne klappern.

»Wo ist die Ratte?«, frage ich mit zusammengepresstem Kiefer und betrachte ihn genauer. Groß ist er und schlank, braune Locken schmiegen sich um den gut geformten Kopf. Louis lacht.

»Wer? Wo ist wer? Du siehst mich an, als sei ich ein Fremder.«

Ich senke schamerfüllt den Blick.

»Pernod?« Louis reicht mir ein Glas davon.

»Ich muss jetzt etwas wissen.« Tröpfchen der weißen Flüssigkeit sprühen aus meinem Mund, »sind wir wirklich die ganzen Monate zusammen gewesen?«

Louis macht große Augen, fragt: »Was ist los?«

Panik. Beinahe zerdrücke ich das Glas. »So geht das doch nicht

...« Ich heule. Louis umarmt mich, aber ich entwinde mich ihm und laufe durchs Zimmer. Immer hin und her zwischen Kochnische und Bett. Endlich habe ich die Idee und wähle mit flatternden Fingern die Nummer daheim.

»Hast du noch alle Zehen?«, schreie ich Mutter an.

»Du wirst immer verrückter, Kind«, antwortet Margarethe und legt auf.

»Louis hatte recht, ihr die Zehe abzunagen«, sage ich zu Louis.

»Was habe ich?«

»Ich meine Louis, die Ratte.« Im Vorzimmer setze ich den hellrosa Strohhut auf.

»Adieu!«, rufe ich und werfe die Tür zu.

Alle Gegenwehr nützt ihr nichts, ich stürze mich auf sie und ziehe ihr die Schuhe aus.

»Du bist genauso verrückt wie deine Mutter«, keucht Margarethe, während sie versucht, mich von der Couch zu stoßen. Doch ich plumpse von allein hinunter, kann nicht glauben, was ich eben gehört habe, abgesehen davon sind noch alle Zehen dran.

Ich begutachte die blutige Schramme auf meinem Oberschenkel, aufgeschürft am Couchtisch.

Was hat sie eben gesagt?

Ich schnappe nach Luft, die Worte sind mir ausgegangen. Alte Bilder tauchen auf. Ich nachts im Flur, der Streit, von dem ich nichts verstanden hatte, meine Furcht, die Eltern würden mich wegschicken. Erinnerung daran, wie Margarethe die Blumen im Garten gestreichelt hat, als wären sie ihre Kinder. Die Berührungen, die sie für mich übrig hatte, dienten meist der Körperpflege, manchmal gab es einen Klaps. Einmal setzte es sogar Prügel. Ich war zwölf. Üblicherweise unterschrieb Papa die schlechten Noten, aber er war auf Geschäftsreise.

»Ich weiß, wie schlau du bist, Zensuren sagen gar nichts«, sagte er immer. Anders Margarethe. Für sie war das ein Grund zu strafen. Deswegen fälschte ich die Unterschrift. Als der Lehrer anrief, bekam ich Hausarrest. Ich rächte mich, indem ich Mutters Frühbeet mit dem mühsam gezogenen Lavendel zertrampelte.

Wenn ich heute darüber nachdenke, warum ich in Oberammergau mit siebzehn unbedingt meine Jungfräulichkeit anbringen wollte, vermute ich, zum Teil, um meinen Freundinnen zu imponieren. Vorwiegend jedoch, um meiner Mutter etwas anzutun. Ja. Ich bin mir sicher.

Eine Woche mit Margarethe. Ich hatte die Mansarde für mich. Mutter schlief einen Stock tiefer, allein im Doppelbett. Papa wollte den heiligen Dreck, wie er die Passionsspiele nannte, nicht sehen.

Nachts starrte ich auf die Dachschräge aus Kiefernholz, ein paar Zentimeter über meiner Stirn, streckte den Hals aus dem Kissen und leckte das Holz ab.

»Du sollst keine Unkeuschheit treiben.« Ich sagte die Gebote auf. Morgen war die Kreuzigung Jesu dran. Ich hatte Margarethe angekündigt, dass ich danach die Tennenbar besuchen würde. Es war an der Zeit.

»Ich bin siebzehn«, antwortete ich, als sie es verbot. Ihr war klar, dass ich die Frühstückspension zusammenschreien würde, wenn sie nicht nachgäbe, und das machte ihr Angst.

Ich hatte es satt, als Jungfrau durchs Leben zu gehen. Gwen und Selma lachten mich aus, weil ich noch keine Erfahrungen mit Sex vorweisen konnte. Sex ist das Beste von allem, sagten meine Freundinnen. Beim Tanzen in der Tennenbar gab ich Vollgas, schüttelte den Körper, wie ich es im Fernsehen gesehen hatte. Das blieb nicht ohne Wirkung. Jesus war vom Kreuz gestiegen, er lud mich zu

Dope ein. Nachher würde ich mit ihm schlafen, das musste einfach sein. Ein zweiter Junge tauchte auf, gesellte sich zu uns. Eigentlich fand ich ihn sowieso hübscher. Wir teilten den Joint, dann ging Jesus auf die Tanzfläche zurück. Ich hatte nur noch Augen für den anderen. Wir machten es hinter einem Holzstoß. Mein Slip aus altrosa Seide war danach klebrig. Ich warf ihn ins Klo. Aus Papas Dessousfabrik konnte ich mir jederzeit einen neuen holen. Dann ging ich wieder tanzen.

Gegen Morgen stand ich am Bett meiner Mutter und schrie: »Jetzt bin ich eine Frau und du kannst mir gar nix mehr!« Sie verzweifelte aus Angst vor Papa, aber ich versprach ihr, nichts zu verraten. Schon aus Eigenschutz hätte ich ihm das niemals erzählt, so verrückt war ich nicht.

»Steh auf, Helene«, bittet Margarethe nun mit ihrer rauen Stimme.

»Wer bist du? Was hast du da gesagt? Verrückt wie meine Mutter? Du bist hart, aber verrückt doch nicht?« Ich spucke auf den Kratzer und setze mich in den Sessel gegenüber.

Jetzt zittert Margarethe am ganzen Körper, sie verschwimmt zu einer gallertartigen Masse, schwappt über den Teppich, kriecht auf die Tür zu.

Was denkt die sich denn! »So leicht kommst du mir nicht davon.« Ich schnappe nach dem gräulichen Zeug und ziehe dran. Als Mutter wieder Gestalt annimmt, packe ich sie aufs Sofa. Margarethe ist bleich. Sie schweigt, und ich werde immer wütender. »Wer ist meine Mama?«

Wenn Margarethe nicht sofort den Mund aufmacht, beiße ich sie in den Hals. Schon setze ich zum Sprung an, doch die Tür öffnet sich, und Papa steht im Zimmer.

»Ich habe gehört, du willst wieder arbeiten, mein Kind, das ist ja

wunderbar!« Strahlend.
Ist er verrückt geworden? Na warte nur, du kommst auch gleich dran. Erst aber Margarethe.
Sie flieht in den Garten. Ich setze ihr nach, greife mir den vollen Unkrauteimer und leere ihn über den Astern aus. Dann renne ich auf die Wiese hinter dem Bretterzaun hinaus, durch die ein Bach führt und schaufle mit beiden Händen Nacktschnecken in den Kübel, bis er randvoll ist. Zurück im Garten, keuchend vor Zorn, schütte ich ihr die Schnecken über den Kopf.
»Was Giulios Mutter kann, kannst du auch!«, schreie ich und heule los. »So viele Jahre lasst ihr mich in einer Lüge leben?«
Margarethe bricht weinend zusammen, und ich gehe zurück ins Haus.
Mit ungläubiger Miene fragt Papa: »Was soll das bedeuten?«
»Wer ist meine Mama?« Drohend nähere ich mich ihm. Dem Mann, der meine Zöpfe geflochten hat, den ich über alles liebte, ihn glücklich sehen wollte. Immer!
Er erblasst, stöhnt auf und schwankt.
»Was ist denn los mit euch? Wie könnt ihr es wagen, mich in einer Lüge leben zu lassen!« Entsetzen schnürt mir die Kehle ab, ich kann nur krächzen.
Konrad lässt die Arme sinken, schlurft zum Sessel, fällt hinein.
Ich stehe heulend zwischen Wohnzimmer und Küche, sehe Margarethe im Garten. Sie scheint nicht in der Stimmung, die Schnecken einzusammeln, und schleppt sich über die Terrasse, kommt herein und schluchzt. »Ich bin schuld, Konrad, bitte, das musst du mir glauben, Helene kann nichts dafür.« Sie setzt sich aufs Sofa, zwei Schnecken klammern sich an ihren Schultern fest.
Meine Beine fühlen sich an, als könnten sie sich nie mehr vom Boden lösen, dabei möchte ich nur weg, weg, weg von dieser

verlogenen Bande, die sich meine Familie nennt.

»Ist sie tot?«, frage ich in die blassen Gesichter auf starren Körpern. Vielleicht war meine echte Mama somnambul? Sie spazierte im langen Spitzennachthemd über Dächer und geriet in eine Stromleitung.

»Sie ging fort, als du zwei Monate alt warst. Ich bat Margarethe, mir zu helfen.« Damit zerstört Konrad diese Idee. Er murmelt, dass ich ihn kaum höre, aber ich habe verstanden.

»Verlassen ...« Seine Stimme versiegt.

Mir wird richtig schlecht. »Warum hat sie uns verlassen, Papa?«

»Ein Land reichte nicht. Ein Mann reichte nicht.«

Mein Vater steht auf und verlässt das Zimmer.

Komplett leer ist mein Kopf, ich kann keinen Gedanken darin finden. Es kostet immense Kraft, die Beine zur Bewegung zu zwingen, die Betäubung zu überwinden. Erst als ich aufstampfe, spüre ich mich wieder, pflücke die beiden Schnecken von Margarethe und laufe in den Garten, streife mit widerspenstigen Waden durch die Wiese, um die Tiere einzusammeln, und setze die Schnecken wieder neben dem Bach aus.

Louis hat einen Abschiedsbrief hinterlassen:

Mon Amour, ich spürte, du bist nicht mehr bei mir. Nie mehr. Quelle tragédie! Du mochtest bloß ein kleines Stück meiner Nature, nicht den ganzen Louis. So entferne ich mich schweren Herzens aus deinem Vie. Adieu, ma belle Helene.

Es ist ein Jammer, dass ich Louis nur gern habe, sehr gern sogar, aber keine Liebe spüre. Wer kommt denn auch auf die Idee, für ein Haustier zu entflammen? Mit ihm war es eine leichte, fröhliche Zeit gewesen, solange ich ihn als anschmiegsame Ratte gesehen habe, doch als Mann an meiner Seite? Das war nicht geplant und gewollt gewesen. Erst muss ich herausfinden, was mit mir los ist, mich besser kennenlernen. Vor allem jetzt, nachdem mein Bild von der Familie zerstört ist, oder besser gesagt, wie ein Kartenhaus zusammengebrochen.

Ein Louis hat keinen Platz mehr in meinem Leben, ich rechne ihm seine Sensibilität hoch an; er hat es verstanden. Nun ist es Zeit, Pläne zu schmieden.

Ich lasse mir ein Bad ein. In der Wanne, umgeben von knisternden Schaumbläschen kann ich gut nachdenken. Über die schemenhafte Mutter, den geliebten und doch verlogenen Vater und die dumme Margarethe, die mir längst hätte die Wahrheit sagen müssen. Morgen gleich kündige ich diese Wohnung und kehre in die Villa zurück, um die sogenannten Eltern zu befragen. Warum haben die mich derart im Unklaren gelassen? Was nur ist damals vorgefallen? Und wenn ich es aus ihnen herausschneiden muss, ich will die Wahrheit.

Danach werde ich in der Fabrik meinen Arbeitsplatz einnehmen. Schluss mit dem Reisen, den Männern. Nur mehr Werbekampagnen entwerfen für Hemdchen, Büstenhalter und Unterhosen. Zwischendurch vielleicht wohltätige Zwecke oder Künstler fördern, gegen die Weltarmut protestieren?

Das Jetzt ist gerade furchtbar, wenn ich an das Morgen denke, geht es mir besser. Das Wasser ist kalt geworden, ich drehe die Dusche ganz heiß auf und spüle den Schaum vom Körper. Nach dem Abrubbeln überziehe ich das Bett mit frischer, duftender Wäsche und lege mich nackt hinein. Alles muss anders werden. Jetzt.

*

»Schau, Helene, die Arbeit hier langweilt dich doch, deswegen habe ich überlegt, das Unternehmen zu veräußern.«

Auf einen Ellenbogen gestützt, lümmle ich auf Papas Schreibtisch. Als Kind habe ich das auch oft gemacht. Quer über seinen Papieren. Um ihm näher zu sein. Und nun lenkt er ab, um ja nicht über das Geheimnis reden zu müssen, die Gemeinheit, mich so viele Jahre angelogen zu haben.

»Ich will wissen, was mit meiner richtigen Mama ist«, jammere ich, »wie heißt sie?«

»Mercedes.«

Er versucht, ein paar Dokumente unter meiner Hüfte hervorzuziehen, aber ich schlage seine Hand weg. »Lass diesen Kram, rede mit mir, Papa.« Mir wird heiß vor Zorn.

Mit einem bedauernden Blick lehnt er sich im Sessel zurück. »Gut. Aber mach mir die Angebote da nicht kaputt.«

Am liebsten möchte ich alles zerfetzen, lasse es dann bleiben, da ich ja will, dass er den Mund endlich aufmacht, und setze mich auf die Besuchercouch, weg von ihm. »Also?«

»Nach ihrem Abitur kam Mercedes aus Andalusien nach Wien, sie war siebzehn und studierte Tanz. Die Mittagszeit verbrachte sie immer in dem Tapa-Lokal am Naschmarkt, in das du auch so gern gehst mit mir. Es war damals das einzige spanische Restaurant in Wien. Dort haben wir uns kennengelernt.« Er verstummt, sein Blick ist nach innen gerichtet.

Genau eine Minute schenke ich ihm, dann mahne ich, »Und?«

»Sie war eine Künstlerin. Betörend schön, betörend begabt, betörend charmant. Sie war knapp achtzehn, als du geboren wurdest. Man muss das verstehen. Ich war einfach zu alt für sie mit fünfunddreißig.«

»Sie wollte mich nicht.« Ich schlucke.

Papa setzt sich neben mich. »Sie hat sich wahnsinnig gefreut auf dich.«

»Wie auf eine neue Puppe?«

»Du hast die gleichen Augen. Groß und braun. Du siehst aus wie sie.« Er streichelt meine Wange. Ich wende mich ab.

»Warum hast du es mir nicht gesagt?«

»Weil ich dir nicht weh tun wollte.«

»Ach.«

Ich springe auf, greife durch die Rippen nach meinem Herzen, reiße es heraus. Es löst sich mit einem schmatzenden Geräusch. Den blutigen Klumpen halte ich Papa hin. Rot tropft es auf das Marmortischchen zwischen uns.

»Du hast vergessen, dass ein Herz alles fühlt. Und dass das alles gelebt werden muss.«

Papa tut, als ob er meinen Schmerz nicht sehen kann oder will. »Es gab nie den passenden Augenblick, es dir zu erzählen, mein Kind.«

»Da gibt es keinen richtigen Moment, Papa.« Ich stopfe das Herz zurück und gehe.

Noch kann ich nicht ins Elternhaus zurückkehren, wie ich dachte. Ich benötige Zeit für mich allein, um mit der neuen Situation leben zu können. Es dauert, plötzlich mit einer veränderten Familienkonstellation zurechtzukommen. Male mir aus, wie meine Mama sein könnte. Es ist unbegreiflich, dass sie mich verlassen hat, sie muss eine eiskalte Person sein.

Vier Wochen lasse ich niemanden an mich heran. Wenn das Telefon klingelt, ersticke ich das Läuten unter einem Kissen, bis es verstummt. Ich gehe nur aus, um im Lebensmittelgeschäft an der

Ecke einzukaufen, dann verbarrikadiere ich mich wieder. Erst als ich weiß, was ich tun werde, rufe ich Papa an und verabrede mich mit ihm.

»Was möchtest du essen?« Papa tippt auf die Glasvitrine, hinter der verschiedene Tapas in Porzellanschüsseln zu sehen sind.

Die schwarz gelockte Schöne im weißen Arbeitsmantel, der mit Olivenöl und Chiliröte vollgespritzt ist, hält abwartend Teller und Greifwerkzeug bereit. Ich klopfe mit dem Zeigefinger gegen die Scheibe, die Sardinen zwischen dicken Oliven glupschen mich an. Die Bedienung packt ein paar der Fische und legt sie auf den Teller. Dazu suche ich mir gebratene Pflaumen im Speckmantel, Knoblauchgarnelen und frittierte Kartoffelwürfel aus. Er nimmt Chorizo, Schweinsohr und Serrano-Schinken. Wir balancieren die gefüllten Teller zu einem der weiß gedeckten Tischchen. Das spanische Mädchen bringt uns den bestellten Halbliterkrug Rioja und Wasser.

»Wo ist diese Mercedes, was meinst du?« Ich beiße der Sardine, die mich anstarrt, rasch den Kopf ab.

»Das Elternhaus steht in Andalusien. Ihre Mutter ist zur Hälfte Deutsche, der Vater Spanier. Liebling, es tut mir alles so wahnsinnig leid …«

»Mir auch. Unglaublich, was ihr mir für Lügen aufgetischt habt. Das ist eine Frechheit einem Kind gegenüber!« Meine Hand zittert, die Gabel schlägt gegen den Teller, ich muss sie weglegen. Dann reiße ich an Papas Ärmel. »Ich will sie sehen.«

Er stöhnt auf, wie so oft in den letzten Tagen, und trinkt einen großen Schluck Rotwein. »Ich halte das für keine gute Idee.«

Absichtlich lache ich schrill auf, spucke die Augen des Fisches aus. Sie kullern über das Tischtuch.

»Das ist doch mir egal!« Ich schreie so laut, dass die Schwarzgelockte den rot lackierten Mund spitzt, während die Sardinenäuglein kopflos in verschiedene Richtungen blicken.

Papa ist blass geworden. »Du hast gewonnen. Ich reise Ende Oktober mit dir nach Spanien.«

Bedächtig zupfe ich die Augen vom Tuch, lege sie sanft auf den Teller und zwinkere ihnen dankbar zu. »Lass mich allein fahren. Wie erklärst du Margarethe, dass du deine Exfrau besuchst?«

»Sie wird es verstehen. Sie ist eine tapfere Frau.«

Als ich später zu Hause Margarethe im Garten beim Jäten zwischen den welken Tomatenstauden finde, sage ich zu ihrem gebeugten Rücken: »Ohne dich wäre meine Wunde furchtbar groß geworden.« Ein bisschen verlegen, ich war auch nicht gerade nett zu ihr. Langsam richtet meine Stiefmutter sich auf.

»Ich konnte keine eigenen Kinder bekommen, wollte mein Bestes für dich machen.«

Die Abendsonne verschwindet hinter einem Wolkenturm. Vorsichtig lege ich die Hand zwischen Margarethes Schulterblätter. »Jetzt verstehe ich dich halbwegs. Du konntest kaum anders handeln. Wenn du manchmal sehr grob zu mir warst, hast du das der Verantwortung geschuldet. Papa war viel unterwegs, du wolltest mich ordentlich erziehen, nicht wahr?«

Sie zwinkert ein paar Tränen weg, senkt den Kopf.

»Dass du dich verplappert hast, war gut. Kannst du mir genauer erzählen, was damals passiert ist?«, frage ich. Verlegen streicht sich Margarethe über die spröden Haare.

»Ja, vielleicht. Aber lass mir noch ein bisschen Zeit«, sagt sie und setzt sich zwischen ihre geliebten Pflanzen. Mir scheint, eine Riesenlast fällt von ihrem Rücken ab.

»Dir bin ich nicht böse, aber Papa.«

Sie lächelt.

Ich will immer noch ein Kind haben, ich würde es niemals belügen. Wieder im Haus, laufe ich die Treppe hinauf in mein Zimmer und wähle Djangos Nummer.

»Hallo Django.«

»Wer ist dort?«

»Ich bin's.«

»Kenn keine *Ich*«, Djangos Stimme klingt gereizt.

»Helene.«

Er lacht. »Echt jetzt? Die alte Helene?«

Ich kichere.

»Wie geht's, was willst?«, fragt er. Durchs Telefon höre ich tiefes Inhalieren. Das Rauchen hat er sich noch nicht abgewöhnt. Zigarette oder Joint? Ich frage nicht nach.

Er ist mit einer Jamaikanerin verheiratet, stolz zeigt er mir ein Foto im Kaffee Alt Wien, in dem wir uns verabredet haben.

Patty trägt darauf ein buntes Tuch um die Hüften, sie steht vor einer Hütte mit Wellblechdach. In ihren Armen ein Baby.

»Stammhalter. Das ist bei Pattys Eltern daheim«, grinst Django stolz. Von seinen schwarzen Dreads, die ihm damals bis über die Schultern gereicht haben, ist nichts mehr übrig. Mit eng an den Kopf gegeltem Kurzhaar sieht er wie ein Mafiaboss aus. Die zerfetzten Jeans sind einem dunklen Anzug gewichen.

»Bin jetzt Geschäftsführer bei Papa«, sagt er und rückt den Krawattenknopf zurecht.

Die Familie hat ein Lebensmittelgeschäft, ich erinnere mich.

»Bist du glücklich?«, frage ich.

Sein heiseres Lachen ist nicht verloren gegangen in der Zeit.

»Klar, Mann, mir geht's gut. Was willst du?« Gelangweilt.

»Wie war ich? Damals.«

»Du hast oft keine Schuhe getragen.« Django schaut unter den Tisch. Ich ziehe die Füße in den rosaroten Pumps unter den Stuhl. »Und bist mit dreckigen Sohlen in meinem Bett gelegen. Ekelhaft war das.«

»Ist das alles, woran du dich erinnerst?« Gespannt stütze ich das Kinn in die Hand und starre Django an.

»Das war die Hauptsache, ja.«

Endlich kommt der Kellner zu uns, ihm schaut auch die Fadesse aus dem Gesicht. »Bitte schön?«

»Für mich einen kleinen Braunen«, sage ich, ohne den Blick von meinem Exfreund zu lassen. Django bestellt ein Achtel Rot.

»Starr mich nicht so an«, sagt er.

Ich senke den Blick, nippe an der Kaffeetasse.

»Weißt du noch? Ich wollte ein Kind von dir ...«

»Keine Ahnung. Echt?« Er schüttet den Wein hinunter, leckt sich die Lippen. Sein Ausdruck ist so leer.

Ich lege einen Zwanzigschillingschein auf den Tisch.

»Bist eingeladen«, sage ich, stehe auf und gehe.

In Selmas Garten toben vier Kinder zwischen Apfelbäumen. Wie die Orgelpfeifen, Selma hat eins nach dem anderen produziert. Meine Freundin sieht zerzaust aus. Ihr lichtblondes Haar hat sie zu einem losen Knoten aufgesteckt, aus dem sich feine Kringel lösen. Sehr schlank, beinahe dürr ist sie geworden, der schöne Busen von einst ist verschwunden. Der Gartentisch, an dem wir Pfefferminztee trinken und selbst gebackene Kekse essen, wackelt. Der weiße Lack ist zum größten Teil abgeblättert. Vor einer Ewigkeit saßen wir hier bei Grillfleisch. Scheiß-Bennie.

»Ich bin glücklich, dich endlich wiederzusehen, Helene.«

»Schön, dass sich dein Traum von den vielen Kindern erfüllt hat.«

Sie zwinkert rasch ein paar Mal. »Nur der Mann war ein Reinfall«, antwortet sie, »und meine Idee, Schauspielerin zu werden.« Ihre Wangen flammen auf.

Schnell nimmt sie meine Hand und zieht mich zu den Bäumen, unter denen kleine rote Äpfel neben einem Weidenkorb liegen.

»Hilf mir, sie aufzusammeln.« Ruppig, damit sie nicht weinen muss, ich weiß.

Ich schlüpfe aus den Schuhen. Das Gras ist weich und kühl. Im Hintergrund das Lachen der Kinder. Sie haben sich in das Indianerzelt zurückgezogen und albern herum.

Auf einmal erinnere ich mich an einen Film, den ich als Teenager mit Papa gesehen habe. Der Mann, den sie Pferd nannten, hieß er. Um Mitglied des Stammes zu werden, musste der Weiße blutige Rituale über sich ergehen lassen. Für einige Wochen war er mein Held gewesen. So einen tapferen Mann hätte ich immer noch gern.

Gebückt klauben wir die Äpfel in den Korb. Die meisten wurmstichig und angeschlagen.

»Was machst du damit?«

»Kompott.« Selma hockt sich in die Wiese. »Sag doch, wie ist es dir ergangen in all der Zeit?«

Auch ich halte inne, kauere mich zu ihr.

»Gestern habe ich Django getroffen«, sage ich zögernd, denn eigentlich brennt mir etwas ganz anderes auf der Zunge.

»Den Kifferjungen?«

»Er ist Geschäftsmann. Und er erinnert sich nicht, dass ich ihn geliebt hab.« Aus einem der Äpfel windet sich ein Würmchen. Ich gebe ihm einen Stupser auf den Kopf. Es runzelt die Stirn und blickt mich gedankenvoll an, ehe es den restlichen Körper befreit und davon kriecht.

Wir nehmen den Korb und tragen ihn zum Haus, die Stufen hinab in den Keller. Dort entdecke ich das Schaukelpferd, auf dem ich einst abwechselnd mit Selma und Gwen geritten bin. Es steht in einer staubigen Ecke, von Spinnweben bedeckt. Über der scheinbar heilen Welt meiner Kindheit liegt Staub. Unwillkürlich breche ich in Tränen aus, sie wiegt mich fest in den Armen, aber ich kann nicht mehr aufhören. Warum heule ich immer los, wie ärgerlich das für die anderen sein muss.

»Was ist denn, Helene, macht dir Django so zu schaffen?«

»Der Trottel? Nein.«

Selma reicht mir ein ziemlich dreckiges Taschentuch. Wie vielen Kindernasen hat es gedient? Mir ist das egal, ich schnäuze mich. Dann erzähle ich davon, wie ich absichtslos das Geheimnis meiner Geburt gelüftet habe. »Jetzt weiß ich, warum ich meine Stiefmutter lieber Margarethe nannte. Schon als Kind. Und wundern tu ich mich auch nicht mehr darüber, wie seltsam ich manchmal bin, nicht wahr, Selma?«

Ich wünsche mir, meine Freundin kann mich diesbezüglich beruhigen, aber das tut sie nicht.

»Na ja, ist bisschen schräg, wie du dich verhältst. Nicht immer, aber oft. Wenn ich an die Schulgeschichten denke, wie du Stein und Bein geschworen hast, du hättest Frau Stein ans Krokodil in Schönbrunn verfüttert, das war schon ...« Selma verstummt, sie sieht betreten aus. Noch einmal schnäuze ich mich, gehe in die staubige Ecke und streife die Spinnennetze vom Holzpferd, flechte ihm die Mähne zu einem Zopf. »Ich weiß nicht genau, was ich tun soll. Mercedes heißt meine Mama, ich glaube, ich muss sie besuchen, auch wenn sie mich nicht wollte.«

»Das ist bald dreißig Jahre her, heute wird sie anders darüber denken, ich bin sicher. Man vergisst sein Kind niemals«, sagt Selma mit fester Stimme.

Ich erinnere mich nicht, Papa je so aufgebracht erlebt zu haben. In der Glastür zum Garten steht Margarethe, die die Kürbisernte auf Grund des Gebrülls unterbrochen hat. Wie ein Junge lehnt Papa mit gesenktem Kopf am Kaminsims und stößt mit der Schuhspitze gegen den Sockel.

»Papa«, sage ich zum dritten Mal. »Ich fahre allein. Sie muss mir alles erklären. Du bist mit Margarethe ...«

»Blödsinn.«

In diesem Wort liegt so viel Schmerz, ich würde ihn gern in die Arme nehmen. Aber ich wage es nicht, solange er mich so wütend anfunkelt. Meine Stiefmutter wischt die Hände in die sonnengebleichte Schürze, kommt näher.

»Misch dich nicht ein«, warnt Konrad sie und rennt aus der Küche. Im ersten Stock knallt er die Tür zu seinem Zimmer zu.

Margarethe zuckt zusammen. »Er liebt immer noch nur sie.« Sie schenkt mir als Bankrotterklärung ein gequältes Lächeln, dreht sich um und geht in ihren Garten hinaus. Ich will sie nicht allein lassen und folge ihr.

»Bestimmt liebt er dich«, sage ich, »bestimmt.«

Margarethe greift zum Messer, das zwischen den Kürbissen im Beet liegt. »Es macht nichts. Er ist mir ein guter Mann.« Sie schneidet die reifen Früchte von den Stängeln.

Ich rolle einen besonders großen Kürbis, der wie ein Sonnenuntergang leuchtet, aus der Erde auf die Wiese, setze mich neben ihn und starre ihn solange an, bis er sich öffnet. Papa hüpft heraus. Nicht größer als zehn Zentimeter, trägt er wie immer einen eleganten Anzug und handgefertigte italienische Schuhe.

»Mach dir bitte keine Sorgen«, piepst er, »Margarethe ist genügsam wie eine Pflanze oberhalb der Baumgrenze.« Er schlüpft durch die Öffnung zurück, erst schließt sich das Fruchtfleisch, dann die Schale.

Ich nehme den Kürbis mit ins Haus und stelle ihn auf den Kaminsims. Papa schlendert die Treppe herunter. Er umfasst meine Schultern, seine Wut ist verschwunden.

»Ich habe mein Ticket storniert. Schon recht, wenn du allein fliegst.«

Nun kann ich ihn umarmen.

3.

Es gebe eine Sorte mit Namen Malaga, sagt der Eisverkäufer am Flughafen, »aber net bei mir, schöne Dame.«
Er redet Bayerisch, weil er einige Jahre in München gearbeitet hat, wie er mir gleich auf die Nase bindet. Auf meine nächste Frage antwortet er, »Ja, viele Busse gengan nach Torremolinos, nur zehn Kilometer von Malaga weg. Links neben der Ankunftshalle, gleich fährt oaner.«
Ich laufe los.

Während der Bus an abgeernteten Feldern und der ausgedörrten Erde der sonnenversengten Landschaft vorbeifährt, denke ich immer wieder an diesen Satz, den Papa über Mercedes gesagt hat: »Ein Land war nicht genug, ein Mann war nicht genug.«
Die Küstenstraße. Links das Meer, rechts an den Hängen, terrassenförmig, die Häuser, dicht an dicht. Grazil verzierte Balkone und Türmchen schmücken sie, aber auch moderne Bungalows sind dazwischen zu sehen.

Am Hauptplatz von Torremolinos steige ich aus. Das Herz klopft mir bis zum Hals. Wohin? Plötzlich bin ich nicht mehr sicher, ob es richtig ist, was ich da mache. Mit Mühe ziehe ich den Trolley über den Platz, der in der Mittagssonne wie ausgestorben liegt. Im Schatten der Markise eines Obstgeschäftes mache ich Pause vor den ausgestellten Orangen, Auberginen, Tomaten. In einer anderen Obstkiste fressen Wespen sich durch Pflaumen und Trauben.

Eine üppige Frau in einer Kleiderschürze tritt vor die Tür.

»Qué desea, senorita?«

»No entiendo.« *Ich verstehe nicht* ist außer *vielen Dank* das Einzige, was ich in dieser Sprache sagen kann, ich versuche es auf Englisch.

Die Ladenbesitzerin spricht es einwandfrei, sicher der vielen Touristen wegen.

Ich frage nach der Straße, in der Mercedes' Elternhaus steht. Es ist nicht weit von hier. Mutig stoße ich den Namen meiner Mutter hervor.

»I know her, yes. She lives with her mother in number four.«

»Muchas gracias, Señora.«

Zur Revanche kaufe ich ein Kilo schwarz schimmernde Trauben für Mercedes.

Nach ein paar Schritten ist die Papiertüte durchfeuchtet vom Saft der überreifen Beeren, ich balanciere sie auf der Handfläche, ziehe mit der anderen Hand das Gepäck hinter mir her. Ein Schwarm von Wespen begleitet mich. Ich fange zu laufen an, die Tüte reißt, und ich werfe sie mitsamt den Wespen in den Müllbehälter am Straßenrand.

Schier eine Ewigkeit dauert der Anstieg zwischen den Häusern; Shirt und Jeans kleben an meinem Körper. Endlich links die gesuchte Straße, und gleich entdecke ich das Haus Nummer vier. An der Ecke im Schatten eine Bodega mit Tischchen davor. Ich lasse mich auf einen der Strohsessel fallen. Nach langer Zeit erscheint ein Kellner mit dunklem Teint. Ohne die knöchellange weiße Schürze um die schmale Taille würde er als Flamencotänzer durchgehen. Ich wische mir eine Strähne aus dem feuchten Gesicht, bestelle Kaffee und Sprudel. Auf der Toilette im Lokal wasche ich mich mit kaltem Wasser, suche dann an der Theke ein paar Tapas aus.

Lange schaue ich auf das weiß blitzende Haus gegenüber. Die dunkelroten Fensterläden sind geschlossen. Was, wenn Mercedes mir die Tür vor der Nase zuschlägt? Einen neuen Gefährten hat, der mich, die Tochter aus der Vergangenheit, hasst? Am späten Nachmittag liegt das Haus im bläulichen Schatten.

Ich zucke zusammen, als die Läden geöffnet werden, ein Fenster schwingt auf. Wenn ich jetzt nicht aufstehe und zu dieser roten Tür gehe, werde ich es niemals tun. Also zahle ich, überquere die Straße und betätige den Ring des Türklopfers, der aus dem Maul eines eisernen Löwenkopfes hängt. Einige Sekunden vergehen, hinter der Tür werden langsam näherkommende Schritte laut, mir zittern die Knie.

Im ersten Moment blicke ich auf eine rotgefärbte Löwenmähne herab. Ein altes Gesicht mit hohen Backenknochen und spitzem Kinn, geformt wie ein Herz darunter. Die Frau blinzelt gegen das Licht, legt die Hand wie einen Schirm über die Augen. Ihr zierlicher Körper ist mit einem maßgeschneiderten Kostüm bekleidet, das graue Tuch viel zu warm für einen andalusischen Oktober.

»Ich suche Mercedes«, sage ich.

Ein spanischer Wortschwall ergießt sich aus dem Mündchen.

Am liebsten würde ich davonrennen, aber ich reiße mich

zusammen, zähle auf, was ich bis hierher schon alles bewältigt habe. Ich bin doch erwachsen. Sanft berühre ich die Schulter der alten Dame, um die nicht zu verstehenden Wortkaskaden zu unterbrechen.

Es wirkt tatsächlich, und ehe es wieder losgehen könnte, frage ich: »Sénora, quiesiera Mercedes, per favore?«

Die kleine Stirn runzelt sich. »Es heißt: por favor. Dass die Deutschen es nie richtig sagen. – Was wollen Sie von meiner Tochter?«

»Ich bin ihre Tochter aus Wien.«

Die Großmutter nimmt die Hand von der Stirn, blickt nun in mein Gesicht. Sie schwankt, klammert sich ans Türblatt, schaut mich verwirrt an. Eine Weile stehen wir nebeneinander im dunklen Flur, bevor die alte Dame aufseufzt, »Madre mia« ruft und mich als ihre Enkelin willkommen heißt.

Ihre Umarmung ist zuerst unsicher, dann wird sie inniger und bald drückt sie mich derart an sich, dass mir die Luft wegbleibt. Ihre Löckchen kitzeln mich am Kinn. »Meine Güte«, sagt sie und zieht mich durch das Vorzimmer in einen Salon.

Vor den Fenstern geraffte mitternachtsblaue Samtvorhänge, die antiken verschnörkelten Sessel um den dunklen Holztisch mit dem gleichen Samt bespannt. Ein weißes Spitzendeckchen auf dem Tisch, darauf eine Glasschale mit Früchten. Die Großmutter geht in dieser Üppigkeit unter.

»Im ersten Moment fürchtete ich, verrückt zu werden.« Sie sinkt auf einen der Stühle nieder. »Du siehst wie sie aus, vor zwanzig Jahren.« Ihr Deutsch klingt hart, ungeübt. Sie tippt sich mit dem dunkelrot lackierten Daumennagel auf die Brust. »Ich heiße Desideria. Nimm doch Platz.« Zu erregt, Worte zu finden, kann ich nur blöd grinsen und setze mich auf die Kante des Stuhls gegenüber.

»Du kannst mich Yaya nennen, das heißt Großmutter«, sagt sie. »Möchtest du Kaffee? Mercedes ist nicht hier.«

Die Aufregung schlägt in Enttäuschung um, schon steigen mir die Tränen in die Augen. Ich lege die Hände auf mein erhitztes Gesicht.

In der nächsten Sekunde spüre ich Yaya neben mir, sie streichelt mein Haar. »Sie ist vor ein paar Monaten verschwunden. Voller Wut. Bis zu dem Zeitpunkt hatte sie ein Engagement in Granada als Flamencotänzerin. Und dann hat die Direktion ihren Vertrag nicht mehr verlängert. Sie sei zu alt.«

»Hast du gar keine Idee, wo sie sein könnte?«

Die alte Frau schüttelt den Kopf. »Sie war immer schon so. Wenn etwas schwierig wird, rennt sie davon.« Yaya steht auf, hebt die Arme, macht einen Flamencoschritt und schnippt mit den Fingern. »Olé! Du bleibst, solange du Lust hast. Ich freu mich wie verrückt, dich endlich bei mir zu haben«, sagt sie und zwickt mich in die Nasenspitze. »Sie wird schon irgendwann wieder auftauchen, vielleicht bald? Wenn nicht, dann werde ich ihr von dir erzählen. Sie wird bestimmt überglücklich sein und sich bei dir melden.«

Während Yaya Abendessen kocht, streife ich durchs Haus. Über dem Esstisch hängt das Foto eines Mannes. Er blickt mit stolzem Ernst in die Kamera. Eine Trauerschleife ist um die linke Ecke des Rahmens gebunden.

Mit Gänsehaut betrete ich Mercedes' Zimmer im ersten Stock. Gleich fällt mein Blick auf den Frisiertisch, der ursprünglich eher ein Schreibtisch gewesen sein muss, so ausladend wie er ist. Ein großer Spiegel lehnt an der Wand, die untere Leiste wurde mit groben Schrauben nachträglich auf der Tischplatte fixiert. Später beim Abendessen werde ich Yaya fragen, ob es einen Mann im Leben meiner Mutter gibt.

Auf dem Tisch steht eine Schatulle mit Intarsien, neugierig öffne ich den Deckel. Viele Kastagnetten liegen darin, ich suche mir welche in rot aus und schlüpfe mit Daumen und Zeigefinger in die Haltebänder eines Paars. Klapp, klapp, viel zu langsam; irgendwann muss ich Mercedes fragen, wie das funktioniert. Neben der Schatulle liegt ein Tuch aus weißem Samt, auf das Variationen von Steckkämmen geschichtet sind. Ein Foto von Mercedes klemmt auf dem Spiegel. Im Tanzkostüm lächelt sie in die Kamera. Sie hat große dunkle Augen, grellrot ausgemalte, volle Lippen dominieren das von blau-schwarzen Locken eingerahmte Gesicht.

»Sicher gefärbt. So ein Schwarz gibt es in Wahrheit nicht.« Ich wende mich dem Kleiderschrank zu, der eine ganze Wand einnimmt. Darin hängen Schnürmieder in Rot und Schwarz neben weiten, langen Röcken. Auf dem Boden stehen Flamencoschuhe mit halbhohem Absatz und Metallplättchen an den Sohlen. Ich lege mich quer über das Bett zwischen die vielen Kissen. Ihnen und dem Laken entströmt ein Duft nach Zitrone und Frau. Mein Herz klopft vor lauter Liebe, ich schließe die Augen und atme den Geruch ein.

Yaya ruft nach mir, so selbstverständlich, als sei ich hier zuhause.

»Ich habe dich gefunden«, flüstere ich dem Raum meiner Mama zu, »in deinen Dingen wenigstens«, und laufe die Stufen hinab.

Es gibt Blumenkohl mit Tomatensalsa, Rosmarinkartoffeln und Ziege aus dem Ofen. In meinem ganzen Leben hat nichts so köstlich geschmeckt.

»Ja, dein Großvater ist im vergangenen Dezember an Krebs gestorben. In unserem Bett«, sagt Yaya. Sie hat bemerkt, dass ich immer wieder das Bild über dem Tisch ansehen muss. »Vierzig Jahre Liebe. Davon trennt man sich nicht so leicht. Erst als er roch, habe ich den Arzt gerufen, damit er den Totenschein ausstellt. Rodrigo ist immer noch bei mir, ich spüre es.«

Eine Frau voller Liebe. Da darf ich bestimmt sagen, was mir auf den Lippen brennt. »Yaya, erzählst du mir, warum meine Mutter mich verlassen hat?«

Großmutter legt die Gabel beiseite, tupft sich den Mund mit der Damastserviette ab. »Das ist nicht ganz einfach zu durchschauen, Helenchen, ich war ja nicht dabei.« Ihr Blick gleitet in die Vergangenheit. »Eines Tages stand deine Mama vor der Tür. Ich suchte das Baby, fragte natürlich danach, und sie sagte nur, es hätte es besser bei Konrad. Ich bohrte und bohrte, aber sie wollte nicht darüber reden. Erst Jahre später, da war sie schon fix engagiert im Tanztheater, ließ sie eine Bemerkung fallen.«

Yaya steht auf und beginnt den Tisch abzuräumen.

»Was denn? Was sagte sie?« Ich halte ihre Hand fest, sie soll aufhören, gerade jetzt herumzuräumen. Endlich lässt sie es bleiben und setzt sich wieder.

»Ihr Lebenshunger war übermächtig, sie wusste dich bei deinem Vater und Margarethe in guten Händen, und außerdem hätte Konrad dich Mercedes niemals überlassen.« Yaya lächelt und streichelt mir übers Haar. »Ich denke, deine Mama hat sein Herz gebrochen, du aber hast es ihm zusammengehalten. Ohne dich wäre er nicht mehr da.«

Im Bett rätsle ich weiter, wieso Margarethe schon da gewesen ist, als die Eltern sich getrennt haben. Irgendwie muss ich hinter das Geheimnis kommen, es gibt wahrscheinlich nur einen Menschen, der mir die Wahrheit erzählen kann: Mercedes.

Am nächsten Morgen steige ich deprimiert aus dem Bett, fühle mich aber dann doch glücklich wie ein kleines Mädchen, als Yaya mich beim Frühstück in der Küche küsst.

»Guten Morgen, Yaya. Du hast doch Erfahrung mit Mercedes und ihrem Kommen und Gehen. Was meinst du, werde ich sie bald sehen?«

»Guten Morgen, Kind«, sagt Großmutter und gießt die heiße Schokolade ein. Ich nippe an dem schaumigen, süßen Getränk.

»Schmeckt wie im Paradies! Aber sag doch, was meinst du?«, frage ich wieder.

»Keine Ahnung«, antwortet Yaya mürrisch, aller Frohsinn ist aus ihren Zügen gewichen, und ich unterlasse es besser, weiterzubohren.

Auf dem Dachboden ist von der Tür bis zur Dachluke eine Leine gespannt, auf der Handtücher, Unterwäsche von Yaya und Laken hängen. Ich nehme die getrocknete Wäsche ab, lege sie in den Weidenkorb und schaue mich um. Die Sonne bescheint die Staubteilchen, die in der Luft wie Goldflitter glänzen. Halbverborgen von einem Stapel Dachziegel entdecke ich eine Truhe aus dunklem Holz.

Einige Momente kämpfe ich gegen die Neugier an, dann hocke ich mich davor. Sie ist nicht verschlossen, ich hebe den Deckel an. Stapelweise Fotos. Papa neben Mama, noch ganz jung. Ihre Hochzeit in den Sechzigerjahren. Papas dunkler Anzug mit überbreiten Revers, ihr weißes Kostüm mit Perlen bestickt, im Chanel-Stil. Dazu trägt sie einen Hut mit wellenförmiger großer Krempe.

Darunter vergraben, Bilder von mir als Baby. Dutzendweise mein Stirnrunzeln, das Kräuseln des Näschens, Weinen, Lachen, Brüllen, im Schlaf, mit geballten Fäusten. Rotz und Wasser tropfen auf ein Foto, das sicher Papa gemacht hat. Es zeigt Mercedes im Garten. Sie sitzt auf der Wiese, in ihrem Schoß der Säugling – ich.

Versunken in den Anblick ihres Babys, als gäbe es sonst nichts auf der Welt. Ich wische es mit dem Ärmel trocken.

»Sie liebt mich. Meine Mama liebt mich, sie weiß ja nicht, dass ich hier bin, aber wenn, dann ...« Schluchzend. Mein Greinen gleicht der Stimme eines kleinen Kindes voller Hoffnungen. Das Bild nehme ich mit.

Abends im Bett schaue ich es immer wieder an. Im Schleier meiner Träume wird es lebendig. Mama singt, »Schlaf, Kindlein, schlaf ...«, bis eine Gestalt heranrast. Sie hat die plumpe Statur von Margarethe, aber einen Krokodilkopf und entreißt der entsetzten Mercedes das Baby, verschwindet mit ihm. Ich fahre hoch, knipse das Licht neben dem Bett an.

»Zur Feier des Tages gibt es heute Abend Schnitzel mit Kartoffelsalat«, sage ich, Großmutter staunt.

»Du bist ja ganz aufgelöst. Aber warum dieses Essen?«

»Papa hat mir erzählt, dass es Mamas Lieblingsgericht in Wien war. Es ist das Einzige, das ich zubereiten kann, und du sollst es probieren.«

Ich will ihr etwas Gutes tun, sie ablenken von ihrem Ärger über Mercedes.

Während Yaya Siesta hält, koche ich die Kartoffeln und probe meine Begrüßung, wenn ich eines Tages Mercedes begegnen werde.

»Liebe Mama, ich bin gekommen, um dich endlich zu sehen.«

»Endlich!«

»Warum hast du mich allein gelassen?«

Ich steche in die Kartoffeln, sie sind noch hart.

»Wie konntest du mich verlassen? Was bist du für eine Mutter, die ihr Baby im Stich lässt?« Mit dem Fleischschlegel schlage ich auf die Kalbsschnitzel ein. »Du eiskalte Kuh hast kein Kind verdient!«, keuche ich, das Fleisch ist weichgeklopft. Ich werde ganz einfach sagen, »Hallo Mama, ich bin deine Helene.« Dann sehe ich, was passiert.

Die Schnitzel schmecken Yaya. Nach dem Essen sitzen wir vor dem Fernseher, und mich erfasst eine schreckliche Unruhe. Was, wenn Mercedes niemals mehr zurückkehrt, irgendwo gestorben ist und keiner weiß davon?

Ich lasse Yaya bei ihrer Telenovela und schleiche durchs Haus wie ein Tiger im Käfig. Die Beschwichtigungsversuche der Großmutter »komm doch, trink mit mir ein Gläschen Wein, sei nicht so nervös« prallen an meiner Gespanntheit ab.

Nach Mitternacht gehe ich erschöpft ins Bett, falle in einen unruhigen Schlaf. Als ich plötzlich hochfahre, kriecht das Morgengrauen durchs Fenster. Was hat mich so unmittelbar aufschrecken lassen? Ich lausche. Ist da nicht unterdrücktes Kichern draußen? Ich tappe zur Tür, schaue in den Flur hinaus und erblicke einen Mann mit einer Frau. Sie lehnen an der Wand und entkleiden einander, leidenschaftlich im Kuss verbunden. Dann verschwinden sie hinter der Tür. Stille. Zur Sicherheit öffne ich Mercedes' Zimmer. Es ist leer. Obwohl ein warmer Herbstmorgen heraufsteigt, friere ich ganz erbärmlich unterm Federbett.

»Jetzt bin ich wütend«, sagt Desideria beim Frühstück, »und unglücklich, weil du so traurig bist.« Sie greift nach meiner Hand. »Mercedes ist heißblütig. Ihr ganzes Leben lang ...«

»Mein Vater hat das auch gesagt.« Ich trinke die süße, heiße Schokolade. Doch heute wird mir übel davon. Ich stehe auf und küsse die alte Frau auf die Löwenmähne. »Ich muss raus. Verzeih.«

Hinunter zum Meer, das wird helfen. Ich renne durch die engen Straßen, bis ich den Sandstrand erreiche. Er liegt groß und breit vor mir, das Wasser schwappt träge. Eine Bude reiht sich an die andere, Souvenirshops, Bars, aber keine Touristen, die Saison ist vorüber. Der Sand ist warm, Körnchen für Körnchen rieselt durch meine Finger. Flüchtig wie die Liebe, die ich im Moment nicht spüren kann. Mit den Händen grabe ich nach Muschelschalen und werfe sie in die müden Wellen. Den ganzen Vormittag hindurch. Ich habe nur ein Shirt mit Spaghettiträgern an, die Sonne brennt vielleicht schon Löcher in meine Haut, aber es ist doch alles egal.

»Hi, Senorita.« Hinter mir ragt ein Schatten im Gegenlicht auf.

Ich lege die Hand über die Augen. Der Kellner aus der Bodega lacht mich an und hockt sich neben mich.

»Wie geht es so?«, fragt er.

»Müssen Sie nicht arbeiten?«

Er lässt eine Handvoll Sand durch die Finger rieseln.

»Nein. Heute mein Angestellter arbeitet.«

»Ach so.«

»Meine Name Juan.«

Ich stehe auf, hüpfe auf einem Bein, damit mein Fuß wieder aufwacht, und wische den Sand vom Hintern. Dabei spüre ich Juans Blicke auf meinem Körper und beschließe, erst am nächsten Morgen in Großmutters Haus zurückzukehren. Immerhin bin ich erwachsen und kann tun, was ich will. Also werfe ich mich in Positur und zaubere mir das schönste Lachen ins Gesicht.

»Soll ich dir zeigen etwas?«, fragt Juan prompt und steht ebenfalls auf. Er streichelt über meine nackte Schulter.

»Meine Geburtsstadt. Ronda. Ist berühmt sehr.«

»Ja. Wem die Stunde schlägt.« Hält er mich für blöd und

unbelesen? Ich strecke die Arme zum Sonnenhimmel, tanze einen Kreis; endlich raus aus dem Trübsalblasen.

Juan lacht, packt mich um die Taille, sagt: »Komm.«

Kurz hinter Marbella geht es in die Berge. Über uns türmen sich schroffe Felswände, auf denen die Bergstadt thront.

»Orson Welles ist hier begraben«, sagt Juan stolz. Er will wohl nach meinem Hemingway am Strand auch ein paar Kulturpunkte sammeln. »Und ich geboren dort vor achtundzwanzig Jahren.«

»Schön für dich«, sage ich. Wir fahren durch eines der beiden Stadttore auf den Parkplatz. Juan stellt den Seat ab, dann zieht er mich an der Hand in die Stadt, schubst mich in den Eingang eines Steinhauses, dessen Mauern gut zwei Meter dick sind, kaum habe ich gesagt, dass ich hungrig bin. Er presst mich mit seinem Körper gegen die Wand, küsst ungestüm meinen Mund. »Du hungrig? Ich gebe zu dir, was du brauchst.«

»Nein!«, schreie ich. »Ich muss wirklich etwas essen.«

Hinter diesen Mauern öffnet sich ein Innenhof, ein Restaurant. Einige der Holztische sind weiß eingedeckt, doch keine Gäste sitzen an ihnen.

»Hola, Juan.«

Eine junge Kellnerin kommt aus dem Haus. Während sie uns einen Tisch zuweist, überschüttet sie Juan mit einer Wortflut. Ihre Stimme ist rau. Mir rauschen die Ohren. Dann höre ich heraus, dass Juan wirklich etwas zu essen bestellt. Die Redselige trollt sich.

»Meine Schwester«, Juan lächelt. »Rosina erzählt alles Neue von hier.« Er legt seine gebräunte Hand auf meinen Schenkel.

»Zuerst essen wir«, sage ich und erwidere den Druck seiner Hand mit dem Bein.

Rosina läuft, ein großes Tablett balancierend, über den Kies an unseren Tisch. Juan hat Paella bestellt. Mit Reis kann man mich allerdings jagen. Die junge Frau plappert weiter, während sie die überschäumenden Biergläser sowie die Teller und die Silberplatte mit dem Gericht abstellt. Dann zeigt sie auf mich und lacht schallend auf dem Weg zurück ins Lokal.

Juan teilt den Safranreis aus, legt Huhn und Fleischstücke darauf, während er sagt, Rosina habe gelacht, weil ich einer seiner ehemaligen Geliebten ähnlich sehe. »Ich habe immer den gleichen Typ von Frau«, er schaufelt das Essen in sich hinein, als fürchte er, jemand käme ihm zuvor. Und die ganze Zeit liegt seine Linke auf meinem Schenkel, ziemlich weit oben. Ich esse ein wenig Hühnchen. Kaum ist Juans Teller leer, treibt er mich zur Eile an.

Ein paar Gassen weiter zieht er einen Schlüssel aus den Jeans und sperrt ein kleines Steinhaus auf. »Rosinas Haus. Komm mit mir, Sweetheart.«

Er küsst mein Ohrläppchen, beißt hinein. Es ist ein Spiel, rede ich mir ein, Sweetheart passt wie Reis.

Es gibt zwei abgedunkelte Räume. Wir machen es auf Rosinas Bett. Da ist keine Zärtlichkeit. Juan verschlingt mich wie das Essen, ohne Genuss. Ich lass ihn gewähren, wir spielen ja nur ein Spiel. Es tut weh, er kommt auf seine Kosten, schnauft auf. Zwei Minuten hat das Prozedere gedauert. So sollen sie sein, die berühmten spanischen Liebhaber? Welch ein Gerücht! Juan raucht. Zieht den Qualm langsam und tief in die Brust, pustet ihn als Ring hervor. Ich setze mich auf. Er nimmt mein Kinn zwischen die Finger, dreht mein Gesicht zu sich. Nachdem der nächste Rauchring seinen Mund verlassen hat, sagt er: »Du wirklich ähnlich dieser Frau.«

»Heißt sie Mercedes?« Lauernd.

»Fuck ...«, antwortet er.

Juan beherrscht die Nadelkurven von Ronda nach Marbella in einem atemberaubenden Tempo. Seit ich ihm den Grund für meinen plötzlichen Aufbruch erzählt habe, zischt er alle paar Minuten »Fuck!«

Ich lache. Auf einmal kann ich wieder Tränen lachen.

Juan grinst. Sein erneutes »Fuck!« führt zu noch mehr Gelächter. Schließlich fährt er in eine Parkbucht, weil ihm wie mir die Luft wegbleibt. Als er sich mir nähern will, scheuere ich ihm eine. Die restliche Fahrt nach Torremolinos vergeht in Schweigsamkeit.

Vor Großmutters Haus steige ich aus.

»Marrana!«, schreit Juan mir nach und spuckt auf den Asphalt. Spanische Männer vertragen es nicht, eine gescheuert zu bekommen.

Ich habe keinen Schlüssel und knalle um kurz vor zwei Uhr früh den Löwenkopf gegen die Tür. Wie ein Schuss in der Stille der Nacht. Und weil mir nach Lärmen zumute ist, mache ich weiter, der dunkelrote Lack blätterte unter dem Schlagring ab.

Als die Tür aufgerissen wird, taumle ich zurück, stolpere über den Randstein, falle und bleibe auf der Straße sitzen. Ich starre die alte Frau mit dem zerzausten Haar an, die mit zitternder Stimme meinen Namen ruft, auf mich zukommt, um mir aufzuhelfen.

Ich stoße sie weg, kann nicht anders. »Lass. Mich. In. Ruhe.« Ich stehe allein auf, mein Knöchel schmerzt. Desideria folgt mir weinend, als ich ins Haus hinke. »Ich muss nach Wien«, murmle ich.

»Ist schon recht. Du bist gekränkt und wütend. So ähnlich bist du deiner Mutter, Helene, unfassbar.« Wir sitzen am Küchentisch, und Yaya hat nur Liebe in den Augen. Ich fühle mich schlecht und verspreche ihr, noch eine Weile zu bleiben.

Als ich dann abreise, weint sie bitterlich.

»Ich komme dich wieder besuchen, Yaya, versprochen.« Meine

Umarmung ist innig. »Aber ich pfeife auf meine sogenannte Mutter, die nie nach mir gefragt hat.«

Großmutters Nicken zeigt, dass sie versteht. Ich weiß, es tut ihr weh.

*

»Papa! Bin wieder da.«

Verwundert über die Stille, gehe ich durch die Küche zur Gartentür. Mit dem Rücken zum Haus sitzt Papa auf der Terrasse, eingepackt in seinen Wollmantel. Er schaut Margarethe zu, wie sie die Rosenstöcke winterfest einpackt. Niemals habe ich in den ganzen Jahren gesehen, dass Konrad Meyerling an einem Arbeitstag zu Hause bleibt. Noch grauer ist sein Haar geworden. Leise öffne ich die Tür.

»Papa?«

Er dreht den Kopf. Ein Lächeln hebt seine Mundwinkel.

»Helene!«

Ich beuge mich zu ihm, umarme ihn.

Margarethe lässt den Jutesack fallen, sowie sie mich bemerkt. »Ich fürchtete, du kämst niemals wieder, Helene«, sagt sie.

»Ich hab unten deinen Wagen vor der Tür gesehen. Dass du an einem Wochentag daheim bist? Was ist los, Papa?«

»Die Produktion, der Handel mit den Unterhosen waren ja nie deins, Helene. Jetzt bist du frei, eine Arbeit nach deinen Wünschen zu finden.« Er lacht dabei, also muss es ihm halbwegs gut gehen. »Ich habe die Fabrik verkauft, der Erlös hat die Löhne und Lieferantenverbindlichkeiten abgedeckt. Dir habe ich ein kleines Sparbuch angelegt für Notfälle, wenn mit dem Haus etwas sein sollte, und für meinen Ruhestand reicht der Rest, fertig.«

»Damit er mir auf die Nerven gehen kann«, meint Margarethe und sieht fröhlich aus.

Das ändert sich in dem Moment, als Konrad fragt: »Wie war es mit Mercedes? Komm, du musst mir alles ganz genau erzählen.« Er steht auf und zieht mich mit sich ins Haus.

Margarethes Lächeln erlischt, sie presst die Lippen aufeinander und knallt die Tür zum Garten hinter uns zu. Papa schubst mich ungeduldig die Treppe hinauf. In seinem Arbeitszimmer drückt er mich in den Lehnsessel.

»Los! Rede schon.« Seine Augen leuchten in der Vorfreude. Er liebt meine Mama immer noch.

Spontan frage ich: »Liebst du mich eigentlich?«

Unwillig winkt er ab. »Was ist mit ihr, sag schon.«

»Es gibt nichts zu erzählen, ich habe nur deine Schwiegermutter angetroffen.« Schweigend hört er mir zu, während ich berichte. Äußerlich bleibe ich ganz gelassen, in mir frisst sich etwas fest: Liebt mein Vater mich oder den Teil »Mercedes« an mir? Hat er mir die Haare liebevoll gebürstet oder war er in Gedanken bei ihren dicken Locken? Wann meinte er mich, wann sie? Ich muss aus dem Zimmer gehen.

»Helene.« Betrübt.

Er spricht nach meiner Rückkehr verdammt häufig von Mercedes, immer wieder will er hören, wie ihr Zimmer in Torremolinos aussieht. Jedes Detail erfahren über ihre Kleider, über das Flamencotanzen. Es ist ihm egal, ob Margarethe anwesend ist.

Eines Tages sage ich, als wir allein am Tisch sitzen, dass diese Gespräche schmerzhaft für meine Stiefmutter sind. Konrad winkt ab.

»Sie ist schuld, dass Mercedes mich verlassen hat.« Klagend.

»Ach? Zum Vögeln gehören immer zwei, dachte ich bisher, Papa.«

Er senkt den Blick und schweigt.

Margarethe hat mir endlich alles erzählt, ich weiß doch, wie es gewesen ist. Dennoch lasse ich nicht locker, will es von ihm hören.

»Ein Mann genügte ihr nicht, ein Land?«, provoziere ich. »War es nicht eher so, dass du Margarethe schöne Augen gemacht hast, sie dir nicht widerstehen konnte, ha?«

Papa bleibt stumm wie ein Fisch.

»Mama hat dauernd gekotzt, als sie mit mir schwanger war, du warst geil aufs Ficken. War es nicht so?«

»Hör sofort auf. Das steht dir nicht zu, Helene.« Laut.

Er springt auf und rennt hinaus, ich ihm hinterher, jage ihn die Treppe hinunter. »Ich weiß alles, Papa, alles.«

Er flieht auf die Straße und geht mit großen Schritten davon.

Im Garten bearbeitet Margarethe mit heftigen Schnitten die Hecke. Ratsch, ratsch macht die große, scharfe Schere, bis die Buchsbäume gerade wie eine Wand stehen. Margarethes Rücken krümmt sich, ich fühle ihre Verzweiflung, die sich wohl nur durch noch mehr Arbeit überleben lässt. Das muss aufhören. Papa, du musst lieb zu deiner Frau sein. Ich werde mit dir nicht mehr über Mercedes sprechen, schwöre ich mir.

Dann verlasse auch ich das Haus, fahre in die Stadt und kehre im Café Wortner ein.

Der Kellner erkennt mich noch, obwohl ich lange nicht mehr hier gewesen bin. Er führt mich an den Tisch, an dem ich früher die Mittagspausen verbracht habe. Das rührt mich beinahe zu Tränen. Ich krame nach einem Taschentuch, schnäuze mich.

»Oh, hallo, lange nicht gesehen.«

Die Stimme kenne ich doch. Ich knülle das Taschentuch in

meine Faust, sehe auf. Notenblätter.

Das kann kein Zufall sein. »Der Musiker, na so was.« Amüsiert. Er setzt sich mir gegenüber, diesmal auf seine fliegenden Blätter. »Bin schlauer geworden«, er lacht. »Ich sollte mich vorstellen. Moritz Schwertfeger.« Er greift über den Tisch nach meiner Hand, in der das feuchte Taschentuch liegt, ich lasse es schnell fallen.

»Helene Meyerling«, sage ich und, »freut mich.«

Der Kellner bringt den Pfefferminztee, ich presse die Zitronenscheibe aus. Der blonde Strubbelkopf bestellt Kaffee.

»Ich komponiere zeitgenössische Musik. Aber davon kann man nicht leben.«

Moritz. Schwertfeger. Ganz besondere Namen, ich lasse sie mir innerlich auf der Zunge zergehen.

»Deswegen arbeite ich als Korrepetitor am Konzerthaus.«

Sein scheues Lächeln entzückt mich.

»Wie schade, dass ich keine Musikerin bin, dort würde ich auch gerne arbeiten.«

Moritz hebt die rechte Augenbraue. »Sind Sie auf Jobsuche?«

Ich stelle die Tasse ab und erzähle ihm vom ertraglosen Verkauf der Fabrik.

»Die suchen jemanden bei uns in der Public-Relation-Abteilung. Sie sollten sich dort bewerben, Helene.«

Mein Herz schlägt schneller, er gibt mir den Namen der Personalchefin. Zum Dank begleiche ich seinen Kaffee.

»Man begegnet sich immer zweimal im Leben, heißt es«, sage ich ziemlich profan und drücke seine Hand, fliehe, ehe ich mich dazu hinreißen lasse, ihm um den Hals zu fallen.

*

Tatsächlich bekomme ich den Job in der Werbeabteilung des Wiener Konzerthauses. Der Personalchef war überaus angetan von dem Arbeitszeugnis, das Papa mir ausgestellt hatte. Froh darüber, den Fragen Konrads zu Mercedes so rasch entkommen zu sein, knie ich mich voller Elan in die Arbeit. So beflügelt bin ich noch nie gewesen. Eine Last, die mich bisher beschwert hat, obwohl ich nicht einmal davon gewusst habe, scheint abgefallen zu sein. Das verdanke ich meiner Stiefmutter, weil sie sich im Zorn auf mich verplappert und damit Mercedes aus dem Loch der Vergessenheit geholt hat. Das werde ich ihr niemals vergessen.

Ich bringe ihr abends oft Blumen mit. Natürlich in Töpfen, denn alle abgeschnittenen Pflanzen schmerzen Margarethe.

Jetzt im Advent fülle ich das Haus mit Weihnachtssternen, und im neuen Jahr avanciere ich zur Managerin der PR-Abteilung.

Bis auf eine, Ruth, die in der Hierarchie übersprungen wurde, und mir das oft um die Ohren haut, gönnen die Kollegen mir den Aufstieg.

»Weil sie mich mögen«, sage ich zu Gwen am Telefon. »Außerdem bin ich eben doch sehr geschickt geworden.«

»Na, wurde ja auch Zeit, Helenchen.« Ihr liebevolles Lachen bringt fast mein Trommelfell zum Platzen.

Ausgerechnet die Konkurrentin Ruth ist es, die mich erneut mit Moritz zusammenbringt. Sie brüllt ins Telefon, er solle augenblicklich seinen Arsch ins Büro bewegen, weil er schon wieder einen Termin sausen ließ. Ruth kocht. Sie ist neuerdings für die Einteilung der Proben zuständig, ein Trostpflaster der Direktion für sie, weil ich ihren Traumjob bekommen habe.

Ich beeile mich, dieser wütenden Energie zu entkommen. »Bin

auf dem Weg zu einem Sponsor«, sage ich und stolpere in der Tür gegen Moritz. Es ist schon eine Weile her, dass mir seine Notenblätter über den Weg geflogen sind. Jetzt blicke ich in seine lichtgrauen Augen, spiegle mich darin und mag gleich wieder alles an ihm. Seine blonden Haare, die wie Drähte in die Luft stehen, das verwirrte Lachen wie damals, als ihm der dicke Stoß Papier aus den Händen rutschte.

»Na, gefällt es Ihnen hier?«, fragt er.

Ich atme seinen Geruch ein, Aftershave und noch etwas Undefinierbares, das mich erregt. Ich kann in diesem Augenblick nur stumm nicken.

Yaya in Torremolinos seufzt. »Wie romantisch«, sagt sie, begreift nicht, dass sie viel dazu beigetragen hat. Ohne die Entdeckung des Geheimnisses um Mercedes, den Besuch bei ihr, würde ich immer noch in meinen Fantasien umhertaumeln und alles, was mir wertvoll ist, zerstören.

»Morgen sag ich ihm, was ich für ihn fühle«, antworte ich, denn ich glaube daran, dass nichts auf der Welt jemals wieder kaputtgehen kann.

Zur Mittagszeit im Restaurant des Konzerthauses überragt Moritz' Stachelblond die Köpfe aller. Ich stelle mich zu ihm neben den Kaffeeautomaten.

»Ich liebe dich«, sage ich zum sprudelnden Kaffee.

»Ja, der Kaffee ist das Beste hier«, lacht er.

Ich schaue ihm in die hellen Augen.

»Dich, Moritz, dich.«

Er errötet bis zum Haaransatz. Hoffentlich nicht, weil ich ihm peinlich bin. Schon stellt er die überschwappende Tasse beiseite.

Gleich wird er abhauen. Aber nein, seine langen Fingern umfangen mein Gesicht. Wie gut meine Wangen in diese Handteller gebettet sind.

»Ja?«, frage ich ängstlich. Wird er sagen, dass wir nur gute Freunde sein können?

»Helene.« Zart küsst er meine Lippen.

Damit ich die Arme um Moritz' Hals legen kann, strecke ich mich, drücke mich an ihn und spüre seine Rippenbögen an meiner Brust. Das läuft wirklich gut, ich bin selig wie nie.

»Den mageren Lulatsch?« Die Kollegen im Büro feixen.

»Ihr seid eifersüchtig.« Mehr sage ich im Zauber des Glücks nicht. Wir haben gestern den ganzen Abend zusammen verbracht, uns beherrscht, nicht gleich miteinander ins Bett zu springen, irgendetwas Erhabenes ist zwischen uns.

Doch zwei Monate später, in der Silvesternacht, die wir gemeinsam durchfeiern, können wir nicht widerstehen und fallen übereinander her.

Sehr schnell stelle ich fest, dass Moritz viele Eigenschaften in sich vereint, die ich schätze. Mit ihm lässt sich lachen, er schämt sich nicht, zu weinen, seiner Wut Raum zu geben, gemein zu sein, wenn jemand respektlos ist. Und lieben kann er! Die Liebe fließt aus ihm nur so heraus, versammelte sich zu einem wärmenden See aus Glückseligkeit um ihn und jeden, der eintauchen möchte. Ich schwimme darin, bade mein wundes Herz, nun, da die Suche nach der Liebe beendet ist.

Als ich ein Kind war, deckte Papa mit seiner Fürsorglichkeit vieles ab. Doch jemanden, der nur mir gehört, bedingungslos mein Sein akzeptiert, gab es bisher nicht. Lange war ich in die Liebe verliebt, suchte einen Spiegel, ohne das zu wissen.

Begonnen hat das in der Pubertät. Auf einem Urlaub mit den Eltern an der Ostsee.

Die Wellen leckten an meinen Zehen. Eiskalt, obwohl Schwüle über der Bucht hing. Um meinen Kopf sirrte ein Schwarm Fliegen. Glitzen nennen die Einheimischen sie und sagen, »Es wettert, wenn die Glitzen kommen.«

Ein Wetter braute sich auch in mir zusammen. Der Urlaub mit den Eltern am Timmendorfer Strand war furchtbar.

Ich spielte Monopoly mit Papa, während Margarethe auf dem Balkon saß und ein Buch über Pflanzen studierte.

Andere Fünfzehnjährige durften in die Disco.

»Es ist schön, abends miteinander zu spielen«, antwortete Papa, wenn ich davon anfing. »Für Tanzveranstaltungen hast du noch jede Menge Zeit, jung, wie du bist.« Streng.

Er war rettungslos altmodisch, warum sonst würde er Tanzveranstaltung sagen? Dachte er vielleicht an Walzerklänge und Polka? Es war die Zeit der Beatles, Bob Dylans und Rolling Stones. Aber ich wusste, dass ich bei ihm damit nicht punkten konnte, also erzählte ich ihm an diesem Tag, dass ich ein paar Mädchen meines Alters am Strand getroffen hatte.

»Ich hab fest versprochen, dass ich um sechs da sein werde.« Flehend. Nach den bislang vergeblichen Überredungsversuchen klappte es diesmal, und er erlaubte mir den Strandschuppen. Allerdings musste ich schwören, genau um zweiundzwanzig Uhr vor dem Eingang zu sein, er würde mich abholen.

»Du gehst auf keinen Fall allein durch die Nacht«, bekräftigte Papa, ehe er mich hineingehen ließ.

Kaum war ich eingetreten, erfüllte Eric Burdons *The House Of The Rising Sun* meine Seele. Gleich kam ein langhaariger Junge auf mich zu. Mit den Händen in den Jeans wiegte er sich auf seinen

Turnschuhen und musterte mich, sodass mir heiße Schauer über die Haut flogen. Dann zog er mich auf die Tanzfläche, einen Bretterboden. Von der Holzdecke beleuchtete eine Stroboskopkugel mit Zitterlicht meinen ersten Tanz mit einem Kerl. Er presste mich an sich, seine Hände betasteten meinen Hintern, schoben sich aufwärts zur Brust.

»Viel haste noch nicht.«

Ich rannte davon.

Ich verriet Papa nicht, warum ich so schnell wieder in der Pension war. Er nahm es erfreut zur Kenntnis.

»Sehr schön, wenn junge Damen vor der Abenddämmerung heimkommen.« Sein Kommentar.

Was wusste er schon.

Ich betrachtete meine Brust, ein kläglicher Ansatz. Minifliegen klebten daran. Ich rannte hinaus zum Wasser. Tauchte hinab. Quallen schwebten um mich herum, zogen mir die Glitzen von der Haut. Die durchsichtigen Körper glichen Pavillons. In so einem zu wohnen wäre toll. Zusammen mit einem Burschen, der mich liebte, wie ich bin, wünschte ich mir damals.

Ich kroch auf allen vieren an den Strand. Wieder blieben die winzigen Fliegen an mir kleben.

»Moin moin«, sagte ein ältliches Paar im Vorbeigehen.

Ich lief zum Strandkorb, hüllte mich ins Badetuch.

Es donnerte, rollte über die graue Ostsee bis zum Horizont hinaus. Ich sang, »Mann und Frau und Frau und Mann.« Eines Tages. Möwen landeten neben mir im Sand.

»Du singst ja die Papagena«, sagt Moritz lachend.

»Ich war gerade weit fort, in einer anderen Welt. Aber es passt nun genau zu uns«, antworte ich und küsse ihn.

Seit gut einem Jahr lebe ich mit Moritz zusammen in seinem kleinen Appartement am Heumarkt, nicht weit vom Konzerthaus. Erlaubt es die Zeit, spaziere ich im Stadtpark am Wienfluss entlang. Von hier sehe ich die beiden Fenster unserer Wohnung, hinter denen er seine Musikstücke schreibt.

Und wenn es nach Kanalwasser stinkt wie in Paris, ich mich auf einer der Bänke neben den Amphoren ausruhe, kommt mir Louis, der Rattenmann, in den Sinn, der alles ins Rollen gebracht hat.

Ich werde ihn zur Hochzeit einladen.

»Heirate mich«, hat Moritz vor zwei Tagen gesagt. Er warf sich vor mir auf die Knie, das Frühstücksgeschirr schepperte bei dieser Vehemenz, und eine Gabel fiel vom Tisch. Erst bekam ich einen Lachanfall, dann dachte ich daran, wie blau die Flecken auf seinen Kniescheiben sein würden. Schließlich erinnerte ich mich an den Antrag.

»Klar. Nichts anderes will ich.«

»Jetzt gleich, sofort?« Ächzend kam er auf die langen Beine und rieb sich die Knie.

»Viel zu kalt und düster, Moritz. Man heiratet nicht im Hochwinter. Also ich nicht. Mai. Mai ist doch der Monat der Liebe«, sagte ich. »Das wurde mir in Paris erzählt.«

»Tatsache? Ich liebe dich aber nicht nur im Mai, weißt du?«, entgegnete er, »In allen zwölf Monaten tu ich es.« Dann pfiff er auf die blauen Flecke, hob mich hoch und trug mich in unser Bett.

»Sind dir meine Brüste zu klein?«

Moritz stützte sich auf den Ellenbogen. »Darüber habe ich noch nicht nachgedacht. Zeig mal.« Ich schob die Decke weg, er starrte mich lange an, zog die Stirn kraus, seufzte. Sofort fürchtete ich mich vor seinem Urteil, eine Gänsehaut stellte mir die Härchen auf.

Er ließ sich Zeit, ich zitterte. Plötzlich warf er sich auf den Rücken und begann zu lachen. Jetzt vibrierte ich nicht nur, meine Haut färbte sich rot vor Scham.

»Du bist so ein dummes Kind«, sagte er, »Als würde ich deinen Körper heute das erste Mal sehen. Alles passt an dir, innen wie außen.«

Ich atmete auf.

Wir beschlossen, im kommenden Frühjahr die Hochzeit zu feiern.

Einmal in der Woche besuche ich Papa und Margarethe.

»Er hat sich furchtbar verändert, seit er die Fabrik abgestoßen hat.« Die Augen meiner Stiefmutter sind von dunklen Ringen verschattet. Sie, die einst Stämmige, ist abgemagert, etwas frisst an ihr. Ich ahne, dass es um Mercedes geht, die als Gespenst mit ihnen im Haus lebt. Margarethe harkt bedrückt die Erde zwischen den jungen Tomatenstauden. »Muss ordentlich Luft dazu«, sagt sie mit Grabesstimme.

Es ist Ostern, ich habe ihr eine Palette Stiefmütterchen mitgebracht und überreiche sie ihr.

Mein Geschenk erheitert sie sichtlich. »Das passt ja ganz gut zu mir. Ich lege gleich ein Beet für sie an.« In ihrer ungeschickten Art drückt sie mir einen scheuen Kuss auf die Wange.

»Ich schau nach Papa.«

Er ist in seinem Arbeitszimmer, sitzt am Schreibtisch und betrachtet die alten Fotos, die ihn und Mercedes im Glück zeigen.

»Lass doch die Vergangenheit ruhen.« Ich streichle sein unrasiertes Gesicht. Immer war er so gepflegt gewesen. Die grauen Borsten stechen auf meinen Lippen, als ich ihn küsse.

»Papa!«, rufe ich ihn in die Wirklichkeit.

»Ah«, er blickt auf, »Servus, liebes Kind.«

Ich setze mich mitten auf die Bilder. Empört zerrt er sie unter meinem Hintern hervor.

»Mach sie mir nicht kaputt!«

»Sei vernünftig, Papa. Das ist doch alter Kram. Carpe diem. Deine Frau ist unglücklich, das ist gemein von dir.«

Margarethes Kummer schert ihn nicht. Hektische Flecken überziehen seine stoppeligen Wangen, der Blick, mit dem er mich ansieht, flackert.

Ich stehe auf und gehe.

»Bitte bleib, du bist das Einzige, was ich noch habe«, fleht er mir nach.

In meinem Kinderzimmer knie ich vorm Bett nieder und ziehe das Plüschkrokodil heraus. Es wehrt sich nicht. Ich nehme es mit. In mein neues Zuhause.

Moritz sitzt mit dem abwesenden, nach innen gerichteten Blick, der leicht wahnsinnig wirkt, am Klavier. Um ihn herum verstreut liegen Notenblätter, eines, das verknittert auf dem Notenhalter steht, kritzelt er voll. Er zieht die Luft durch die Zähne.

»Jetzt hab ich's gleich«, schreit er.

»Du bist ja wieder in deiner Tönewelt«, sage ich, durchflutet von Zärtlichkeit. Es spielt keine Rolle, dass Moritz, wenn er nicht mit Sängern die Konzerte einstudiert, Musik komponiert, die sich meinem Verständnis entzieht, manchmal sogar schmerzt.

»Das ist nicht mal Zwölfton, das ist maximal Sechston.«

Moritz haut in die Tasten und spielt zu meiner Erholung »You are so beautiful« von Joe Cocker, ehe er weitermacht.

Häufig liege ich mit verstöpselten Ohren auf dem roten Sofa und höre Gustav Mahlers Kindertotenlieder oder Paco de Lucias

Gitarrensoli vom Rekorder. Ich lasse ihm seine Welt, er mir die meine. Auch das verbindet.

Nur Moritz kennt meine Erlebnisse, interessiert lauscht er meinen Erzählungen, und ich sehe ihm an, dass er ebenso wenig wie ich weiß, ob sie real oder Fiktion waren.

»Was macht das schon aus?« Er küsst mich. »Spannend sind deine Geschichten, das allein zählt.«

Es berührt mich so sehr, dass er aus meinen Abenteuern Musikstücke komponiert. Eine Sonate heißt »Auf Mutters Haar vergnügen sich Schnecken«, ein Concerto grosso trägt den Titel »In der Hölle des Messerwerfers«. Die Musik verstehe ich auch jetzt nicht, aber die Bilder dahinter, die spielen in allen Farben.

Im Augenblick arbeitet er an einem Konzert für Flöte und Violoncello. »Eine Ratte aus Paris« nennt er es, und ich bin neugierig darauf, wie er Louis in Töne umsetzt.

»Ich muss ja deinen Tiergarten einfangen, dann hast du Ruhe davor«, sagt er. Es scheint ihn glücklich zu machen, mich zu beschützen. Seine Liebe überrascht mich immer wieder.

Konrad hat große Pläne mit der bevorstehenden Hochzeit, und dass Moritz leichten Herzens auf seinen Wunsch verzichtet, allein mit mir an einem kretischen Strand zu heiraten, wirft mich vor Dankbarkeit fast um. Wir werden aber unsere Flitterwochen dort verbringen, das verspreche ich ihm.

Nicht so nachgiebig zeigt Moritz sich, als ich ihm meine Gästeliste präsentiere. »Den Engländer, den Römer, die Ratte? Warum denn bloß?«

»Ich lade, abgesehen von meiner Mutter, alle wichtigen Menschen meines Lebens ein, auch Yaya muss kommen. Andere, die mich nur kurz beeindruckt haben, brauche ich nicht.«

Als ich ihn umarmen will, zuckt er zurück.

»Erklär es mir.«

Doch ich komme nicht dazu, denn Moritz schäumt plötzlich. »Django?!« Er schreit mich an und fuchtelt mit dem Blatt Papier vor meinen Augen herum. »Diesen Arsch willst du dabei haben? Helene, bitte, was fällt dir ein?«

»Ich möchte allen mein Glück zeigen, kannst du das nicht verstehen? Gerade er soll sehen, was für einen tollen Ehemann ich bekomme.«

Aber Moritz lässt nicht mit sich reden. Er rennt im Zimmer herum, zwei tiefe Falten auf der Stirn, dirigiert er die Luft.

»Ich lade deine Vorgängerinnen auch nicht ein.« Er wirft mir die Liste ins Gesicht. »Nein.« Die Tür knallt er hinter sich zu.

Ist es Eifersucht auf die Vergangenheit?, frage ich mich. Angst, mich an einen der Verflossenen zu verlieren? Er muss doch wissen, dass ich nur ihn liebe. Dass vor ihm alles Irrtum war, ich keine Ahnung hatte, wie Liebe sich überhaupt anfühlt. Natürlich dachte ich bei jedem der Männer, es wäre das Richtige, aber jetzt weiß ich, dass es nur der Wunsch danach war.

Als Moritz um zwei Uhr früh heimkommt, sitze ich noch immer wie angetackert auf dem roten Sofa.

Er hat getrunken, mit schwerer Zunge sagt er: »Sie dürfen kommen.«

Ich springe auf ihn zu, das wirft ihn um, verschlungen liegen wir auf dem Maisteppich. Versöhnt.

»Django darf nicht fehlen. Er war der Erste, von dem ich zumindest dachte, dass er mich liebt.«

Es gibt keine Antwort, Moritz schläft.

*

Endlich ist es Mai, endlich gibt es Hochzeit. Die Trauung wird in der Hietzinger Pfarrkirche zelebriert, in der meine Eltern geheiratet haben.

Als Margarethe vor dem Kirchentor Yaya entdeckt, wankt sie und wäre wie ein gefällter Baum zu Boden gestürzt, hätte Gwen sie nicht aufgefangen.

Konrad hat die andalusische Großmutter noch nicht gesehen, er ist mit mir in der Sakristei.

Aber Selma, die mit Gwen zusammen die Aufgabe der Trauzeugin übernommen hat, berichtet mir hinter vorgehaltener Hand davon.

»Was hätte ich denn tun sollen?«, sage ich, »ohne Yaya heiraten, das geht doch nicht.« Es schmerzt mich, dass ich nicht daran gedacht habe, Margarethe behutsam darauf vorzubereiten. Wie dumm. Nach der Trauung muss ich mich bei ihr dafür entschuldigen, hoffentlich kann sie das Fest trotzdem genießen.

»Ich kümmere mich um sie«, beruhigt mich Selma.

Nun wogt auch Gwen im dunkelblauen Taft herein. »Deiner Mutter geht es etwas besser, ich hab ihr ein Glas Wasser gegeben, sie steht wieder aufrecht. Gleich geht's los! Moritz ist eben angekommen, er sieht großartig aus im Cut.«

Ich bin erleichtert, eine ohnmächtig zwischen die Kirchenbänke fallende Margarethe wäre nicht gerade erfreulich, wenn sich zwei die ewige Liebe schwören.

Konrad richtet sich den Kragen, der Priester steckt den Kopf zur Tür herein.

»Wenn ich bitten darf?«

Ich lege die Hand auf Papas.

Im Gleichschritt betreten wir die Kirche. Was die musikalische Untermalung betrifft, hat Moritz den üblichen Hochzeitsmarsch strikt verweigert. Da hat mein Vater klein beigeben müssen. Nun erklingt »You are so beautiful« von John Cocker. Der Organist spielt das Lied mit Inbrunst, ich kichere vor Nervosität. Zum Glück kann das wegen des Gesichtsschleiers keiner sehen. Mein Brautkleid ist rosenholzfarben, ein geschnürtes Mieder wie der Kelch einer Tulpe, das in einen reich gefältelten langen Rock aus Taft mündet. Margarethe war überglücklich, dass ich sie zum Einkauf genommen habe.

Nun schreite ich in der raschelnden, kühlen Stofffülle neben Papa an den stehenden Gästen vorbei. Gleich in der letzten Bankreihe sehe ich Robert, den Messerwerfer. Er lächelt mir zu.

»Yes«, formen seine Lippen lautlos. Auf der anderen Seite des Kirchenschiffs hebt Giulio anerkennend den Daumen. Er wirkt traurig, dieser poesieerfüllte Römer. Du hättest mich für immer haben können, weht mir durch den Sinn. Louis, elegant wie damals, hat sich einen Platz weiter vorn ausgesucht, er hat nichts von seinem Selbstbewusstsein verloren.

»Très charmant«, flüstert er, als ich an ihm vorbeischwebe. Nur Django sehe ich nirgends, obwohl er zugesagt hat. Links der Mitte sitzen meine Verwandten und Freunde, rechts die Familie von Moritz.

Konrad zuckt merklich zusammen, als er Yaya neben Margarethe bemerkt. Aber ich presse die Hand auf seinen Arm und bin erleichtert, als wir vor dem Altar ankommen und Papa mich dem Bräutigam übergibt. Schräg hinter meinem Stuhl postieren sich Gwen und Selma. Moritz wird von seinem besten Freund Karl, einem Trompeter, in die Ehe geleitet.

Mein Liebster schreit geradezu sein »Ja«, wie schön das doch ist. Meine Finger zittern, als er mir den Ring überstreift.

Konrad hat eine Hochzeitskutsche gebucht. Der Fiaker ist mit weißen Gladiolen geschmückt, die beiden Schimmel tragen Federkronen. Vor der Kirche wartet Django. Sein Haar ist wieder länger geworden seit der letzten Begegnung. Er drückt mir einen Kuss auf die Wange.

»Ich bete zu Jah, wie kann ich da hineingehen, verstehst?«

»Hauptsache, du bist überhaupt gekommen«, antworte ich, »wo sind deine Frau, die Kinder?«

»Ey, quatsch mi net an, steig lieber in die Kutsche.«

Und von diesem Mann wollte ich einmal ein Kind haben.

Moritz zieht die Augenbrauen hoch, verbeißt sich eine Antwort. Er hilft mir beim Einsteigen, damit ich nicht über den Saum des Kleides stolpere.

Als wir in der Kutsche sitzen, rundum stehen unsere Gäste, einschließlich Selmas Rasselbande, kann ich den begehrlichen Blicken der Kinder nicht widerstehen. Ohne dass ich es aussprechen muss, sagt Moritz: »Los, springt rein.«

Das lassen sie sich nicht zweimal sagen und sitzen nun zusammengequetscht auf der kleinen Bank uns gegenüber und grinsen. Mich freut diese Unterbrechung des feierlichen Getues.

Wir fahren zwischen Buchsbaumskulpturen am Palmenhaus vorbei; Papa hat eine Sondergenehmigung gegen eine große Spende für den Tiergarten erobert. Nun darf die Gesellschaft mit ihren Autos im Konvoi der Kutsche bis vor das Restaurant folgen.

Vor dem Pavillon auf einem kreisrunden Platz, von dem Wege sternförmig zu den Gehegen führen, versammeln sich die Gäste.

Ich sehe von hier aus einen Zipfel des Meereshauses. Dort sind die Terrarien untergebracht und mein Krokodil, das mich seinerzeit unterstützt hat, indem es Frau Stein verspeiste. Ich lache und spüre, wie glücklich ich bin, raffe das Kleid, um die Stiege zum

Pavillon hinaufzulaufen. »Lasst uns feiern.« Ich winke den anderen zu.

Konrad verharrt am Fuß der Treppe. Er nimmt Yayas Hände, hebt sie zum Mund und küsst sie. Margarethes Haut wird plötzlich grau wie Nebel.

Mittlerweile ist Moritz neben mir. »Es ist unser Tag.«

Er hat recht, die Eltern müssen schließlich allein mit ihren Gefühlen fertig werden, es ist doch mein wunderbarer Hochzeitstag.

»Na los, worauf wartet ihr?«, rufe ich noch einmal und gehe an Moritz' Seite ins Restaurant.

Nach dem Essen, das Konrad traditionell wienerisch ausrichten ließ, mit Frittatensuppe, Schnitzel und einer dreistöckigen Malakofftorte, eröffnen wir den Tanz. Die Roma-Band, die Moritz aufgetrieben hat, spielt einen Tusch und legt los. Mein Mann wirbelt mich zu dem Volkslied *Glasscherbentanz* übers Parkett.

Ich lache. »Du weißt schon, dass das ein Zuhälterlied war im alten Wien?«

Statt einer Antwort singt er den Refrain laut mit:

»*Auf der Gossn d'Madln poschn,*
schöne Frauen s'Geld verhauen,
wann ma's eana wega nimmt,
a wengl auf die Gurgl springt,
schmeiß'ns Haxerl hoch in d'Heeh
und schrein juchee!«

Beim »Juchee« hebt er mich in die Luft und dreht sich einmal im Kreis herum. Danach tanzt er weiter, als sei nichts passiert. Ich sehe den Blicken meiner verflossenen Geliebten an, wie schön ich bin in dem Kleid.

»Bereust du es schon?« Er lockert den Griff um meine Taille. Ihm entgeht anscheinend nichts.

»Niemals werde ich das tun.« Ich umschlinge seinen Nacken und küsse ihn auf den Mund, dass sogar mir Hören und Sehen vergeht.

Als das Wienerlied ausklingt, klopft Papa meinem Liebsten auf die Schulter und fordert den Tanz des Brautvaters ein. Moritz nimmt seine Mutter in den Arm, die bereits darauf gewartet hat.

»Mit deiner Mama habe ich das auch getanzt«, sagt Papa verträumt.

Die Kapelle spielt eine süße Strauß-Melodie, und mir wird wohl und weh zugleich. Wie viel ich bisher erlebt habe, wie lang er mich ahnungslos gelassen hat, wie sehr ich mich über meine Mama ärgere und wie glücklich Moritz mich macht.

»Wenn irgendwas schiefgeht, komm zu mir«, sagt Papa besorgt. Wirklich?, denke ich. Dann erinnere ich mich daran, wie er mir vor langer Zeit das Haar gekämmt und zu Zöpfen geflochten hat.

»Ich liebe dich, Papa.«

Er lächelt. »Gut«, antwortet er, »gut.«

Schon klopft ihn der nächste Hochzeitsgast ab, um einen Walzer mit mir zu tanzen. Es ist Louis.

»Hast du was mit deinen Zähnen gemacht?«, frage ich.

»Nachdem du mich mit einer Ratte, mon dieu (!), verwechselt hattest, musste ich etwas dagegen unternehmen.«

»Très bien«, lobe ich ihn und lasse mich führen. Louis tanzt perfekt. Immer schon. Jetzt sieht er auch perfekt aus.

»Ich habe eine Pariserin geheiratet«, sagt er, ein wenig atemlos vom Tempo, »bald wird es einen petit Louis geben.«

Ich freue mich für ihn, doch bleibt keine Zeit, es ihm zu sagen, denn Giulio steht fordernd am Rand des Parketts.

Bei der nächsten Drehung, die in seine Richtung führt, zieht er mich an sich, und Louis hat seinen Auftritt gehabt.

Ich frage mich, ob Moritz die Roma über die Herkunft meiner Tanzpartner informiert hat, sie spielen jetzt *Arrivederci Roma*? Oder spinne ich schon wieder?

»Ach, Helene, wir wären so glücklich geworden«, seufzt der Römer.

»Das glaube ich nicht, Giulio. Auf längere Sicht wäre mir das Rezitieren von Gedichten doch auf die Nerven gegangen, und dann die Nacktschnecken ...«

Er verzieht angeekelt den Mund. »Bistdu immer noch so durchgeknallt?« Empört.

»Du hättest zu mir halten sollen«, antworte ich, in mir leise Wehmut. Jetzt bin ich es, die den Tanz beendet, indem ich Django winke. Giulio schlurft zu seinem Platz. Die Musiker spielen nun *No Woman No Cry*, gerade richtig für meine Jugendliebe. Ich muss später unbedingt Moritz fragen, er steckt wohl dahinter.

»Wie geht es dir, Django?«

»Na normal halt. Was willst schon vom Leben. Patty ist mit den Kindern nach Jamaika zurück«, sagt er.

»Du warst meine erste große Liebe.«

Da lacht er schallend. »Aber geh, so a Blödsinn.«

Ich lasse ihn los, sage: »Ich muss pinkeln.« Ja, auf dich, blödes Arschloch, denke ich und suche die Toilette auf.

Ich verstehe es selbst kaum, weil ich Moritz über alles liebe, trotzdem wünsche ich mir inniglich, dass die Männer, die mich nicht verstanden haben, sich um mich grämen.

Zusammen mit Moritz packe ich die Hochzeitsgeschenke aus, die auf einem Extratisch arrangiert sind. Von der spanischen Großmutter gibt es ein andalusisches Kochbuch und verschiedene Gläser mit Kräutern. Gwen und Selma haben sich zusammengetan und eine Collage aus den Fotografien unserer gemeinsamen Jugendabenteuer gebastelt.

Louis' Präsent ist ein edler Parfumflakon von Dior. »Für die Hochzeitsnacht, Chèrie, am besten in den Bauchnabel.«

Als ich Roberts Geschenk öffne, tut mir das Herz weh. Eine Schachtel, ausgelegt mit roten getrockneten Gladiolenblütenblättern, darin gebettet eines seiner Wurfmesser. Von Django gibt es kein Päckchen, typisch, aber Giulios Geschenk ist so schön, dass ich einen Moment zweifle, ob es richtig war, nicht um ihn und seine Liebe in Rom gekämpft zu haben.

Ich drücke den Nowhere Man an mich. »Danke, du Lieber, danke.«

»Ich habe dich auch vermisst, aber ich bin nur auf Urlaub hier«, flüstert die Puppe mir ins Ohr.

Ich sehe, dass Konrad mit Yaya tanzt. Wie gierig seine Augen während des Tanzes an ihren Lippen hängen, alles will er wissen über Mercedes, alles. Margarethe sitzt steif auf ihrem Platz und starrt die beiden unverwandt an. Ich setze mich zu ihr, berühre ihr Kinn und drehe ihren Kopf zu mir.

»Verzeih mir, dass ich Yaya eingeladen habe, ohne es vorher mit dir zu besprechen.«

Bemüht lächelt sie. »Es ist in Ordnung, geh nur weiterfeiern«, sagt sie und gibt mir einen Schubs.

»Tanz, Kind, tanz!«, ruft sie mir nach.

Ich sehe mich nach Moritz um, er tanzt mit einer Kollegin und seinem Freund Karl eine Art beschwipsten Rundtanz oder ist es vielleicht ein Sirtaki zur falschen Melodie? Die Band spielt nämlich einen Bossa Nova, ich grinse.

Django kolloboriert anscheinend mit den anderen Ex-Freunden, er sitzt mit Louis und Giulio an einem Ecktisch.

»Magst noch tanzen?«, fragt er, ich winke ab, suche Robert.

Er lehnt im nächsten Raum am Buffettisch, auf dem die Reste der Hochzeitstorte vertrocknen, und schaut aus dem Fenster. Sein Rücken ist schmal, aber voller Kraft. Denkt er sich ein neues Kunststück für seine Messerwürfe aus, während er auf die Gehege der Giraffen blickt?

»Du bist der Einzige, der mit mir nicht getanzt hat«, sage ich zu seinen Schulterblättern. Robert schweigt lange.

Mein Blick wandert zur Hochzeitsgesellschaft nebenan. Ich beobachte das verkrampfte Lächeln Margarethes, es schneidet mir ins Herz. Und als Moritz sich ihrer erbarmt, sie auf die Tanzfläche führt, treibt es mir die Tränen in die Augen.

»Sprich mit mir, Robert«, fordere ich.

Er dreht sich langsam um. »Gehen wir ein Stück?«, fragt er. Seine Augen sind zum Fürchten dunkel.

Wir verlassen den Pavillon. Robert hat die Hände tief in den Hosentaschen versenkt. Er schaut mich nicht an, seine Schuhspitzen scheinen wichtiger zu sein. Wir spazieren an den Geparden vorbei, den Löwen, Blutgeruch liegt über den Gehegen, und landen vor dem Terrarium.

»Ich zeige dir mein Krokodil, Robert.« Ich hake ihn unter und ziehe ihn in die stickige Luft, in der Fäulnis schwebt.

»Deines ist es?« Endlich spricht er, der Bann ist gebrochen, und ich erzähle von meiner scheußlichen Lehrerin, dem Duell mit ihr.

»Sie ist nicht wirklich gefressen worden«, sage ich.

»Wer weiß?«, antwortet Robert. »Du hast mich ja auch mit dem

Fürsten der Finsternis in einen Topf geworfen, vielleicht bin ich wirklich der Satan?« Darauf kann ich nichts entgegnen.

Nach einer Weile, die wir nebeneinander vor dem Krokodil gestanden sind, fährt er herum. »Ich bin kein Teufel. Ich liebe dich noch immer.« Er packt mich und küsst mich leidenschaftlich. Ich erinnere mich genau an die Zeit, als ich verzweifelt die Liebe gesucht habe.

»Yes«, sagt Robert in meinen Mund hinein.

»No!«, schreie ich und reiße mich los. »Ich habe das alles hinter mir, ich bin glücklich. Meine Mutter ist mir auch scheißegal. Und du hast mir nie gesagt, dass du mich liebst, im Gegenteil.«

Das Krokodil klappt den Kiefer auf, ich raffe das Kleid und renne fort, schlage planlos irgendeinen Weg durch den Zoo ein.

Beim Affenhaus holt er mich ein. Er lacht. Er lacht mich aus!

»Ich habe nur Spaß gemacht, ich bin doch nicht der Teufel«, sagt er. »Wonderful, sei glücklich.« Nein, er meint es ehrlich, ich glaube ihm. Versöhnt lächle ich, und er drückt meinen Arm, der immer noch zittert. Aus den dunklen Augen blitzt er mich an.

»Und jetzt entführe ich dich. Das macht man doch so?«

Einen Moment überlege ich, wie Moritz es finden würde, dass ich an diesem Tag so viel Zeit mit einem meiner Ex-Freunde verbringe, dann schlage ich diesen Gedanken tot, ich weiß, es ist das letzte Mal, dass ich Robert sehe.

Wir laufen über die Kieswege, die ich heute schon in der Kutsche gefahren bin, zwischen den Buchsbaumkugeln zum Palmenhaus.

Je tiefer wir hineinspazieren, desto heißer wird es. Im hintersten Raum plappern Aras und Amazonaspapageien hoch oben im dichten Regenwald.

»Helene«, sagt Robert, »warum hat es nicht funktioniert?«

Ich lache auf. »Fragst du das ernsthaft? Hast du vergessen, dass du, kaum hatten wir miteinander geschlafen, mit irgendeiner Bitch«, ich betone das Wort, »telefoniert hast? Geflirtet auf Teufel komm raus?« Ich möchte ihn am liebsten anspucken, jetzt, wo ich das alles genau erinnere.

Robert weicht zurück, hebt abwehrend die schönen, blassen Hände. Doch wir kommen nicht weiter, Moritz und Karl dringen mit Karacho zu uns vor, geleiten mich wie eine Trophäe wieder in den Pavillon zur Hochzeitsfeier.

Robert bleibt stehen, er ruft mir nach: »Ich hab's damals versaut, Helene!«

Das kannst du laut sagen, denke ich, hoffentlich tut es dir so richtig weh.

Immer noch tanzt Konrad mit der alten Yaya, immer noch sieht Margarethe elend aus. Ich trinke ein Glas Champagner, während ich sehe, wie geknickt Robert sich nun zu den anderen setzt.

Ich habe meine Rache gehabt, den ehemaligen Geliebten gezeigt, wie schön ich bin, wie glücklich. Ich habe genug davon. Moritz auch. Wir schleichen uns davon, pfeifen auf die Suite, die mein Vater im Hotel Imperial für die Hochzeitsnacht gebucht hat, wir wollen nur in unsere vertraute Wohnung.

So oft habe ich schon mit Moritz geschlafen, aber jetzt, nachdem er mich über die Schwelle getragen hat, lachend und verliebt, sitze ich im Brautkleid herum und weiß nicht recht, was ich fühle. Ist der Status einer verheirateten Frau anders? Könnte er die Leidenschaft versiegen lassen? Viele Paare verlieren einander in dem Moment, in dem sie vor dem Gesetz verbunden sind, in meinem Bekanntenkreis kommt das häufig vor. Ich seufze ängstlich. Moritz hingegen ist fröhlich und entspannt, er mixt uns Wodka mit Orangensaft.

»Prost, Weib.«

Ich lächle, bin aber befangen. Wie stark ist meine Liebe wirklich? Vorhin, mit Robert zwischen den Palmen in der Tropenluft, den Papageienlauten, kam die Erinnerung an die Demütigung wieder und auch die Traurigkeit.

Ich schaue Moritz an. Er sitzt auf dem Fensterbrett, er ist so charmant.

»Wir werden ein Leben zusammen schaffen, nicht wahr?« Ich lege das Kinn auf seine Schulter und sehe zum Stadtpark hinüber.

»Ja«, sagt er, »ja.«

Das bricht den Bann, wir schlafen miteinander im Licht des Vollmondes, und als ich komme, bitte ich das Schicksal um ein Baby.

»Am besten eine Tochter«, flüstere ich an Moritz' feuchter Schulter.

Er murmelt: »Hm?«, hat mich nicht verstanden, aber ich verrate ihm nichts, frage: »Hast du die Musik bei der Hochzeit ausgesucht? Die Reihenfolge der Stücke?«

»Nein, die hat sich zwangsläufig ergeben«, sagt er. »Ich habe Mosha eine Liste gemacht, und sobald einer deiner Ex dich um einen Tanz gebeten hat, habe ich die Finger gehoben, so hat es geklappt. Schade, dass Robert nicht tanzen wollte, für ihn hatte ich Ma solitude von George Moustaki ausgesucht.«

Das amüsiert mich nun sehr, ich kriege einen Lachanfall, sage: »Es fehlt aber noch der Nowhere Man.«

»Der zählt nicht, er war ja nicht einer deiner Liebhaber.« Moritz lacht weiter. Unbeeindruckt.

Ich will es ihm nicht verderben, es ist sein Spaß. »Immerhin wohnen wir zusammen im Niemandsland, das ist beinahe wie

Vögeln.« Warum kann ich mir das nicht verbeißen ...

Sein Lachen versiegt, er hat es verstanden, nimmt mich fest in die Arme. »Ich bin bei dir und der Unterschied ist: Ich bin nicht aus Plüsch, kein Muster ohne Wert, kein die Flinte ins Korn Werfer, ich bleibe.«

Wir lieben uns ein zweites Mal und zwischen unseren Seufzern, dem Stöhnen vernehme ich mehrstimmiges Heulen von draußen. Sicher sind es Django, Robert, Giulio und Louis unten am Ufer des Wienflusses. Wölfe, die heulen, weil sie mich verloren haben. So wird es sein.

»Lebt wohl«, flüstere ich, eng an Moritz gedrängt.

Am nächsten Mittag treffen wir wie vereinbart zum Essen in meinem Elternhaus ein, niemand ist zu sehen.

»Papa?« Keine Antwort. Durchs Küchenfenster entdecke ich wenigstens Yaya, die kleine andalusische Löwin. Sie kauert im Garten vor dem Beet mit den Stiefmütterchen. Ich muss lächeln, bemerke erst jetzt, dass die kleinen Gesichter der Blumen dem der Großmutter ähneln. Margarethe hat das Beet dicht bepflanzt. »Es ist so ein warmer Frühling, da werden sie bald wuchern«, freute sie sich.

Ich laufe hinaus zu Yaya, es verschlägt mir den Atem.

Die Blüten sind rot gesprenkelt, aus dem Loch in Margarethes Bauch sickert dickflüssiges Blut. In der tödlichen Wunde steckt die Heckenschere bis zum Griff. Margarethe liegt ausgestreckt zwischen den Blumen, ihre Hand umklammert das Werkzeug immer noch.

»Sie hat sich selbst entsorgt.« Yaya schluchzt trocken auf.

Sprachlos und geschockt stehen ich vor dem Grauen, Gedanken zucken durch meinen Kopf: Papa ist ohne sie verloren, sie hat alles zusammengehalten für ihn. Ich weine um meine Stiefmutter, er hat sie oft büßen lassen dafür, dass er sich in sie verliebt und Mercedes verloren hat. Wie in dem Bild, als ich so klein war, und er sie zusammengestaucht hat.

Yaya reicht mir ein Blatt Papier, dessen eine untere Ecke blutgetränkt ist.

Im Abschiedsbrief steht, dass Margarethe sich nun aus dem Weg räume, Konrad freigebe, falls Mercedes ihn wieder haben wolle. In diesem Moment hasse ich ihn.

Papas Hand liegt auf meiner Schulter, seine Finger sind so kalt, dass es mich friert. Ich lehne mich an ihn, würde ihn so gern beschützen, während ein Pfarrer, der keinen Schimmer von Margarethe hat, dummes Zeug schwafelt. Meine Wut auf ihn ist abgeklungen, ich stellte mir vor, wie es wäre, käme es zwischen Moritz und mir zu so einem Betrug. Würde ich ihn nicht genauso vermissen, wie Papa Mercedes? Könnte ich einen neuen Mann lieben wie Moritz? Oder wäre es eher so, dass ich den anderen unbewusst für meinen Fehler büßen ließe?

Ich habe einen Weidenkorb mit verschiedenen Blüten und Kräutern gefüllt, die Trauergäste nehmen jeweils eine Handvoll davon und streuen sie auf den Sarg. Konrad wirft Margarethe seinen Ehering hinterher.

Später bei Schweinsbraten und Kartoffelsalat erzähle ich: »Mit siebzehn war ich mit Margarethe bei den Passionsspielen. Ich bin mit ihr gefahren, weil sie das unbedingt sehen wollte. In dieser Juniwoche durfte ich Schulschwänzen. Tagsüber gingen wir in die Berge, auf die Almen. Margarethe spürte den Almkräutern nach, sammelte Enzian- und Almrauschsamen in einem Stoffsäckchen. Einmal kamen wir unerwartet in ein Unwetter mit Hagelschloßen groß wie Hühnereier. Wir kauerten neben ein paar Latschen, die einzigen Gewächse dort oben, in die ein Blitz einschlagen konnte, wären wir gewesen. Die Eisbrocken krachten herab, und um mich zu schützen, bedeckte Margarethe mich mit ihrem Körper. In der Pension im Zimmer sah ich ihren nackten Rücken. Er war blau geschlagen.« Ich sehe in die betroffenen Gesichter, »Ihr dürft applaudieren, sie war eine Heldin.«

Die Sachertorte mit Schlagobers wird serviert, Freunde und Familie hüllen sich in Schweigen, nur das Klirren der Dessertlöffel auf dem Porzellan ist zu hören.

»Immerhin hat sie ja auch das Krokodil unter meinem Kinderbett gezähmt«, sage ich, aber so leise, dass es keiner mitbekommt, denn sie sind zu dumm, um zu verstehen, dass ich Abbitte leiste. Auf ihre raue Weise hat Margarethe mich geliebt, das weiß ich heute. Damals aber ist sie mir schrecklich grob vorgekommen, in der Kinderzeit und später, als ich ein Teenager war, wollte ich, dass sie sich in Luft auflöst. Gemein! Ich war oft ekelhaft zu ihr. Als ich das erste Mal die Periode bekam ganz besonders.

»Wo ist deine Mutter?«, murmelte Papa.
Ich rubbelte weiter mit dem Handtuch über die Flecken am Nachthemd, ich hatte ihn gerufen, als ich das Blut im Bett entdeckte. Er stand nun hinter mir und sah verlegen aus.
»Du bist dreizehn, da ist das normal«, sagte er.
»Was?«
»Das erklärt dir Margarethe.« Er windet sich.
Ich rannte in mein Zimmer und schlug die Tür zu.
»Lasst mich!«, schrie ich, als es klopfte. Zum ersten Mal wünschte ich, es gäbe einen Schlüssel.
Margarethe setzte sich auf die Bettkante.

»Seit du in mein Leben gekommen bist, fürchte ich mich vor dir. Immer denke ich, ich mache alles kaputt, weil ich so ungeschickt bin.«

Ich zog die Decke über den Kopf und hielt mir die Ohren zu, aber es half nichts.

»Plötzlich bist du kein kleines Mädchen mehr, und ich habe meine Chance vertan. Dein Papa kann alles besser als ich, er war ja auch schon fast vierzig, als du geboren wurdest.«

»Wenn du das eh weißt, dann lass mich endlich in Ruh.« Ich strampelte die Decke weg. Mir war auf einmal unerträglich heiß.

Meine Mutter mit den rissigen Gärtnerinnenhänden saß immer noch da. Als hätte sie nicht gehört, redete sie weiter.

»Nun, da du die Monatsblutungen bekommst, musst du dich ganz besonders vorsehen mit den Burschen. Achte auf dich und schütze dich.«

»Ich will das alles gar nicht wissen!«, schrie ich sie genervt an. Ich wollte sowie nichts mit irgendwelchen Jungen zu schaffen haben. »Geh bitte raus«, sagte ich leise. Solche Sachen mit Margarethe besprechen? Niemals.

Die Matratze bebte, als Mutter sich erhob.

»Ich liebe dich, so gut ich kann«, sagte sie und ging zur Tür.

»Das ist zu wenig.« Meine Stimme piepste.

Ich wollte gar nicht, dass sie mir näher kam. Insgeheim ahnte ich wohl immer, dass Margarethe nur die Ersatzmutter war. Für eine, aus deren Bauch ich gekommen wäre, verhielt sie sich viel zu distanziert mir gegenüber. Nie nahm sie mich in den Arm. Und sie war außerstande, zu trösten. Aufgeschlagene Knie verarztete sie einwandfrei, die Seele jedoch nicht.

Großmutter zeigt ihren Zorn auf Konrad unverhohlen. »Du hast Mercedes unglücklich gemacht und dann Margarethe. Meine Tochter floh, aber deine Frau, die hast du umgebracht. Du allein.«

Den Anwesenden fallen beinahe die Augen heraus, aber ich muss ihr leider recht geben, trotz der Liebe zu ihm.

Papa schweigt dazu, wie traurig. Margarethe hat doch alles ertragen für ihn, das Kind der Frau aufgezogen, von der sie wusste, dass sie immerzu in seinen Gedanken ist. Ich bin enttäuscht. Was für ein Glück, dass Moritz in mein Leben gekommen ist.

Yaya möchte keine Minute länger als nötig bleiben. Moritz fährt sie nach dem Leichenschmaus zum Flughafen.

Schließlich sind Papa und ich allein am Tisch. Er hält den Kopf gesenkt, starrt auf die Tischplatte. Ich will ihn berühren, er rückt ein Stück weg von mir.

»Es stimmt so nicht, wie Yaya es behauptet, glaubst du mir?«

»Papa, erinnerst du dich, wir waren mal im Kino, haben Rashomon gesehen. Du weißt noch? Das ist der japanische Film, in dem es um objektive und subjektive Realität geht.« Jetzt muss ich ihn das einfach fragen. »Meine subjektive Realität ist, dass ich das Gefühl habe, du liebst an mir, dass ich das Kind von Mercedes bin. Irgendwann, es war auf unserem Urlaub in der Provence, sagtest du, alles hättest du falsch gemacht, hat von deinem Lebensfehler gesprochen. Bin ich das?« So, es ist raus.

Er hüstelt, verstummt für lange Zeit, ich bestelle uns Kaffee. Meine Geduld erschöpft sich und je länger er schweigt, desto sicherer bin ich, dass dies auch die objektive Realität sein wird. Nicht mich liebt er an mir. Da seufzt er und spricht.

»Wir haben den Film im Rahmen der Viennale gesehen, da spielten sie alle Kurosawa Filme. 1976. Du warst zwanzig.«

Das weiß er noch? Darüber redet er, statt meine Frage zu beantworten. Dann: »War es nicht objektive Realität, als ich nächtelang über dich gewacht habe? Du hattest die Masern, ich gab acht, dass du deine Augen schützt, dich nicht kratzt. Ich habe die Pusteln mit dem Puder bestäubt, dir gegen das Fieber Essigwickel um die Füße gelegt.«

Sorge? Ordnungshalber?

»Macht man das, wenn man nicht liebt?« Er winkt der Kellnerin. Wir trinken den Kaffee aus, Papa zahlt, dann gehen wir zum Auto. Während er aufsperrt, sagt er: »Selbstverständlich liebe ich dich, du bist mein Kind. Und das ist ganz subjektive Realität, Helene.«

*

Ich tanze auf den Klippen, der Wind zerrt an Moritz' Hemd, das ich über gezogen habe, er zaust an meinem Haar, ich bin so glücklich mit meinem Mann, schreie mit den Möwen um die Wette:

»Windsbraut spielt mit Wolkenfetzen
Gischt wallt über weißen Sand
Vorhut für die Wellenwände
Die sich stürzen auf den Strand!«

Moritz winkt mir, er liegt am Fuß der Felsen auf dem Badetuch, die Füße im Wasser.

»Komm endlich runter, eh du dir was brichst, Helene.«

Vorsichtig klettere ich über die scharfen Kanten und lege mich auf ihn, küsse ihn wild. Im Schutz der Klippen, die im Sonnenuntergang rosig schimmern, ist es windstill, obwohl in den Ohren die Brandung lärmt.

»Am liebsten würde ich immer hier leben«, sage ich. »Windumtost, die Stimme des Meeres rundum. Nur wir beide, Moritz.«

Ich beiße in seine Nasenspitze.

»Au! Ich hab eh einen Sonnenbrand dort, bist du verrückt?«

»Aber das weißt du doch, ja, bin ich. Komplett durchgeknallt«, ich lache.

»Was frag ich auch.« Grinsend reibt er sich sanft die rote Nase. »Ich könnte hier gut komponieren. Wir leben dann in einer der Fischerhütten, man kann sie nicht heizen, der Winter am Meer ist sehr gemütlich, nass, kalt, saukalt eigentlich.«

»Spielverderber«, maule ich und rolle von ihm herunter, bleibe neben ihm liegen. Seit einer Woche sind wir in dem kretischen Fischerdorf, die Hochzeitsreise ist morgen vorbei und ich bin traurig darüber.

»Es ist so schön hier«, sage ich.

Moritz stützt sich auf den Ellenbogen und beugt sich über mich. »Du weißt, dass du es nicht aushalten würdest.« Er beginnt, mit mir zu schmusen, versteht es, mich zu erregen. Ich reiße mir den Bikini vom Körper, und wir schlafen zum vierten Mal an diesem Sonnentag miteinander. »Niemals werde ich genug kriegen von dir«, schreit Moritz, als er in mich eindringt.

»Warts nur ab«, kichere ich, ehe ich mich der Lust hingebe.

»Wir können nicht bleiben. Ich mache mir Sorgen um Papa. Margarethes Selbstmord ist erst vier Wochen her«, sage ich später, während wir träge und erfüllt den Wellen lauschen.

»Ich denke, es hat ihn schrecklich mitgenommen«, sagt Moritz.

Ich fröstle. »Mich auch. Komm, gehen wir. Dass sie nicht mehr da ist, geht ihm nicht ab, er liebt Mercedes immer noch. Aber die Art des Fortgehens von Margarethe entsetzt ihn.« Wir ziehen uns an, packen die Handtücher und Reste des Picknicks in die Tasche.

Ehe wir in die Flitterwochen gefahren sind, verabschiedeten wir uns von Papa.

Er hat die Stiefmütterchen gleich nach Margarethes Abtransport im Blechsarg eingeackert und Gras ausgesät. Das wollte jedoch in der Sommerhitze nicht sprießen.

»Kreta ist hübsch«, hat er gesagt und die ausgetrocknete Erde gegossen.

»Ich kann ihn auf keinen Fall allein lassen, so gern ich hier bleiben würde«, sage ich auf dem Weg zur Pension.

»Das weiß ich doch.« Moritz drückt mich fest an sich. »Außerdem sind die Wintermonate garantiert echt scheiße auf der Insel.«

Ich nicke.

Im Dorf, in dem wir die einzigen Ausländer sind – ein Geheimtipp – gibt es drei Tavernen. Die liebste von ihnen ist uns jene direkt auf der Klippe über dem Wasser. Georgious, der Wirt, begrüßt Moritz mit Handschlag, so von Mann zu Mann, mir nickt er immer nur zu. Mit seinem dicken Bauch watschelt er vor uns her und weist uns einen der blau lackierten Tische zu. Er schätzt es nicht, wenn die Gäste selbst entscheiden, wo sie sitzen wollen.

Auf Englisch zählt er die heutigen Gerichte auf.

Moritz bestellt, was er seit sieben Tagen jeden Abend isst: Gegrillte Melanzani und Zucchini mit Schafskäse. Ich gehe nie auf Nummer sicher, probiere stets etwas Neues aus; heute wähle ich Tintenfisch im eigenen Saft.

»It is very black, you know?«, fragt Georgious nach.

Ich falle fast vom Stuhl, weil er mich direkt anspricht. »Fine.« Ich nicke, drücke Moritz' Schenkel unterm Tisch.

»And very dark red wine, please«, sagt er zu Georgious.

In der Taverne gegenüber spielt eine Band. Die griechischen Urlauber klatschen, rufen »Ôpa!«

Einige haben einen Kreis gebildet und tanzen Sirtaki.

Die streunenden Katzen sind alle zu Georgious geflüchtet, kauern am Klippenrand oder unter den Tischen, die Vorderbeine angezogen. Kaum eine, die bettelt, sie sind geübt darin, sich zu gedulden. Doch fällt ein Brocken hinunter, jagen sie sich gegenseitig die Beute ab.

Eine von ihnen, die neben mir kauert, beteiligt sich nicht am Kampf um das Futter. Sie ist schwarz und weiß gefleckt, blickt aufs Meer hinaus.

»Fass diese Katzen nicht an«, mahnt Moritz, als ich ihren Nacken kraulen will. »Wer weiß, was die für Krankheiten haben.«

»Bevormunde mich nicht.« Sie lässt sich den Kopf von mir streicheln. Er fühlt sich nass an, ich ziehe die Hand zurück. Blut! Die Katze schaut hoch, und ich schreie auf. Dem Tier fehlt das halbe Gesicht. Ein Teil der Nase ist verschwunden, bis auf den Knochen kann ich sehen.

»Sie muss wahnsinnige Schmerzen haben.« Hilflos schaue ich Moritz an, »warum hilft ihr denn keiner, sie wird an der Wunde sterben.« Doch er murmelt etwas von natürlicher Auslese und dass sich das Tier schon erholen wird. Ich renne zur Toilette, verbrauche die Hälfte der Flasche mit der Flüssigseife, reibe und reibe die Hände unter dem Wasserstrahl, als könnte ich damit auch Moritz' Unbarmherzigkeit loswerden.

Als ich zurückkomme, steht das Essen auf dem Tisch, die Katze ist nicht mehr da. Aber ich bringe heute Abend keinen Bissen hinunter. Während Moritz gleichmütig und mit Appetit sein Gericht verdrückt, frage ich mich zum ersten Mal, ob wirklich alles zwischen uns funktionieren wird. Ich muss das genau beobachten, schwöre ich mir.

*

Nach meinem Geburtstagsfest in der Familienvilla – nun bin ich zweiunddreißig und gehöre endgültig zu jenen, über die man sagt: Trau keinem über dreißig –, das ich mehr oder minder kotzend auf dem Klo verbracht habe, sagt Moritz: »Geh zum Arzt, da stimmt was nicht. Hast du dir auf Kreta was geholt?«

Gerade bin ich aus dem Bad gekommen, Papa und Moritz schauen mich besorgt an. Obwohl mir entsetzlich übel ist, lache ich, die beiden haben es immer noch nicht kapiert. Ich hänge mich an Moritz' Hals. Überrumpelt hält er mich am Hintern fest, während ich mich mit den Beinen an seiner Hüfte festklammere.

»Merkst du denn gar nichts?« Ich küsse ihn. »Papa wirst du!«

Vor Überraschung lässt er mich los. Ehe ich zu Boden plumpse, fängt er mich ab und ich lande sanft auf den Füßen.

Auf Konrads Gesicht breitet sich ein Glück aus, dass mir vor Freude die Tränen in die Augen schießen.

»Mein Baby wird ein Baby kriegen«, sagt er, »ich bin überwäl-«

Beim letzten Wort stürzt er in ganzer Länge zu Boden.

Und während in meinem Bauch sich neues Leben einrichtet, kämpft Papa ums Überleben.

»Das wird wieder«, sagt der Notarzt. »Heute kriegen wir das gut in den Griff.«

Moritz legt die Arme um mich. »Ich bin bei dir. Immer.«

Ich heule und heule. Auch im Krankenhaus kann ich nicht aufhören damit. Eine Beruhigungsspritze lehne ich ab.

»Ich muss doch bei Sinnen sein!«, schreie ich und schlage dem Arzt die Spritze aus der Hand. Sie rollt unter den Stuhl vor der Intensivstation, wo wir auf gute Nachrichten hoffen.

Erst, als Moritz mich in den Arm zwickt, verebbt der Tränenstrom. »Ist nicht gut fürs Baby, wenn du dich derart aufregst, dein

Papa wird das schon schaffen«, redet er auf mich ein, »er will doch sein Enkelkind sehen.«

»Bestimmt«, antworte ich und schnäuze mich.

*

Ich habe mir Urlaub genommen, um Papa während der Rehabilitation nahe zu sein. Das Herzkreislauf-Zentrum befindet sich in Groß Gerungs im Waldviertel, einem Teil von Niederösterreich. In der Gasthofpension »Zum Hirschen« habe ich ein Zimmer gemietet. Täglich spaziere ich den Berg zur Klinik hinauf, um mit Papa die therapiefreien Nachmittage zu verbringen. Der Infarkt hat ihn um einige Jahre altern lassen, er schlurft durch die Parkanlage, gestützt auf einen Stock und meinen Arm. Manchmal überkommt mich der Brechreiz, dann helfe ich Papa auf eine Parkbank und schlage mich ins Gebüsch.

Nach den kleinen Spaziergängen gehen wir ins Kaffeehaus der Klinik und Papa trinkt seinen geliebten Mocca.

»Das darfst du doch nicht«, ermahne ich ihn, aber er sagt jedes Mal, »Kaffee ist im Gegenteil sehr gut fürs Herz. Iss deine Schokotorte und gib Ruh.« Störrisch bestellt er gleich noch eine Tasse. Schwarz und picksüß.

Einmal halte ich einen der Internisten auf und frage ihn deswegen. »Lassen Sie ihn nur, er macht höchstens heimlich weiter«, sagt er, und ich muss zugeben, dass er recht hat.

Als ich abends im Bett liege, dringen Lachen, Gemurmel und Tellerklappern aus dem Gastraum unter meinem Zimmer durch den Boden zu mir. Das klingt tröstlich und gemütlich. Ich lege mir die Hände auf den Bauch, in dem der winzige Embryo ruht und wächst. Glück durchströmt mich. In solchen Momenten muss ich

Moritz anrufen, er fehlt mir.

»Ich freu mich auch so sehr auf das Kindchen«, sagt er, »und dass du bald wieder in meinen Armen liegst.«

An den Vormittagen, wenn Papa seine Reha-Maßnahmen absolviert, wandere ich durch die umliegenden Fichtenwälder. Zwischen den Bäumen ist es wohltuend kühl. Schon im Frühling ist es viel zu warm gewesen, nun im Hochsommer glüht das Land in extremer Hitze. Ich bin hier auf achthundert Höhenmetern, aber der Unterschied zu den Temperaturen in Torremolinos um diese Jahreszeit ist nicht groß.

Obwohl es mir zuwider ist, gleiten meine Gedanken immer wieder zu Mercedes. Wahrscheinlich liegt es an der Schwangerschaft. Ich bleibe zwischen den Fichten stehen, blicke zum Himmel hinauf, ein Sonnenstrahl bringt mich zum Niesen. Es schüttelt mich, denn auf einmal höre ich Kastagnetten im düsteren Schatten der Baumstämme vor mir klappern. Und wie! Dann habe ich den Eindruck, am Ende des ansteigenden Waldweges eine schwarze Haarmähne flattern zu sehen, schon ist sie wieder verschwunden. Ich laufe bergauf, keuche, ein Teil in mir weiß, dass das alles gar nicht sein kann, der andere aber wünscht sich, es wäre doch so.

»Wie blöd!«, rufe ich in die erhitzte Landschaft, »ich spinne ja schon wieder.« Das Klappern hat aufgehört, natürlich ist das nur ein Specht auf der Suche nach einem Würmchen gewesen. Und die wehenden Haare? Ich bin auf dem Hügel angekommen, erblicke einen Stoß aus Baumstämmen, bedeckt mit schwarzer Plastikfolie, die sich an einer Ecke gelöst hat und im Südwind flappt.

»Siehst du, dir geht deine Mama auch nicht aus dem Kopf«, sagt Papa, als ich ihm davon erzähle. »Es wird Zeit, dass du ihr begegnest, Helene. Mich will sie ja nicht sehen.«

Er rasiert sich nicht, er, der immer so viel Wert auf sein Äußeres gelegt hat, zudem riecht er ungewaschen. Das macht mich traurig.

Ich sage: »Wenn das Baby da ist, dann werden wir Mercedes einladen. Nicht meinetwegen, von mir aus kann sie bleiben, wo der Pfeffer wächst«, ich grinse, »also er wächst ja dort in Südspanien. Aber sie soll ihren Arsch deinetwegen herschaffen.«

Jetzt kichert Papa. »Der Arsch allein, das wäre nicht zielführend.«

Wir lachen beide, es schaukelt sich zu einem echten Lachanfall auf, die anderen Gäste im Kaffeehaus schauen pikiert zu unserem Tisch herüber. Doch dann bekommt Papa einen Hustenanfall, er keucht angsterregend, und ich rufe um Hilfe.

Im Rollstuhl fahren sie ihn fort, ich laufe hinterher und warte vor dem Zimmer. Ich fürchte um Papa, mein Magen krampft sich zusammen, aber das Klo ist irgendwo, in einer Fontäne erbreche ich den Apfelkuchen aus dem Café auf den Linoleumboden des Flurs. Eine Schwester, die aus einem der Krankenzimmer stürmt, wirft mir einen missbilligenden Blick zu, ehe sie weitereilt. Sie scheint aber doch bereit, zu helfen. Nach kurzer Zeit kommt die Reinigungsfrau mit ihrem Putzmittelwagen angerollt und wischt auf. Ich bedanke mich und stecke ihr fünfzig Schilling zu.

Keine Minute früher hätte Papas Internist, Dr. Kernstock, aus dem Zimmer kommen dürfen. Jetzt sagte er: »Regen Sie Ihren Vater nicht auf. Es wäre besser, ihn in Ruhe hier seine Rekonvaleszenz machen zu lassen.«

»Lachen ist doch gesund«, antworte ich eigensinnig, »Er freut sich so, wenn ich ihn besuche.«

Kernstock verzieht den Mund. »Aber bitte mit Vorsicht. Er braucht jetzt Ruhe, auf Wiedersehen.« Er geht davon.

Ich warte, bis keiner mehr im Flur ist und husche in Papas

Zimmer. Er hat die Augen geschlossen.

»Papa?«

Keine Reaktion, er schläft offensichtlich, was mich beruhigt. Leise schließe ich die Tür und verlasse die Klinik.

*

Zwei Wochen später darf ich Papa mit nach Hause nehmen. Nicht ohne eine weitere Ermahnung von Dr. Kernstock, pfleglich mit meinem Vater umzugehen, ihn nicht aufzuregen und beim Internisten daheim regelmäßig zur Kontrolle vorbeizuschauen.

Mittlerweile haben sich auch meine Brechanfälle verabschiedet, was das Leben noch ein bisschen leichter macht.

»Kann ich dich wirklich allein lassen?«, frage ich jeden Morgen, ehe ich zur Arbeit fahre. Moritz und ich sind in die Villa übersiedelt, haben die kleine Wohnung aufgegeben, Papa alleinzulassen, kommt für mich nicht in Frage.

Nun hat Moritz das Büro im Obergeschoss übernommen und füllt es mit seiner Musik.

»Ich brauche das Zimmer nicht mehr«, hat Papa gesagt.

Oft sitzt er im Schatten auf der Veranda, jetzt im Herbst eingehüllt in eine Kamelhaardecke, die Pudelmütze auf dem weißen Haar, und er antwortet mir auf meine Frage jeden Morgen: »Sicher. Ich bin in Ordnung, glaube mir. Ich passe schon auf, schließlich will ich mein Enkerl noch erleben.« Dann streichelt er meinen Bauch, der sich von Woche zu Woche mehr rundet.

4.

Am Faschingsdienstag, gerade als wir zu einem Gschnas ins Konzerthaus gehen wollen, ist es so weit. Die Wehen setzen ein, Moritz schleudert die Indianerperücke beiseite und hilft mir aus meinem orangefarbenen Kürbiskostüm. In einem Tempo, das mindestens drei Radarblitze auf der Strecke auslöst, geht es zur Geburtsklinik.

Desideria, nach der spanischen Großmutter benannt, rutscht flott ins Leben.
»Endlich geht etwas ohne Schmerz ab.« Ich küsse das Baby aufs Ohrläppchen. Moritz legt die Hand auf die kleine Brust.
»Sie hat ein starkes und großes Herz, ich weiß das.« Desi gibt einen Piepser von sich. »Musikalisch ist sie noch dazu«, er freut sich. Seine rote Schminke ist von hellen Streifen durchzogen, diese Tränen des Glücks überwältigen mich. Trotzdem schicke ich ihn, obwohl er sich wehrt, nach Hause, ich will mit meinem Baby allein sein. Als die Schwester kommt, mir das Kind wegnimmt, um es ins

Bettchen zu legen, schimpfe ich so lange, bis ich Desi wieder in meiner Armbeuge spüre.

»Ich stelle aber das Bettgitter nach oben«, sagt die Schwester, »damit das Baby nicht runterfällt. Passen Sie auf, dass Sie die Kleine nicht erdrücken.« Unfreundlich.

Endlich habe ich mein Kindchen für mich.

»Mmmm macht der grüne Frosch im Teich, anstatt qua, qua, qua, qua qua. Und die Fische singen schu schubidubidu, schu schubidubidu, schuschubidubidu«, singe ich leise.

Desi zuckt mit den Ärmchen, ballt ihre Fäuste.

»So ein wunderschönes Kind, ich werde dir niemals wehtun.« Sicherheitshalber lege ich die Kleine dann doch ins Babybett, ehe ich einschlafe.

Im Traum begegnen sich Papa und meine Tochter, sie spielen Federball, Desi sieht aus wie ich als Kind. Mit einem Schrei wirft sie den Schläger in einen Fliederbusch, er bleibt dort hängen. Sie stampft auf, weil Konrad jeden Ball gefangen hat, sie aber noch keinen einzigen. Meine Wangen sind nass, als ich erwache.

»Ach, Papa.«

Vor dem Bett haben Moritz und Konrad darauf gewartet, dass ich endlich die Augen öffne. Papa drückt einen großen Strauß mit weißen Rosen an die Brust, ich kann sein Gesicht dahinter gar nicht sehen.

»Ich habe eben von dir geträumt, wie du mit der Kleinen oder mir im Garten gespielt hast.«

Mit beiden Händen hält er mir die Blumen entgegen. Moritz nimmt sie ihm ab und geht hinaus, um eine Vase zu suchen.

»Ich bin ja schon da«, sagt Papa und beugt sich zu mir. Einen so innigen Kuss habe ich schon viele Jahre nicht bekommen.

»Moritz«, schnauft er, während er sich zittrig aufrichtet, »hat mir fast den nächsten Infarkt beschert.« Er reißt sich Schal und Mantel vom Körper, wirft alles zu Boden. So habe ich ihn auch noch nicht erlebt, ihn, der seine Kleidung stets mit äußerster Sorgfalt behandelt. Was muss er außer sich sein vor Freude über die Enkeltochter. Er lässt sich auf den Stuhl neben dem Bett sinken und schüttelt den Kopf. »Da steht plötzlich ein rot gestreiftes Monster im Zimmer und brüllt mich an: Ich habe eine Tochter! Meine Güte, junge Väter sind verrückt.«

Zärtlich drückt er meine Hand. »Meine tapfere Prinzessin. Glückwunsch, dass ihr es geschafft habt.«

Moritz kommt mit der Vase zurück und stellt den Strauß auf das Nachtkästchen.

»Jetzt wirst du Mercedes einladen. Ich zahle die Flugtickets.«

Muss er ausgerechnet in diesem Moment die Frau erwähnen? Ich schiebe seine Hand weg. Desi grunzt leise im Schlaf.

»Schau dir deine Enkelin an. Das ist das Wichtigste, Papa.«

Moritz setzt sich zu mir aufs Bett und legt mir den Arm um die Schulter. »Alles wird gut«, sagt er.

Schweigend sehen wir zu, wie der Großvater sich Desi nähert und nach einem Blick ins Bett lächelt und zugleich weint. »Sie sieht wie du aus, Helene«, schnieft er.

»Bring sie mir, bitte, Papa.«

Sorgsam nimmt er sie hoch, jetzt strahlt er endlich und bringt die kostbare Fracht zum Bett. Als er mir die Kleine in den Schoß legt, bricht seine Stimme fast. »Das ist das größte Glück, halt es ganz fest, mein Kind«, sagt er.

*

Wenn Desi durch den Garten wackelt und dabei Moritz entdeckt, streckt sie die Arme nach ihm aus und quietscht. Sie ist nun fünfzehn Monate alt, hellhäutig wie er, ihr Haar, noch ganz dunkel bei der Geburt, hat sich zu rotblonden Ringellöckchen entwickelt.

»Puppi!«, ruft Moritz und winkt ihr mit einem Notenblatt. Im Garten rührt er nichts an, sitzt nur in der Laube aus Kletterrosen, die er an die Stelle gebaut hat, an der ehemals das Stiefmütterchenbeet lag, vor seinem Elektropiano und komponiert.

Wenn Papa nicht Unkraut jäten und die Blumen gießen würde, wäre alles schon verrottet. Ein Glück, dass er wieder recht gesund wirkt, denn Moritz versinkt für mein Gefühl viel zu tief über Stunden in seinen Kompositionen, statt nach Desi zu schauen. Bei aller Liebe zu unserer Tochter bleibt die Musik die Favoritin in seinem Dasein, das ist wohl nicht zu ändern. Aber Papa fängt das gut auf, er und seine Enkelin sind ein zusammengeschweißtes Team geworden. Haben sie Dummheiten gemacht, ist etwas zerbrochen oder gibt es Löcher in Desis Kleidchen, was oft genug passiert, sehen sie mir unschuldig entgegen, wenn ich abends von der Arbeit komme.

»Gib wenigstens ein bisschen auf deine Tochter acht, Moritz, überlass nicht alles meinem alten Vater«, mahne ich oft beim Frühstück, ehe ich ins Konzerthaus fahre.

Das ist ungerecht und ich weiß es, denn Desi ist sein Augenstern. Wäre er nur nicht so leicht durch die Musik abzulenken. Oft fluche ich, weil wir die kleine Wohnung aufgegeben haben. Zuerst, um Papa zur Seite zu stehen. Danach, damit Desi in einem Garten aufwachsen kann und weil der Opa die Kleine vermissen würde, das bete ich mir dann vor. Aber jetzt muss ich jeden Tag eine Stunde Fahrtzeit zur Arbeit hinnehmen. Moritz hat gut lachen. Den Werksvertrag als Korrepetitor hat er nach seinem ersten Konzerterfolg gekündigt, um genügend Zeit fürs Komponieren zu haben. Ich bin heilfroh, dass ich als Managerin reichlich verdiene, sonst ginge sich alles nicht aus. Das Finanzielle. Ob sich alles mit Moritz und mir ausgeht, weiß ich immer noch nicht genau. Man wird sehen. Nun steht jedenfalls Desi an erster Stelle.

Trude, meine Sekretärin und Vertraute, sagt: »Ich finde deinen Moritz schon toll. Wie er alles unter einen Hut bringt, Symphonien schreiben, die Kleine betreuen, gibt wenige Männer, die das machen.«

»Er kann einem aber auf die Nerven gehen.« Ich zerreiße eine alte Notiz in Fitzelchen. Nicht einmal ihr würde ich sagen, dass er das nur mit Unterstützung von Papa hinbekommt.

»Da hat eine so ein Glück und kapiert es nicht«, murmelt Ruth. Aber so deutlich, dass ich es höre. Alles habe ich versucht, ihr Bonbonnieren und Blumen geschenkt, aber der Hass auf mich legt sich nicht.

Ich werfe einen Blick zu ihr. Ihre Augen leuchten rot auf, der Rücken biegt sich zu einem Buckel, sie stößt den knorrigen Gehstock gegen meine Brust und geifert, »Schönheit vergeht.«

Ich flüchte aufs Klo. Als ich zurückkehre, sieht Ruth wieder aus wie immer.

»Bauchweh?«, fragt sie süffisant.

Ich antworte nicht. Während ich mit dem Management eines Dirigenten telefoniere, um ein Terminproblem zu klären, kommt Karl, der Trompeter, auf einem Ross herein. Seit der Hochzeit habe ich ihn nicht mehr gesehen.

Der braune Hengst tänzelt und schnaubt, die Mähne fliegt. Unwillkürlich kichere ich über die Verrücktheit, reibe mir die Augen und wische die Fantasterei fort. Gleich zweimal hintereinander? Ruth als Hexe, Karl ein wilder Reiter, das bedeutet nichts

Gutes, vielleicht brauchen meine Nerven eine Kur? Lange haben mich keine derartigen Bilder mehr heimgesucht, lange hat mich das erleichtert. Aber jetzt, wo ich mich an deren Abwesenheit gewöhnt habe, tauchen sie wieder auf, warum nur?

»Was macht Moritz?« Karl setzt sich auf die Kante des Schreibtisches. »Und wie geht es dir?« Er lächelt mich an, sein dichtes braunes Haar fällt ihm dauernd in die Stirn, automatisch ist die Handbewegung, mit der er die Strähnen nach hinten streicht. Er sieht gut aus, verwegen, das Robin-Hood-Hütchen stünde ihm gut. Beinahe sehe ich ihn durch den Sherwood-Forest reiten, den Bogen spannen und Schuss. »Gehen wir was trinken?«, fragt er.

Im Bett des Hotels zur goldenen Spinne streife ich Karls Hand von meiner Hüfte. Er schläft nach dem Anfall von Leidenschaft, in den wir uns verstrickt hatten. Ich weiß, ich muss meinem Mann den Betrug gestehen, nur wann und wie, das weiß ich nicht. Ruth, die in Moritz nach wie vor verliebt ist, steckt ihm mit Sicherheit, dass ich gemeinsam mit Karl das Büro verlassen habe. Meine Wangen und der Hals sind rotgekratzt von seinem Bart. Als ich aufstehe und ans Fenster trete, wacht Karl auf.

»Das bleibt aber unter uns«, sagt er.

»Spinnst du?«, antworte ich, ohne den Blick von der regennassen Straße zu wenden. »Selbstverständlich werde ich ihm meinen Ausrutscher beichten.« Ich lehne mich mit dem Rücken an die Fensterscheibe. Unangenehm kalt ist das auf der Haut. Schon recht, ich muss bestraft werden für diese Ungeheuerlichkeit.

Karl erhebt sich. »Aber mich lässt du raus, kapiert? Ich habe mit euren Krisen nichts zu tun.« Ängstlich.

Ich lache scharf und schrill, es tut mir selbst in den Ohren weh. »Was bist du für ein erbärmlicher Feigling!«

»Und du bist total pathetisch.« Karl grinst und kleidet sich an. »Wenn du eine zwanzigjährige Freundschaft zerstören willst, bitte sehr.«

»Hau schon ab«, sage ich. Den Abschiedskuss verweigere ich. Angst überfällt mich. Ich habe Karl als Ritter oder Robin Hood fantasiert und gehe deswegen ins Bett mit ihm? Wird es mir möglich sein, für alle Zeiten im normalen Leben zu bestehen? Meine Familie mit mir in den Abgrund reißen, wenn ich jetzt lüge?

Dann erinnere ich mich an Papas Worte: »Betrügt man, muss man es schön machen, so, dass der Partner nicht damit behelligt wird. Ich habe es nicht schön gemacht.«

»Warum hast du Mercedes eigentlich mit Margarethe betrogen?«, habe ich damals gefragt und diese ausweichende Antwort bekommen.

Ich dusche ausgiebig und trage reichlich Make-up auf, ehe ich das Hotel verlasse, um mit meinem schlechten Gewissen nach Hause zu fahren.

*

»Was ist mit dir?« Moritz steckt mir eine Orangenspalte zwischen die Lippen.

Wir sind allein, Papa hat sich vor den Fernseher zurückgezogen und Desi schläft. Zwei Wochen sind seit dem Hotelbesuch mit Karl vergangen.

Ich spüre, wie die zart umhüllten Fruchtsegmente zwischen Zunge und Gaumen zerplatzen. Der süßsaure Saft füllt mir die Mundhöhle. Seit der Sache mit Karl verhalte ich mich still, die für mich üblichen Temperamentsausbrüche, ob fröhlich, wütend oder traurig, sind in einem Grauschleier verschwunden.

Und nun weiß ich, ich kann es nicht »schön« machen, ich muss Moritz von dem Betrug erzählen.

»Nichts ist mit mir, gar nichts«, sage ich, um Zeit zu gewinnen.

Als ich zu ihm schaue, stehen ihm die Haare zu Berge, seine schmale Nase wächst sich zu einer Wolfsschnauze aus, Fell sprießt.

»Nein!« Ich nehme ein Kissen vom Sofa und drücke es auf mein Gesicht. Daran, dass die Fantasiebilder wiederkehren, bin ich allein schuld. Weil ich verlogen bin, weil ich meine große Liebe ungerecht behandle, weil ich eine Betrügerin bin. Wie meine Eltern. Langsam lege ich das Kissen beiseite, denn es ist Zeit.

»Ich hab mit jemandem geschlafen.« Schon fließen Tränen der Erleichterung.

Moritz ist wieder mein Moritz. Aber so bleich ist er. Ich schlage die triefenden Augen nieder.

»Wer?«

Das kann ich ihm nicht sagen. Aber lügen will ich auch nicht, also schweige ich. Mit geballten Fäusten läuft er durchs Zimmer, am liebsten würde er sie mir wohl ins Gesicht schlagen. »Wie kannst du nur, Helene, wie kannst du nur ...«

Vor mir bremst er ab, die Lippen zum Strich zusammengepresst, ich fühle mich so niederträchtig und schluchze: »Dabei liebe ich nur dich, dich, dich.«

Da öffnet er die Fäuste, legt die Hand auf meinen Kopf, fährt mir übers Haar. »Ich sollte dich hassen, das tut verdammt weh, Helene, doch ich kann's nicht.« Seine Stimme ist dunkel geworden. Ich greife nach seiner Hand, ihm in die Augen zu sehen, geht noch nicht.

»Es war ohne Bedeutung, glaubst du mir?«

»Alles, was wir tun, hat einen Grund«, sagt er, »du bist unglücklich oder unbefriedigt, ich bin ein Stümper oder sonst irgendwie ein Arschloch.« Mit jedem Wort wird er lauter, er springt auf, rastlos, hilflos.

»Das stimmt nicht, Moritz. Spontan war es. Weil ich an dem Tag zornig auf deine Musik war. Angst hatte ich auch, habe ich immer wieder, dass das Komponieren wichtiger als alles andere in deinem Leben ist, außer Desi natürlich. Also alles, alles wichtiger als ich. Du hast mich kaum mehr angesehen, nicht geschlafen mit mir, erschöpft, wie du nach jedem Tag warst. Und deswegen wollte ich dir eins reinwürgen. Aber dann war ich zu feig, meinen Trumpf auszuspielen, indem ich dir sage: Schau her, ich bin noch begehrt. Ich wollte dir wehtun, damit du mich wieder bemerkst.« Ich umschlinge meine Knie, lege den Kopf auf den Schoß, seine Qual ist mir unerträglich.

»Es war nur Sex.«

Sein Lachen laut und hart.

»Okay, dann geh ich jetzt, krall mir irgendeine und mache nur Sex.«

Aber er bleibt.

Schließlich weinen wir beide und schlafen miteinander so wütend und wild, bis die Liebe uns den Schmerz aus den Herzen in die Körper treibt; in Wellen strömt er aus uns heraus.

Beim Frühstück patscht Desi mit ihrem Löffel, den ein Pinguin ziert, in den Cornflakes herum.

»Papa, Mama lieeeeb.« Sie lacht, und ich denke zum ersten Mal, dass es sich mit Moritz bis zu meinem Ende auf Erden ausgehen wird. Ich fühle mich sicher und aufgehoben, mit allen meinen Fehlern. Da muss es auch möglich sein, dem anderen zuzugestehen, dass er nicht perfekt ist. »Ja, Desi, Mama und Papa haben sich sooo lieb«, sage ich.

*

Der Besuch von Mercedes und meiner Großmutter ist nun nicht mehr aufzuschieben.

»Ich bestehe darauf, dass die beiden zu Desis zweitem Geburtstag nach Wien kommen. Lange genug habe ich gewartet, um meiner Frau ihr Enkerl zu zeigen. Ich will keine Ausflüchte mehr hören!«, schreit Papa mit rotem Kopf.

Ich stimme zu, ehe ihn der Schlag trifft. Aber ich kann mir nicht verkneifen, nachzutreten: »Sie ist schon ewig nicht deine Frau.« Dann werfe ich die Tür zu, heftig, so dass ein Stück Putz von der Wand fällt. Soll er nur merken, wie scheußlich ich das finde.

Es ist ein eisiger Jännertag, ich stapfe wütend durch den schneebedeckten Garten, fluche auf die Familienbande und wünsche mich nach Alice Springs. Zugleich weiß ich, dass ich Papa zuliebe nicht flüchten werde.

Je näher der Termin des spanischen Besuches kommt, desto größer wird meine Angst vor der ersten Begegnung mit meiner Mutter. Ich zerbreche mir den Kopf, wie ich damit umgehen soll. Desi scheint die Unruhe zu spüren, sie meidet mich, rennt zu Moritz oder Konrad, wenn ich sie umarmen will.

Als dann der Tag der Ankunft da ist, verschwinde ich ins Konzerthaus.

»Ich muss etwas Wichtiges fertigmachen«, lüge ich.

»Es ist Samstag. Da gehst du nie hin«, sagt Moritz. Er drückt mich an sich und flüstert, damit Papa es nicht hört: »Du entkommst ihr nicht, aber ich werde dich beschützen.«

»Wir sehen uns am Abend.« Ich reiße mich los, die Vorfreude in Papas Augen ist unerträglich.

Wieder einmal habe ich das Gefühl, mich liebt er bloß als Teil seiner Mercedes, da kann er hundertmal leugnen.

Statt ins Konzerthaus fahre ich zu Selma in den Wienerwald. Zwei der Kinder empfangen mich mit Schneebällen, die beim Aufschlagen nicht zu Pulver zerstäuben, dazu ist der Schnee zu pappig, sie tun richtig weh.

»Auweh, Monsterbande«, ich lache trotzdem und fliehe ins Haus. Selma ist in der Küche und macht Frühstück, sie läuft in einem verschlissenen Frotteeschlafrock zwischen Tisch und Anrichte herum, verharrt, als ich vor ihr stehe.

»Was machst du denn hier? Ich dachte, heute gibt's die große Familienzusammenführung.« Wimpernklimpern.

»Stimmt. Aber ich muss mich vorher sammeln, weil ich echt Schiss hab davor. Kann ich einen Kaffee kriegen?«

Selma umschlingt mich und das ist wunderbar tröstlich. »Klar. Setz dich doch, ich füttere nur die Kinder ab.«

Einer der Buben heult, als er aus dem Garten hereinkommt und schimpft auf seinen Bruder. »Blöder Arsch, er hat mich mit Schnee eingerieben!«

»Weil er ein Trottel ist«, sagt der andere, »ein Weichei.«

»Aus.« Selmas Ton duldet keine Widerrede.

Die zwei schälen sich aus den Schneeanzügen und setzen sich an den Tisch, links und rechts von mir. Die beiden Töchter kommen auf Selmas Ruf aus dem Mädchenzimmer, das Frühstück kann beginnen.

»Wie schaffst du das bloß?«, frage ich, nachdem die Kinder aus der Küche sind.

Sie grinst. »Dabei hast du heute noch Glück, dass sie dieses Wochenende bei ihrem Erzeuger verbringen.«

Schon stehen die Orgelpfeifen, bepackt mit Rucksäcken wieder vor uns.

»Benehmt euch, meine Goldkinder«, sagt Selma, küsst jedes auf die Stirn und öffnet ihnen die Tür zur Straße. Ich sehe dort einen fetten Mercedes stehen, auf den die Rasselbande zuläuft. Nachdem die Kinder weg sind, stellt sie, ohne zu fragen, eine Flasche Amaretto auf den Tisch.

»Das ist das Richtige für uns arme Würstchen.« Sie schenkt in langstielige Likörgläser ein, die sie vorher mit einem Zipfel ihres Schlafrocks entstaubt. »Das Zeug hat mein Ex zu Weihnachten vorbeigebracht, Prost.«

»Hm, schmeckt wie Marzipan.« Ich lecke mir die klebrigen Lippen ab.

»Genau das brauchen wir jetzt, sag ich ja.«

»Du hast mir nie von dem Kindsvater erzählt, Selma, wie ist er denn so? Damals wolltest du nicht darüber reden, als die Wunde frisch war, geht es nun?«

Sie verzieht den Mund. »Stimmt. Du hast auch später selten Zeit gehabt für ein Weibergespräch. Zuerst war ich in U. S. A., dann hatte ich mit Kindern zu tun, während du mit deinen Lovern oder anderen Katastrophen beschäftigt warst, die dich von mir ferngehalten haben, nicht wahr?«

Einen Moment fühle ich mich wie eine Verräterin an der Freundschaft. Sogar mit Gwen habe ich mehr Kontakt, obwohl sie in London lebt.

»Entschuldige. Dabei liebe ich dich doch.« Wieder ein Gläschen, das ich leere.

»Ich weiß. Ist halt nicht leicht. Als Alleinerzieherin mit vier Wildfängen sitze ich quasi fest hier, bin drauf angewiesen, dass man mich besucht.« Auch sie trinkt aus und schenkt nach.

»Also der Kindsvater, er war ein atemberaubender Kerl. Seinetwegen bin ich ja nach Wien zurückgekommen. Ich habe ihn in L.A. kennengelernt, er ist Werbefachmann und wollte wie ich in Amerika Fuß fassen. Dort wäre er fast verhungert, wenn ich ihn nicht unter die Fittiche genommen hätte.«

»Und was war toll an ihm?« Wir stoßen an. »Sollst leben!«

»Das siehst du an seinen Kindern. Er ist sexy.« Verlegenes Lachen. Sie wickelt eine ihrer feinen blonden Haarsträhnen um den Zeigefinger. »Zu sexy. Kaum war ich schwanger, hat er mich schon mit einer Tussi betrogen. Ich verzieh ihm jedes Mal, weil ich ihn behalten wollte. Und ex«, fordert sie mich auf; wir haben bereits die halbe Flasche geleert.

»Und als du deine Kleinste, Gloria, erwartet hast, hat es dir gereicht, ich weiß.«

»Als ich Wehen bekam. Wir hatten ein paar Leute hier aus seiner Firma. Projektbesprechung. Da hat er in meinem Haus, auf meinem Klo mit einer Rothaarigen gevögelt. Das war's dann.«

Selmas blasses Gesicht rötet sich.

»Ärgert es dich immer noch?«, frage ich und merke, dass mir das Artikulieren schwerfällt.

»Und wie«, antwortet sie, »Was für eine Niedertracht. Nach der Geburt von Gloria wollte ich ihn nicht mehr haben. Jetzt muss er ordentlich Alimente zahlen, der Scheißkerl, recht geschieht ihm.« Ihre Stimme ist voller Hass.

Der Amaretto hat es in sich, ich schwanke auf dem Weg zum Klo.

»So kannst du nicht mit dem Auto fahren«, sagt Selma, »ich aber auch nicht.«

Wir brechen in einen Lachanfall aus, so wie seinerzeit fast täglich in der Schule. Ich halte mir den Bauch, Selma springt herum, es ist herrlich, das Leben plötzlich einfach. Irgendwann beruhigen wir uns und essen Butterbrote, ehe wir weitertrinken, bis der Amaretto leer ist.

»Gehen wir eine Runde schlafen«, murmelt sie.

Hand in Hand wanken wir ins Schlafzimmer.

Es ist dunkel, ich schrecke auf. Selma liegt in meiner Armbeuge und schläft mit leisem Schnarchen. Vorsichtig rutsche ich aus dem Bett, ich habe unglaubliche Kopfschmerzen von dem Gesöff. Mit einigen Gläsern Leitungswasser versuche ich es in den Griff zu kriegen.

»Ich bin immer noch besoffen«, sage ich zerknirscht zum Schnee vorm Fenster, der im Mondlicht glitzert. Es hilft nichts, ich muss Moritz anrufen. So schlurfe ich zum Apparat, der im Wohnzimmer steht, und wähle die Nummer daheim.

»Bist du wahnsinnig?« Moritz plärrt mich an. »Ich hab schon alle Krankenhäuser angerufen, bin beinahe umgekommen vor Sorge!«

»Bitte bring du Desi ins Bett, ich kann erst morgen kommen, Selma kümmert sich um mich. Migräneanfall.«

Sein Lachen klingt bösartig, in Wirklichkeit ist er gekränkt, das weiß ich. »Besoffen bist du wie ein Häusltschick, so schaut's aus! Und das genau heute, unglaublich.« Er legt auf.

»Er wird sich schon wieder beruhigen, er liebt dich doch«, tröstet mich Selma, die inzwischen aufgewacht ist und nun ein Abendessen zubereitet.

»Ich bin einfach furchtbar«, stöhne ich und presse die Hände an meinen dröhnenden Kopf. »Der Likör ist das reinste Gift, wahrscheinlich wollte dein Ex, dass du umkommst, wenn du das allein säufst.« Ich schüttle mich.

Selmas Gemüseeintopf würde mir ausgezeichnet schmecken, wäre ich nicht so lädiert. Ich bringe nur ein paar Bissen hinunter, während meine Freundin das Saufgelage offensichtlich viel besser verkraftet, sie isst mit Appetit. Nach dem Essen fläzen wir uns vor den Fernseher, es spielt irgendeinen deutschen Krimi, total unwichtig, zur Berieselung genau richtig.

Langsam lassen meine Kopfschmerzen nach, und ich kann klarer denken. Ich bin dankbar für den Aufschub, Mercedes erst am nächsten Tag begegnen zu müssen.

Gegen Mittag stehe ich vor unserer Villa, mein Herz rutscht in die Hose, ich weiß einfach nicht, wie ich meiner Erzeugerin gegenübertreten soll. Nach einem Durchschnaufen sperre ich auf. Doch keiner ist da, auf dem Küchentisch liegt ein Zettel mit Moritz' genialischem Gekritzel: Sind beim Rodeln, M.

Ein Topf mit roter Soße steht auf dem Küchenherd, Melanzanistücke und Huhn schwimmen darin.

»Yaya!«, rufe ich unwillkürlich. Die Speisen der Großmutter sind zum Niederknien köstlich, bestimmt hat sie das Mittagessen in aller Früh gekocht. Aus Zutaten, die sie nach Wien eingeschmuggelt hat. Ich freu mich und koste. Wie gut das schmeckt, am liebsten äße ich gleich einen Teller davon, aber ich bezähme die Gier und warte auf die anderen. Die kommen bald.

Mein Puls rast, als die Tür aufgesperrt wird.

Schon ruft Moritz: »Helene, bist du da?«

Ich gehe ins Vorzimmer.

»Mama«, jubelt Desi und wirft sich in meine Arme, das schenkt mir noch ein paar Sekunden Gnadenfrist.

Doch dann ist es soweit, ich richte mich auf und schaue meine Mutter an. Sie steht neben Papa, reißt sich die Kapuze herunter und schüttelt das tiefschwarz gefärbte Haar aus. Eine sehr dunkle Sonnenbrille sitzt auf ihrer Nase, Tränen quellen darunter hervor, rinnen über ihre Wangen.

Sie macht einen Schritt auf mich zu. Wie rührselig, diese Rabenmutter, denke ich, und bin unfähig, auch nur eine Hand zu heben.

»Meine Tochter, endlich«, schluchzt Mercedes und stürzt sich auf mich, küsst, drückt mich fest an sich, sodass mir die Luft wegbleibt.

»Lass ihr doch Zeit«, mahnt Yaya in ihrem Rücken, während Papa dümmlich lächelt und Moritz damit beschäftigt ist, Desi aus dem Schneeanzug zu befreien.

In mir brodelt es, ich stoße Mercedes weg. »Ja. Lass mir Zeit.« Ich renne nach oben ins Schlafzimmer. Unten höre ich Desi weinen und die Großen palavern. Sollen sie sich doch das Maul zerreißen. Ich werde mich unsichtbar machen, fertig. Auf dem Bett liegend überlege ich, wie das am besten geht. Nur zu den Mahlzeiten und morgen zur Geburtstagsfeier erscheinen, ansonsten mich einigeln, vielleicht eine Grippe vortäuschen? Ich drücke den Nowhere Man an mich, doch er schweigt beharrlich, wie seit Jahren. Er ist wohl zornig, weil Giulio ihn seinem geliebten Rom entrissen hat.

»Sag doch was«, flüstere ich in sein Plüschfell.

Er rückt sich auf meiner Brust zurecht. »Schick mich nach Rom zurück, versprich es.«

»Zu Giulio?«

»Unbedingt. Es sollte doch nur ein Kurzurlaub sein.«

Ich drehe mich auf den Bauch und setze Nowhere Man auf die Bettdecke.

»Okay, gleich morgen gebe ich dich auf.«

»Gut. Du gehst jetzt hinunter, gibst deiner Mutter die Hand und sagst, dass du sie willkommen heißt.«

»Das ist dein Tipp? Frechheit.« Ich springe auf. »Niemals mache ich das.«

»Du bist ein dummes Kind, Helene. Wenn du dich weigerst, stößt du die ganze Familie von dir. Willst du das? Hör doch, wie Desi erschrocken weint.« Er plustert sich auf, und ich weiß, dass er recht hat.

»Aber abküssen lass ich mich nicht, das sag ich dir.«

Ich stampfe auf und dann aus dem Zimmer. Zwischen Desis Gezeter dringt gedämpftes Reden zu mir herauf.

Nach ein paar Stoßseufzern zur Frustbewältigung richte ich meine Haare und gehe langsam nach unten.

Die Familie ist um den Küchentisch versammelt und isst Yayas Gericht. Moritz hat Desi auf dem Schoß und schaukelt sie mit den Knien. Die spanische Abordnung sitzt mit dem Rücken zur Tür. Mit einer begütigenden Miene zwinkert Moritz mir zu, und ich trete an den Tisch, strecke der Frau, die meine Mutter ist, die Hand hin. »Hallo, wie geht's? Angenehmen Flug gehabt?«

Zögernd ergreift Mercedes sie; ihre ist vor Aufregung feucht. »Vielen Dank«, antwortet sie vorsichtig, »alles gut gegangen.«

Ich setze mich gegenüber, neben Moritz, und Desi rutscht auf meine Schenkel, umschlingt mich.

»Mama«, quietscht sie viel zu nahe an meinem Ohr.

Yaya lächelt und Papa kann die Augen nicht von seiner Exfrau abwenden. Mercedes trägt immer noch die dunklen Gläser, ich werde später bei Großmutter deswegen nachfragen.

»Hunger, meine Süße?«, sagt Yaya und füllt einen Teller, ohne meine Antwort abzuwarten. Ja, essen ist gut, da muss man nicht reden, ich stürze mich auf den Eintopf.

Die Mahlzeit verläuft schweigend, nur Desi plaudert fröhlich vor sich hin und patscht mit ihrem Löffel in meinem Teller herum. Anschließend bittet Papa alle ins Wohnzimmer, aber meine Großmutter besteht darauf, erst abzuwaschen, und ich bleibe bei ihr.

»Warum trägt sie diese Brille, Yaya?«

»Sie sieht schlecht, sagt, das Licht blendet sie. Aber stur wie sie ist, geht sie nicht zum Augenarzt.«

»Aha. Yaya, liebe Yaya, ich mag nicht mit ihr allein sein müssen, während ihr hier seid. Hilfst du mir?«

Sie reicht mir einen gespülten Teller. »Ja, das verstehe ich, auch wenn es mir wehtut. Wir werden das schaffen. Und Konrad sollten wir auch nicht mit ihr allein lassen, hast du gesehen, wie er sie anstarrt?«

»Vielleicht wollen die beiden wieder zusammen sein. Eines weiß ich sicher: Papa liebt Mama.« Überrascht verstumme ich. Habe ich diese fremde Frau eben Mama genannt? Yaya grinst.

»Ich meine Mercedes. Er hat sie immer mehr geliebt als mich«, schiebe ich schroff nach und verlasse die Küche.

Vor der Tür des Wohnzimmers verharre ich und lausche, wofür ich mich am liebsten selbst anspucken möchte, doch die Neugier ist zu groß. Ich höre Papa sagen, wie gut Mercedes aussehe, sie sei eine tolle Persönlichkeit geworden. Dann fragt er sie, ob sie morgen Abend nach der Geburtstagsfeier ihrer Enkelin mit ihm ausgehen werde. Ich reiße die Tür auf.

»Gute Idee, geht nur weg«, sage ich und hebe Desi vom Teppich auf. Sie protestiert, weil sie gerade einen Turm aus Holzklötzchen baut. »Je öfter, je besser«, keife ich und verlasse mit meinem Kind das Zimmer.

Oben tröste ich die Kleine wegen des verdorbenen Turmbaus

und lenke sie ab, indem ich zwei Handpuppen, das Krokodil und den Kasperl, ein Stück aufführen lasse.

Kurz darauf kommt Moritz herein.

»Du führst dich wie eine Irre auf, Schatz.« Er setzt sich zu uns auf den Boden. »Ich verstehe deinen Frust, aber so kann's ja nicht die ganze Woche weitergehen, die deine Mutter hier ist, oder? Dann drehen wir alle durch. Bitte.«

Ich seufze, weiß ja, dass das keine Option ist, herumzukeifen. Doch ich weiß einfach nicht, wie ich mit der Situation umgehen soll.

»Mach«, bittet Desi, »Kroko mjamm mjamm Prinzessin, Mama.«

Ich tausche den Kasperl gegen die Prinzessin, und das Krokodil beißt zu, schüttelt die Puppe im rosa Kleidchen, während ich wild knurre.

*

Die Sterne stehen gut für mich, Konrad weicht nicht eine Sekunde von der Seite seiner Angebeteten. Es könnte eine Erleichterung für meine kleine Familie sein, wenn Papa zu ihr nach Spanien ziehen würde, ahne ich doch, dass ihn die Sehnsucht nach ihrer Abreise auffressen wird.

Zu Desis Geburtstagsbescherung kommen die beiden zu spät. Gerade ist das Kind dabei, die Kerzen auf der, mit bunten Schokoperlen verzierten Torte auszupusten. Mit heraushängender Zunge entschuldigen die Großeltern sich damit, dass sie im Taparestaurant die Zeit völlig übersehen haben. Das Geburtstagskind interessiert sich nur für die Geschenkpäckchen, und ich tue so, als gebe es nichts Wichtigeres.

»Hauptsache, ihr hattet Spaß«, sagt Yaya vergnügt.

Mercedes kichert wie ein junges Mädchen und Konrad hüstelt verlegen.

Moritz schießt Fotos von Desi, die mit roten Wangen ihre erste Babypuppe ans Herz drückt und ihr das Fläschchen gibt.

»Sie sind alle gleich, die kleinen Mäuse«, sagt Mercedes zärtlich, »und wollen ein Baby versorgen.«

»Außer dir, nicht wahr?« Ich laufe raus, werfe den Mantel über und gehe zur Post, um Nowhere Man wie versprochen nach Rom zurückzuschicken. Danach besuche ich das nächstgelegene Café auf der Döblinger Hauptstraße. Obwohl ich nicht möchte, dass Desi zu viel Süßes isst, kommt Papa manchmal mit ihr hierher. Dann darf sie einen Krapfen mit rosa Zuckerglasur verspeisen. Offiziell weiß ich nichts davon, sehe es aber an ihren klebrigen Fingerchen.

An diesem frostigen Sonntagnachmittag ist das Lokal überfüllt mit Torten essenden Gästen, nur das Tischchen neben dem zugigen Eingang ist frei.

Ich setze mich und bestelle einen doppelten Cognac. Wegen dieser Rabenmutter werde ich noch zur Alkoholikerin, meine Wut wächst. Ich hadere mit mir und der ganzen Welt.

»Trink nicht so viel, Helene.«

Ich traue meinen Augen nicht, Papa!

Er setzt sich neben mich. »Was ist los?«

»Sie ist falsch, ich kann sie nicht ausstehen«, lege ich los. »Sie wickelt dich um den Finger, mich vergisst du dabei.«

Provokant bestelle ich ein weiteres Glas. Als es kommt, nimmt Papa es mir aus der Hand und trinkt den Cognac selbst.

»Du sollst nichts trinken, dein Herz.«

»Deine Eifersucht macht mich krank. Mein Leben lang bereue ich den Fehler, und was ich deiner Mama angetan habe. Jetzt habe ich die Chance, es wieder gutzumachen, verstehst du das nicht?«

»Ach, Papa, dann geh doch mit deiner Mercedes nach Spanien, bevor du herumjammerst. Ist mir eh wurscht.«

»Vielleicht mache ich das. Du hast dein Glück gefunden mit Desi und Moritz. Das ist das Wichtigste. Lange Zeit war ich in Sorge, ob du nach allem, was wir dir angetan haben, ein gutes Leben haben wirst. Jetzt weiß ich, du wirst. Das macht mich froh. Weil du mein wunderschönes Baby warst und jetzt eine zauberhafte, kluge, etwas verrückte, liebevolle junge Frau geworden bist.« Er sieht mir direkt in die Augen, ohne Scham spricht er das erste Mal über seine Gefühle zu mir. Hat ihm das Wiedersehen mit Mercedes das Herz auf die Zunge gelegt? Ich bin wie erschlagen.

»Ich liebe dich. Natürlich liebe ich dich, Helene. Nicht Teile von dir, dich in deiner Gesamtheit«, sagt er noch, zieht den Mantel an und geht.

Bis zur Sperrstunde um dreiundzwanzig Uhr bleibe ich betäubt sitzen, dann setzt mich der unverblümt gähnende Kellner an die Luft.

Die Straße ist mit Eis überzogen, ich muss vorsichtig gehen, aber nach den Cognacs spüre ich die Kälte nicht.

Im Haus sind alle Lichter gelöscht, und ich schleiche die Treppe hinauf. Welche Stellen auf den alten Stufen knarren, weiß ich genau und vermeide sie. Margarethe hat oft mit mir geschimpft, weil ich absichtlich genau dorthin gehüpft bin, wo es lärmt.

Im Dunkel des Schlafzimmers schlüpfe ich aus der Kleidung und ins Bett.

»Du hast keine Manieren und feige bist du auch«, sagt Moritz. »Und du stinkst nach Alkohol. Ekelhaft.«

Verwirrt von dem, was um mich herum, in mir geschieht, lege ich die Hand auf seinen Bauch, doch Moritz stößt mich weg und dreht mir den Rücken zu.

Obwohl es mir Yayas wegen wehtut, verstehe ich es, den Gästen durch das Konzerthaus wunderbar zu entkommen. Trotz Papas Bekenntnis zu mir kann ich mich meiner Mutter einfach nicht nähern. Ich dehne die Arbeitszeiten mit Ausflüchten bis in den späten Abend aus. Was soll ich auch daheim?
 Desi wird geliebt und wunderbar versorgt, Moritz ist ohnehin sauer auf mich. Ich werde das schon wieder zurechtbiegen, sobald Mercedes zurückgeflogen ist in ihr geliebtes Andalusien.
 Dass Papa sich wie ein verliebter Gockel gebärdet, stört mich immer noch. Soll er wirklich mit ihr nach Spanien verschwinden. Er hat nur Augen für sie, mich hingegen schaut er missbilligend an, wenn wir einander über den Weg laufen. Ich weiß, dass er sich Versöhnung von Mutter und Tochter wünscht, aber ich kann nicht. Bin ich schuld daran, dass diese Person mich damals verlassen und er mir diese Wahrheit fast dreißig Jahre lang verheimlicht hat? Nein. Ohne Louis' Zutun würde ich heute noch mit dieser Lüge leben.
 Die Nächte sind ein Albtraum, ich finde keinen Schlaf, aufgewühlt, wie ich bin. Ich wandere durch das Haus, lausche dem Knacken des alten Parkettbodens, das direkt tröstlich wirkt. Oft sitze ich am Küchenfenster und blicke in den Garten hinaus, der aussieht wie das Reich der Schneekönigin. Wäre ich ein Kind, käme ich wohl besser mit der Wiederkehr meiner Mutter zurecht. Kinder verstehen es zu verzeihen, das sehe ich an Desi. Aber ich bin eine erwachsene Frau, die ihre Tochter liebt. Offensichtlich ist es mir unmöglich, Mercedes zu vergeben. Morgen ist die Qual jedenfalls ausgestanden, denn da verschwindet sie endlich aus meinem Leben. Alle diese Gedanken geben keine Ruhe, auch heute Nacht

auf der Fensterbank in der Küche rotieren sie durch meinen müden Geist. Ich weiß längst, dass Mercedes nicht mit Yaya im Gästezimmer neben der Küche schläft, sondern in Papas Bett. Sie bemühen sich zwar, es zu verbergen, aber ich bin ja nicht blöd. Vielleicht planen sie ja, sich wieder zu verheiraten? Aber mit mir redet ja keiner. Wenn ich ehrlich mit mir bin, braucht mich das nicht zu wundern, ich benehme mich störrisch wie ein Teenager. Nur, ich kann nicht anders, der Schmerz sitzt zu tief. Von oben ertönt ein Schrei. Dann schrilles Weinen aus Papas Schlafzimmer. Ich raffe den langen Morgenmantel und stolpere die Stufen hinauf. In Papas Tür steht Mercedes, nackt und mit irrem Blick, die Fäuste vor den Mund gepresst, und schluchzt.

»Konrad ... ich weiß nicht ... etwas ist mit ihm!«

Moritz kommt auf den Flur.

»Wartet, ich schau nach ihm«, sagt er und will ins Zimmer. Ich folge ihm, er schiebt mich weg. »Nein, bitte warte doch.« Ich weiß, er möchte mich schützen, mir rinnen schon die Tränen, ich bleibe stehen.

»Du hast ihn vielleicht umgebracht«, zische ich meiner Mutter zu. Mercedes starrt mich weiterhin mit ihren trüben Augen an, sie schluchzt lautlos vor sich hin.

»Er ist herzkrank. Da kann man nicht Sex haben wie mit zwanzig!«

Moritz kommt zurück und schüttelt den Kopf, presst mich an sich. »Es tut mir so leid, Helene.«

Mir kippen die Beine weg.

*

Der Rückflug wird leider bis nach Papas Beerdigung verschoben.

Ich strafe Mercedes mit totaler Ignoranz, für mich existiert diese Person nicht, die Papa auf dem Gewissen hat. Meinen Papa. Wie soll ich ohne ihn weitermachen können? Gerade jetzt, wo ich sicher bin, dass er mich geliebt hat, mich. Er ist doch erst fünfundsiebzig gewesen; ich bin untröstlich, esse nicht, liege im Bett, wasche mich nicht mehr. Weder hilft Moritz' Zuspruch noch Yayas Appell an meine Vernunft. Beide betonen, nicht Sex war schuld an Konrads Tod, sondern eine Arterie, die sich wieder verstopft hat, wie die Obduktion ergab.

»Aber nur, weil sein Blut gekocht hat vor lauter Begehrlichkeit. Nie hätte ihm diese Frau begegnen dürfen, nie.« Ich weine und werfe alle aus dem Zimmer. Natürlich sehe ich, wie verwirrt Desi durch mein Verhalten ist, tun kann ich jedoch nichts dagegen. Am liebsten würde ich sterben.

»Du riechst schlecht, Helene«, sagt Selma streng. Moritz hat sie angerufen und um Hilfe gebeten. Sie zwickt mich in den Oberarm, dann greift sie unter die Decke und kitzelt mich an den Rippen. Es nützt kein Strampeln, so sehr ich mich auch wehre, schließlich muss ich lachen. »Du bist gemein!«, schreie ich und weiß, gegen Selma habe ich keine Chance. Also stehe ich auf, dusche und esse ein Butterbrot unter den Argusaugen meiner Freundin.

»Wir alle müssen einmal sterben, das weißt du doch. Und dein Papa hatte den schönsten Tod, den man sich vorstellen kann. Beim Sex mit einer geliebten Person. Was willst du noch? Wäre dir lieber gewesen, er würde pflegebedürftig langsam dahinsiechen? Ihm jedenfalls war es so viel lieber, glaube mir.« Sanft.

Selmas Worte helfen mir, auf die Beine zu kommen, und ich wappne mich für das bevorstehende Begräbnis.

Mercedes schluchzt hysterisch während der Aufbahrung und am Grab. Ich würde sie am liebsten in die Grube treten. Meine Augen bleiben trocken, das ist ja nicht mehr mein Papa, nur verfaulendes Fleisch, das da in der Erde verscharrt wird. Nachdem ich eine rote Rose auf den Sarg fallen gelassen habe, hebe ich den Kopf zum Himmel und flüstere: »Ich liebe dich, Papa, komm gut an, wo auch immer.«

Ich verweigere einen Leichenschmaus. »Fresserei im Namen des Toten hat Papa immer gehasst«, begründe ich. Wir fahren heim, ich schließe mich mit Desi ein, die Spanierinnen packen ihre Koffer, und Moritz bringt sie zum Flughafen.

»Niemals wieder will ich meine Mutter sehen«, murmle ich in Desis feines Haar, das nach Babypuder und Kindheit riecht.

Als ich einige Monate nach dem Begräbnis Papas Schränke ausräume, stoße ich auf seinen Hahnentrittanzug und weine bitterlich. Mit seinem Tod muss ich akzeptieren, nie mehr Kind sein zu dürfen, und das ist schrecklich. »Hahnentrittmuster«, flüstere ich. Danach sage ich das Wort nie wieder.

5.

Morgens bringt üblicherweise Moritz seine Desi zur Schule. Sie ist sechs und freut sich darauf, etwas zu lernen.

Die ersten zwei Jahre bin ich auch gern hingegangen, erinnere ich mich und packe das Schulbrot ein. Hat Moritz einmal keine Zeit, Desi zu begleiten, gibt es ein Affentheater, ehe sie sich dazu herablässt, mit mir vorliebzunehmen. Es spielt keine Rolle, ich freue mich, dass die beiden ein Herz und eine Seele sind.

Heute wird es Terror geben, Moritz ist in die Stadt verschwunden und hat rührend geheimnisvoll getan.

Ich bin gespannt, was für ein Geschenk er sich ausgedacht hat.

»Pass auf, Desi«, ich hocke mich hin, um mit meiner Tochter auf Augenhöhe zu sein, »dafür darfst du am Abend zu meiner Geburtstagsparty aufbleiben, bis du umfällst.«

Desis Stirn glättet sich unter dem Haar, das vom gleichen Blond ist wie das ihres Vaters und sich ebenso wenig bändigen lässt. Sie lässt die widerspenstig verschränkten Arme fallen.

»Ehrlich?«

»Ja, was denn! Hab ich dich jemals belogen?«

Sie nimmt meine Hand, wir gehen los. In wenigen Tagen beginnen die Sommerferien. Jetzt bin ich froh, dass wir über einen Garten verfügen. Ein Kind zwei Monate hindurch zwischen Betonbauten zu beschäftigen, ist eine Horrorvorstellung. Moritz hat schon recht gehabt mit seiner Idee, in meinem Elternhaus zu bleiben. Zuerst wollte ich nach Papas Tod nur weg. Auf Schritt und Tritt die Erinnerungen an ihn. Mittlerweile habe ich die Trauer überwunden, wie Moritz mir vorausgesagt hat. Oder besser gesagt, ich habe mich daran gewöhnen müssen, dass er nie mehr bei der Tür hereinkommt, mir übers Haar streichelt, meine Hand hält, wenn ich betrübt bin.

Ein Trost ist, dass Moritz und ich wieder zusammengewachsen sind. Vor fünf Jahren hat es nicht gut ausgesehen, als ich mit Karl im Bett gewesen bin. Monate mussten verstreichen, ehe wieder Vertrautheit zwischen uns einzog. Hätten wir damals nicht Desi gehabt ...

»Mama.« Desi zieht an meiner Hand. »Lass mich los, tschüss.« Sie läuft in die Schule, der rosenbedruckte Rucksack hüpft auf ihren Schultern auf und ab. Ich winke ihrem kleinen Rücken nach. Im Resselpark, ganz in der Nähe, besuche ich die Meierei, bestelle eine Melange. Es ist wirklich alles gut, beruhige ich mich und lecke den Milchschaum von den Lippen. Bis auf den Umstand, dass ich vierzig werde. Aber alle um mich herum werden mit mir alt, sage ich mir und spüre dennoch, wie Angst aus dem Magen meine Speiseröhre herauf quillt. Das Leben einmal verlassen zu müssen liegt noch in weiter Ferne, aber der Tag kommt trotzdem mit jedem Jahr näher und näher. Selma lacht darüber, wenn ich davon rede.

»Denk nicht dran, du Hosenschisserin, wir sind noch in der unteren Hälfte.«, sagt sie dann.

Nach dem Kaffee esse ich ein belegtes Brötchen, schlucke Bissen um Bissen die Angst hinab. Ich nehme mein Notizbuch aus der Tasche, um zu überprüfen, ob ich alles für die Party besorgt habe. Moritz wird mittags im Garten grillen, sofern das Wetter hält. Das hat Desi sich gewünscht. Abends biete ich einen großen Topf Gulasch an, dazu gibt es Bier vom Fass. Es ist schwül, mir steht der Schweiß überall. Als sich eine heiße Hand auf meine Schulter legt, zucke ich zusammen.

»Hallo Helene, na so was!« Ein Mann.

Ein fetter Kerl mit Halbglatze, umkränzt von rotblonden Löckchen, lacht mich an. Der Stoff seines Hemdes spannt sich über seinem Wanst, die Knöpfe werden demnächst abspringen.

»Erkennst du mich nicht?«

Ich schlucke, kann er sich derart verändert haben? »Bennie?«

»Na logisch. Oder haben die Tollkirschen einen Schaden hinterlassen?« Er grinst, seine Zähne sind auch nicht mehr die besten. Ächzend lässt er sich auf den Stuhl neben mir plumpsen. »Jünger werden wir nimmer.«

»Schöner auch nicht.« Ich kann nicht anders. Er bestellt einen dreistöckigen Eisbecher mit Schlagobers.

»Und was machst du so?«, frage ich platt.

»Frührentner. Besser gesagt, ich krieg eine Behindertenrente. Stoffwechselerkrankung, weißt du.« Er schaufelt das Eis in sich rein. Jetzt, wo die überraschende Begegnung so richtig in mein Bewusstsein dringt, bin ich nur noch geschockt. Wage kaum, Bennie anzusehen. Der schöne Bennie! Was bin ich froh, dass ich ihn nicht zur Hochzeit eingeladen hatte. Zuerst wollte ich, immerhin war ich damals verliebt in ihn, hatte es aber wieder verworfen. Es hätte mich zu sehr an den Tollkirschenunfallselbstmord erinnert.

»Das tut mir leid.« Seinetwegen wollte ich vor mehr als zwanzig Jahren sterben, was für ein Glück, dass ich es nicht getan habe.

Endlich ist das Eis verschlungen. Er wischt die Finger an den feisten Schenkeln ab und lehnt sich zurück. Der Kunststoffstuhl verbiegt die Beine. Bennie taxiert mich, sagt: »Besser, ich hätte mich im Wienerwald für dich entschieden. Selma war eine Niete.« Seine Blicke ziehen mich aus.

»Kannst du denn Sex haben bei deinem Gewicht?«

»Du bist ja eine Megäre.«

»Ich muss jetzt«, sage ich und packe das Notizbuch ein. Nur kein Mitleid aufwallen lassen.

»Tschau mit au«, ruft er mir nach.

Im Garten ist alles vorbereitet, das Gulasch brodelt auf dem Herd, Desi ist vertieft in ihr Lied, das sie auf dem Klavier übt.

»Alle müssen dann hier stehen«, hat sie gesagt, »wenn ich dir dein Geburtstagslied spiele.«

Diesmal feiern wir zwei Wochen vor dem Datum, denn danach geht es in die Ferien ans Meer. Eigentlich brauche ich keine Party, aber die Freunde lieben die Feste von Moritz und mir.

»Ist schauderhaft, was aus Bennie geworden ist«, sagt Selma, nachdem ich ihr von der Begegnung berichtet habe. Sie verzieht den Mund und schüttelt sich theatralisch. Dass er schwer krank ist, lässt sie nicht gelten.

»Bennie sagte, du seist eine Niete gewesen.« Damit stehe ich vom Gartentisch auf und spaziere zum Grill, an dem Moritz mit Karl die Fleischstücke bewacht. Mein Seitensprung hat deren Freundschaft nicht aufs Spiel gesetzt. Über den Hotelbesuch sprach er niemals wieder. Ich stehle ein Würstchen vom Rost.

»Hopp hopp.« Desi hat sich in der Terrassentür postiert und

schlägt auf ihre Trommel. »Kommt rein, die Aufführung beginnt.« Sie sieht entzückend streng aus, aufgeregt. Moritz übergibt Karl die Braterei und läuft ins Haus. Als wir ums Klavier versammelt sind, verbeugen sich Desi und ihr Vater, setzen sich auf die Hocker und spielen vierhändig das Geburtstagslied. Mir rinnen die Tränen, weil die beiden es so gut miteinander haben. Das Lied ist mehr für Moritz, finde ich. Turbulent und atonal. Wir applaudieren, Vater und Tochter strahlen. Erleichtert, dass die anstrengende Etüde ausgestanden ist, gehen die Gäste wieder in den Garten.

»Eines Tages schreibt ihr zwei bestimmt faszinierende Konzerte zusammen«, sage ich, »ich freu mich so, dass Desi deine Begabung geerbt hat.«

»Und ich, dass sie deine Wildheit mitbekommen hat«, antwortet Moritz. Er nimmt mich in den Arm. »Meine Liebste, immer und immer wieder.«

Ich lache. »Du Charmeur, ich liebe dich.« Wir folgen den anderen nach draußen. Desi ist bereits beim Grill und stochert in der Glut, sie mag kein Fleisch und wartet auf die Torte.

Wir holen uns von den Würstchen und jeder sucht einen freien Platz an einem der Tische auf der Wiese.

Langsam werde ich neugierig, was Moritz heute Morgen in der Stadt besorgt hat; sein Geschenk liegt nicht mit den anderen auf der dafür vorbereiteten Decke.

»Wieso bin ich eine Niete?«, fragt Selma von hinten.

»Frag ihn doch selbst.« Gerade kann ich meine Freundin nicht ausstehen. Das Wiedersehen mit Bennie hat die alte Wunde aufgerissen und mich daran erinnert, wie gedemütigt ich mich damals im Wienerwald gefühlt habe.

Selma hat die Haare plötzlich platinblond gefärbt, was ist nur los mit ihr? Sie ist noch dünner geworden, hohlwangig. Zwei Jahre sind vergangen, seit wir uns das letzte Mal gesehen haben; wir haben nur telefoniert, für mehr hat die Zeit gefehlt.

»Willst du wieder zum Theater? Du bist anders geworden«, frage ich nach.

Selma wird rot. »Das ist es nicht, nein. Ich mag heute nicht reden darüber, feiern wir deinen Tag.« Sie schlendert davon, setzt sich an einen Tisch mit Freunden von Moritz.

Dann flüstern Desi und ihr Papa, verschwinden im Haus und kehren nach einer Weile mit der dreistöckigen Sachertorte wieder. Vierzig rosa Kerzen brennen. Das übliche »Happy birthday to you« wird gesungen, alle klatschen. Ich blase mit Desis Hilfe die Flämmchen aus.

Nun überreicht Moritz sein Päckchen. Ich erschrecke, weil es eine Ringschatulle ist, denn ich habe nicht viel für Schmuck übrig. Ängstlich öffne ich den Deckel.

Ein Smaragd, in Gold gefasst. Der Stein schimmert wie die Wälder dieser Erde, wie Grashügel, die man hinunterrollen kann, wie regennasse Blätter in einem Tropenwald. Diesen Ring will ich gern tragen, ich stecke ihn an den Finger. Er passt, wie für mich gemacht. Wieder muss ich weinen.

»Ich liebe dich«, sagt Moritz leise und drückt seine Wange gegen meine Stirn.

»Küssen«, fordert Desi.

Als sie später von Moritz, der sie von der Wiese geklaubt hat, auf der sie eingeschlafen ist, ins Bett getragen wird, murmelt sie: »Küssen ...«

Um Mitternacht sitzen die Gäste im Wohnzimmer und löffeln das Gulasch. Ich setze mich zu Selma, nachdem ich den letzten Teller gefüllt habe.

»Mein Tag ist vorbei. Jetzt bist du dran.«

Selma steht auf. »Dann komm mit.«

Wir ziehen uns ins Arbeitszimmer zurück. Ich nehme Selmas Hand, damit sie aufhört, sich die Haare auszureißen.

»Ich habe den HI-Virus. Ich werde sterben«, sagt sie, und ehe ich etwas entgegnen kann, »und dazu gehe ich weg. Nach Amerika, deswegen Platin.« Sie lacht. »Meine Kinder sind bald erwachsen, sie finden ihren Weg ohne mich. Ihr Erzeuger wird sich kümmern, er hat eine sehr liebe mütterliche Frau geheiratet. Du siehst, ich hab alles organisiert, heul bitte nicht. Den ganzen Tag fließen deine Tränen.«

»Jetzt weiß ich auch, warum.« Ich wische mit dem Ärmel über die Augen, »und du bist keine Niete, du bist … ich hab dich so lieb.« Aber als Selma sagt, dass sie keine Therapien machen wird, gebe ich ihr eine Ohrfeige.

Sie reibt sich die Wange. »Kann dich verstehen, aber ich habe den Virus schon zu lange, ohne es zu wissen. Möglich, dass ich mal mit jemand geschlafen habe, der mich infizierte. Rien ne va plus, Helene.«

Nach der Party, Moritz schläft bereits, liege ich mit offenen Augen neben ihm. Es kann einen jederzeit erwischen, mit dem Alter hat das nichts zu tun. Der Tod ist immerzu gegenwärtig.

*

Ich bin froh, dass sich Moritz so gut um Desi kümmert und mit ihr Hausaufgaben macht, denn damit wäre ich rettungslos überfordert. Die Vormittage, wenn sie in der Schule ist, hat er Zeit für sich und seine Musik, das klappt ausgezeichnet. Mit ihm an ihrer Seite ist meine Tochter wunderbar durch die Grundschule gekommen, die Aufnahmeprüfung für das Gymnasium war dann ein Klacks.

Allerdings zeigt sich immer, wenn Moritz auf Tournee ist, dass Desi nicht viel von mir hält. Sie ist frech und störrisch, wirft mir vor, mich nicht einmal dann mit ihr zu beschäftigen, wenn der Papa unterwegs ist.

»Immer nur dein Scheiß-Job, nichts anderes zählt«, schimpft sie.

»Aber ich verdiene in der Hauptsache das Geld, damit wir ein angenehmes Leben haben können, Desi.«

»Das ist alles eine Frage des Blickwinkels«, gibt das Kind frech zurück, »das Haus bewohnen wir mietfrei, Papa verdient auch viel, wenn er Platten macht.«

»Ja, wenn ...« Ich beiße mir auf die Lippen. Moritz soll nicht wie ein Versager erscheinen. Zu spät, ihre riesigen blauen Augen blitzen mich an.

»Du bist echt fies!«, brüllt sie und rennt hinaus.

Mich plagen Schuldgefühle, vielleicht habe ich mich zu wenig um sie gekümmert. Schon als Baby war sie vor allem in der zärtlichen Obhut von Vater und Großvater gewesen. Ich hoffe auf die Teenagerzeit, mag sein, mein Kind sucht dann Rat von Frau zu Frau.

Desi ist zwölf geworden, ihre Brüste zeigen sich und sie ist in die Höhe geschossen, blickt fast auf mich herunter, wenn wir nebeneinanderstehen.

»Sie hat deine Schönheit geerbt und meine Länge«, sagt Moritz.

Im Moment bewegt Desi sich ungelenk, was sie offensichtlich ärgert.

Doch sie lässt das nie an Moritz aus, ich, ihre Mutter, bin das Ziel ihrer Teenagerunbehaglichkeit. Es fällt mir schwer, mich dagegen zu verwahren, das Mädchen hat etwas Stolzes an sich, wenn sie die Tür zuknallt.

»Und in der Schule klappt es auch nicht recht«, sage ich, stelle den Wecker auf sechs und ziehe die Bettdecke bis unters Kinn. »Dauernd wird man vorgeladen, weil sie frech ist.« Mein Blick fällt auf das Nachtkästchen, als ich die Uhr abstelle. Ein Foto von Papa steht dort, seit drei Jahren auch eines von Selma.

Ich habe sie in der Sterbeklinik drüben in L.A. besucht. Sie konnte nicht mehr sprechen, jeder Atemzug rasselte in ihren Lungen. Abgemagert, das Handgelenk wie ein dünner Ast, winkte sie mir zu. AIDS im Endstadium, ein Gehirntumor war dazugekommen, der nicht mehr behandelt wurde.

»Ich hab dich lieb, Selma«, sagte ich und zitterte vor Anstrengung, den Anblick auszuhalten. Behutsam streichelte ich diese schmale Hand. Sie warf Kopf und Schultern, soweit ihre Kraft das zuließ, auf der Wechseldruckmatratze von einer Seite zur anderen, als würde ihr der Körper zu eng.

Immer wieder ging ich aus dem Zimmer, um eine Weile zu weinen und die Engel, Götter, alle, anzuflehen, meine Freundin zu erlösen.

Tagsüber blieb ich bei ihr, hielt ihre Hand, wischte ihr den Mund aus, gab ihr Zitronenstäbchen zur Erfrischung. Abends bat die Krankenschwester mich, zu gehen. Nach fünf Tagen, als ich eine knappe Stunde zurück im Hotel war, kam der Anruf. Als ob Selma nur auf meinen Besuch gewartet hätte, um sterben zu können. Bis heute trauere ich um sie.

»Desi wird schon wieder, jetzt ist die Zeit, in der die Schläfenlappen wachsen. Wenn so ein Schub alle paar Wochen mal kommt, dann spinnen die Kinder. Pubertät halt.« Moritz schmiegt sich an meinen Rücken.

»Nicht«, sage ich und rutsche an die Bettkante, »es ist zu heiß.« Er dreht sich schweigend weg.

Ich kränke ihn damit, das ist mir klar, aber was soll ich machen? Meine Libido geht gegen Null und das mit der Hitze ist keine Lüge.

»Gute Nacht, Liebster«, flüstere ich in die Dunkelheit, er brummt nur. Während ich auf den Schlaf warte, kreisen meine Gedanken um Desi.

Nur das Musizieren mit ihrem Papa hält sie bei Laune. Da ist sie sanft wie ein Lamm. Verträumt blickt sie dann auf, ihre weichen Lippen entspannt. In diesen Momenten liebe ich sie ganz und gar. Doch ich sorge mich um mein Kind und verstehe nicht, wie gelassen Moritz bleibt.

»Sie ist bildschön, sieht sehr erwachsen aus, was, wenn ihr einer an die Wäsche will?«

»Ich vertraue ihr. So einfach ist das«, sagt er dauernd.

Ich habe ihm verschwiegen, dass ich morgen wieder einmal in die Schule vorgeladen bin. Sie ist mir zu ähnlich, in ihrem Alter verhielt ich mich auch unbotmäßig. Der Gedanke bringt mich zum Lachen, und ich lege das Kissen auf mein Gesicht.

Das Lachen vergeht mir am nächsten Vormittag. Direktor Pospischil sitzt hinter seinem Schreibtisch und wippt mit dem Fuß. »Desideria kann nicht mir nix, dir nix dem Turnlehrer eine Ohrfeige geben, Sie verstehen das doch?« Ärgerlich.

»Meine Tochter macht nichts ohne Grund. Es muss etwas vorgefallen sein. Was?« Drohend.

Er putzt seine Brille, sieht mich mit kurzsichtigen Augen an.

»Herr Meier ist über jeden Verdacht erhaben, das können Sie mir glauben.«

»Nein«, sage ich ziemlich laut, »ich will ihn sprechen.«

Pospischil setzt die Brille wieder auf, schaut auf die Uhr oberhalb der Bürotür. »Der hat jetzt Unterricht.«

Wie festgebunden bleibe ich auf dem Besucherstuhl sitzen. »Ist mir egal.«

»Aber bitte warten Sie im Gang vor dem Lehrerzimmer«, sagt er, seine Nase zuckt, als er mir die Tür aufhält.

Draußen spaziere ich an den Klassenzimmern vorbei. Im Stockwerk, in der sich die Direktion befindet, sind die ersten Jahrgänge untergebracht. Das war schon so, als ich in dieses Gymnasium gegangen bin. Vor der 1b bleibe ich stehen. Am Ende des Flurs ist das Lehrerzimmer. Die Tür steht offen, einige Professoren und Professorinnen sind zu sehen, die unbeschwert lachen. Es ist nicht witzig, was Schüler an Willkür erdulden müssen, würde ich gern sagen, presse aber die Lippen aufeinander, während ich dort warte.

Diese Krätze, mein Englischlehrer Müller, fällt mir wieder ein. In jeder Schulstufe gibt es ein Schreckgespenst, dachte ich damals, als ich in der Ecke stand.

In den letzten beiden Klassen der Volksschule hieß es Frau Stein, nun im Gymnasium war es Herr Müller. Wenn mir nur ein Zauberspruch einfallen würde, wünschte ich mir, um ihn am Boden zu sehen. Er hatte mich neben den verdreckten Waschtisch an der Tür verbannt. Alle gönnten mir die Schmach, bis auf Gwen und Selma. Sie zwinkerten mir zu, sobald ich den Kopf drehte.

Mit den anderen Mitschülern hatte ich es nicht so. Die Mädchen, meine beiden Freundinnen ausgenommen, beschäftigten sich nur mit Klamotten und Schminkzeug. Ich fand das blöd und sagte das deutlich. Damit war ich unten durch. Und die Jungs? Die konnten nichts als freche Sprüche machen und grinsen. Ihrem Anführer hatte ich ein paar Wochen zuvor auf dem Schulhof mit einem Tritt die Kniescheibe verletzt. Ich fühlte mich im Recht, weil er zuerst mir ein Bein gestellt hatte und ich in den Dreck geflogen war. Von dem Moment an wichen mir die Blödmänner aus, gut so.

Herr Müller schnäuzte sich ins Taschentuch. Mir wurde übel. Wie soll ich den noch sieben lange Jahre ertragen?, fragte ich mich. Das erste war zum Glück fast vorbei.

In Englisch gab er mir schlechte Noten, obwohl ich immer alles richtig hatte. Es kam zum Konflikt.

»Muss ich mir nicht bieten lassen!«, schimpfte ich, als er die Schularbeiten austeilte.

»Du bist frech, Helene«, war seine Antwort. Dann schickte er mich in die Ecke. Aber ich wusste, dass etwas anderes dahinter steckte.

Er schlich gern durch die Reihen und berührte die Mädchen. Ich hatte seine widerliche Hand gleich zu Beginn des Schuljahres weggeschlagen. Schließlich hielt ich mich an das, was Papa immer sagte: »Lass dich niemals anfassen.«

Die anderen nahmen es geduckt hin, wenn der Lehrer sie wie zufällig an der Brust befummelte. Und ich musste büßen.

»Ich muss mal«, sagte ich.

Dagegen war Herr Müller machtlos. Er steckte seine Rotzfahne ein, nickte mir zu. In der Tür zeigte ich ihm den Stinkefinger. Gwen und Selma grinsten mit gesenkten Köpfen in ihre Schulhefte. Ich hüpfte Himmel und Hölle über die Fliesen des langen Ganges. Die Stimmen aus den anderen Klassen drangen durch die Türen heraus.

Es war still auf der Toilette. Hinter dem gekippten Fenster

raschelten die Blätter der Linde leise im Wind. Die Ferien würden bald beginnen. Wie schön, dass mein Geburtstag in den Sommer fiel. Ich durfte immer meine Freundinnen einladen. Mutter kontrollierte zwar ständig, ob eines der Mädchen in ihre heiligen Blumenbeete trat, aber mir war das eigentlich egal. Ich erklärte das Papa, er wies mich zurecht. Als ob Mutters Grünzeug wichtiger sei als ihr Kind.

Lange lehnte ich am kühlen Heizkörper und blickte in das Stückchen Himmel hinauf.

»Bantaminaport und du bist fort«, murmelte ich auf der Suche nach einem Bannspruch für Müller.

Im Klo blubberte es, ich sah nach. Eine rote Zipfelmütze trudelte im Abfluss. Ich zog sie heraus. Ein Zwerg zappelte daran, und ich setzte ihn auf den Boden. Er wrang seinen grünen Filzumhang aus, lächelte mit spitzen Zähnen. Die kleinen Augen blitzten stechend und auf der linken Wange leuchtete ein Fleck, rot wie die Mütze.

»Wir blasen dem Müller den Marsch«, sagte er mit einer Samtstimme und raste auf den Flur. Ich hinterher. Als ich meine Klassentür erreichte, stand der Zwerg schon auf dem Lehrerpult.

»Strafe muss sein.« Er nahm Herrn Müllers Hosenschlitz aufs Korn. Meine Mitschüler brüllten vor Lachen, denn der Lehrer winkte nun mit einem kapitalen Rüssel. Der Zwerg blieb gelassen.

Müller schrie: »Ich werde es nie wieder tun, ich schwöre es.«

Der Zwerg schnippte, und Herr Müllers Rüssel schrumpfte kläglich ein. Damit war ich die längste Zeit in der Ecke gestanden.

Dem Meier werde ich auf den Zahn fühlen. Die Schulglocke läutet die große Pause um zehn ein, schon werden Türen aufgerissen; den Lehrern, die Gangaufsicht haben, sehe ich an, wie sauer sie darüber sind. Mit elastischen Schritten auf Laufschuhen, im blauen Trainingsanzug, kommt der Sportlehrer auf das Lehrerzimmer zu.

»Professor Meier?« Ich versperre ihm den Weg. Nachdem ich meinem Namen genannt habe, grinst Meier breit.

»Ihr Töchterl hat einen ganz schönen Schlag.« Dann wird er ernst. »Natürlich musste ich das melden, soweit kommt's noch, dass die Schüler auf die Lehrer losgehen.«

»Desideria tut keinem was, wenn man ihr nichts tut. Was war los?«, frage ich.

Er lehnt sich an die Wand neben der Tür. »Das Fräulein war auf dem Schwebebalken, ist abgerutscht und ich habe sie aufgefangen. Das ist alles.« Ich mustere ihn, er sieht wirklich gut aus. Halblanges Haar, sportlich, jung.

»Sie hat mir eine geknallt, weil ich sie versehentlich am Po erwischt habe. Man kann sich ja nicht aussuchen, wo man hingreift, wenn ein Kind durch die Gegend fliegt, oder?«

Benommen laufe ich nach Hause. Der Turnprofessor Meier ist nicht das Arschloch Müller, er ist ein netter Kerl.

»Was richtest du für ein Desaster an?«

Wie Desi vor mir steht, die Hand in die Hüfte gelegt, mit einem Bein wippend. Provokant! Sie macht mich wütend.

»Du bist noch ein Kind, kapiert?«

Ihr überhebliches Grinsen verebbt, die Mundwinkel ziehen sich abwärts.

»Aber ich liebe ihn!« Aufstampfen.

»Deswegen haust du ihm eine rein?« Ich lasse mich aufs Sofa fallen. »Das verstehe einer.«

»Erwachsene verstehen das nicht«, mault Desi.

»Ich schon«, sagt Moritz, der eben hereinkommt. Er hat einen Stift hinterm Ohr, die Kaffeetasse in der Hand und bezieht neben seiner Tochter Stellung. »Sie hat das gemacht, weil es ihr schrecklich peinlich war, vom Balken in seine Arme zu fallen. Ist doch klar.«

»Nein, ich wollte, dass er mich endlich wie eine Frau behandelt.« Desi heult los und rennt nach oben in ihr Zimmer, die Tür knallt. Moritz schluckt, setzt ihr, zwei Stufen auf einmal nehmend, nach.

Am liebsten ginge ich jetzt. Ans Meer. Wenn Desi nach mir gerät, dann dauert es noch gute zwanzig Jahre, bis sie halbwegs erwachsen ist. Dagegen spricht, dass sie keine bösen Geheimnisse umwehen, daher bleibt zu hoffen. Sie hat die richtigen Eltern. Moritz ist jedoch der Richtigere. Ich lausche auf die Stimmen von oben. Die Worte sind nicht zu verstehen. Aber die Melodie der Liebe, die höre ich heraus.

Statt ans Meer abzuhauen, nehme ich ein Buch und lese.

Ich muss darüber eingeschlafen sein, kein gutes Zeichen für einen Krimi, denn Desis Stimme weckt mich.

»Es war gedankenlos von mir. Papa sagt, ich soll noch ein bisschen warten mit dem Frausein. Wenn ich fünfzehn bin, kann ich getrost hinschlagen, sollte es die Situation erfordern.« Desi setzt sich neben mich aufs Sofa. Ich umarme sie und bin glücklich, dass mein Kind das ausnahmsweise zulässt.

Von oben erklingen entspannte Klaviertöne.

*

Für den Urlaub mit Gwen habe ich mir drei Wochen erkämpft. Das war eine harte Nuss, denn das Management vom Konzerthaus dürfe doch nicht sich selbst überlassen werden. Erst als ich mit Kündigung drohte, gab die Direktion klein bei. Für Ruth ist das wieder einmal ein gefundenes Fressen, sie übernimmt die Urlaubsvertretung und hat sich an meinem letzten Arbeitstag unfassbar aufgespielt. Jedem, der das Büro betrat, warf sie an den Kopf, dass nun ein anderer Wind wehen werde und keiner glauben solle, sie lasse sich wie Helene breit schlagen, Hinz und Kunz in den altehrwürdigen Räumen Auftritte zu ermöglichen.

Ich haute ab, wohl wissend, dass ich nach dem Urlaub allerhand Scherben aufsammeln muss.

Weder Moritz noch Desi haben mir etwas in den Weg gelegt, im Gegenteil, sie wirkten erleichtert, dass ich eine Weile aus ihrem Leben verschwinde.

»Ich hoffe, deine Gereiztheit klingt im Urlaub ab. Die letzten Monate waren recht anstrengend, Helene«, sagt Moritz beim Abschiedskuss.

Ja, ich bin gereizt und kann seinen Anblick, wie er Tag für Tag vor seinem Piano sitzt und komponiert oder mit Desi herumalbert, im Moment nicht ertragen.

Ich fühle mich nicht wohl in der Haut, mehrmals täglich überfluten mich Hitzeattacken, meine sexuelle Lust ist nahezu verschwunden, und diese Einheit der beiden, wie sie hinter meinem Rücken Blicke tauschen, ist nicht auszuhalten. Es liegt eindeutig an mir, das weiß ich. Die Frauenärztin meint, die Unausgeglichenheit sei vor allem am Beginn der hormonellen Umstellung ein Thema für viele Frauen. Nach und nach würden die Symptome bis zur Menopause abklingen. Na dann.

»Und mach dir keine Sorgen, wir kommen gut zurecht«, betont Moritz am Auto.

Sicher, denke ich, wer braucht mich Furie schon.

Ich hätte auch nach Pula fliegen können, aber ich stelle mir die lange, einsame Reise durch die Nacht entspannend für die Nerven vor. Desi haucht mir einen Kuss auf die Wange und sagt: »Lass krachen, Mama.«

»Scherzkeks. Ich werde mit Gwen Karstwanderungen machen, in der Sonne sitzen, eben all das, was man als ältere Frau so tut«, antworte ich und nehme Desi das Versprechen ab, regelmäßig die Schule zu besuchen und den Lehrern gegenüber gefälligst respektvoll zu sein. Leere Kilometer, ganz klar, aber wer weiß, vielleicht tut es dem Teenager gut, ein paar Wochen ohne mütterliche Nörgelei zu sein?

Es wird Abend, als ich auf die Südautobahn fahre. Ich bin eine Nachtfahrerin und möchte am nächsten Morgen bei Sonnenaufgang das Meer vor mir liegen sehen. Während der Fahrt geht mir alles Mögliche durch den Kopf, denn in der Abgeschiedenheit des Autos habe ich die Muße dazu. Lehrer Meier ist Geschichte, seit Kurzem schwärmt Desi für einen Jungen, der zwei Klassen höher in ihre Schule geht. Einmal, als ich sie abgeholt habe, weil wir zum Zahnarzt mussten, schnaufte sie vor Aufregung und zwickte mich in den Ellenbogen. »Das ist er, schau schnell.«

Ich bemerkte keine besondere Erscheinung unter den Jungen, die aus dem Tor strömten. »Ist es der Blonde?«, tippte ich.

»Nein, der hat schwarze Schneckerlhaare, wie kann einer aus Jamaika blond sein, Mama.« Nun sah ich ihn und nickte anerkennend. Heimlich schickte ich ein Stoßgebet zum Himmel, dass es bei der Schwärmerei bleiben möge, denn der Junge ist sicher kein Kind von Traurigkeit. Er wirkte, als hätte er schon Sex gehabt. Hoffentlich passt Moritz gut auf Desi auf, solange ich fort bin. Es tut mir leid, dass ich oft unfreundlich ihm gegenüber bin, denn er ist treu und liebevoll. Ich erinnere mich nur an zwei Mal, dass er in all der Zeit wütend geworden war. Und ich bin schuld gewesen. Das erste Mal, als ich die Hochzeitsgästeliste gemacht habe und danach, als ich meinen Seitensprung beichtete.

Ich fahre eine Raststätte an, tanke und trinke einen Cappuccino. Er ist köstlich, schmeckt wie damals in Rom.

Was wohl meine Exfreunde heute treiben? Nach dem Hochzeitsfest haben sie sich nie mehr gemeldet.

Um sechs Uhr früh erreiche ich Koper und damit das goldglitzernde Meer, über dem die Sonne hochsteigt; mein Plan ist aufgegangen, und das Wetter ist herrlich. Doch ich habe mich zu früh gefreut, denn als ich in Poreč ankomme, fegt die Bora durch die Gassen, die mich ganz verrückt macht.

Wohl versuche ich nach der langen Autofahrt in dem kleinen Hotel *Villa Dragana* zu schlafen, in dem ich zwei Zimmer gebucht habe, aber der Wind klappert an den Fensterläden. Schließlich krieche ich wieder aus dem Bett und spaziere zum Meer.

Nachtschattengrau ist die Adria, der Himmel grafitfarben, der Wellenschaum weiß und die Bora pfeift mir unvermindert um die Ohren. September auf den Klippen Istriens. Die Wellen krachen an die Steilküste. Gegen die Kälte ziehe ich den Rollkragen des Pullovers bis unter die Augen hoch. Nächsten Sommer werde ich achtundvierzig.

»Es ist gut, älter zu werden, ich hab keine Angst mehr davor, es ist doch ganz normal«, sage ich zähneknirschend. Meine Gebetsmühle. Ich schüttle mich.

Auf einmal sieht es aus, als schaukeln zwei Nixen auf den Schaumkämmen. Sie winken mit ihren grünschuppigen Schwänzen, locken. Gäbe es Desi nicht, nähme ich diese Einladung glatt an. Ich bin müde vom Alltag.

Der Wind pfeift mir noch kälter um die Ohren, auf dem Weg

rutsche ich mit dem Fuß von einem der spitzen Felsen, schlage mir daran den Knöchel auf, fange mich ab, ehe ich stürze und renne ins Dorf zurück. Außer Atem erreiche ich die Villa Dragana, mit letzter Kraft stolpere ich die Treppe hinauf, sperre die Tür hinter mir ab. Ausgestreckt auf dem Bett grüble ich, wie meine Situation zu verbessern wäre.

Übermorgen kommt Gwen aus London, ich sehne mich nach ihrem naiven Humor, der wärmenden und weichen Fülle. Wenn sie nicht den Vorschlag gemacht hätte, endlich wieder einmal zusammen Urlaub zu machen, wäre ich daheim bald im Alltag erstickt.

Magenknurren lenkt mich vom unsinnigen Trübsalblasen ab, und ich schimpfe mit mir, dass ich so deprimiert bin. Und ungerecht. Nur wegen der Hormone. Ich wasche mich und gehe zum Abendessen. Ich habe Halbpension gebucht, der Speisesaal ist karg möbliert, die Fenster ohne Gardinen glotzen in die Dunkelheit hinaus. Auf den zehn Tischen verstauben in kleinen Vasen Veilchen aus Seide. Die Kellnerin, schwarz gekleidet, mit verflecktem Schürzchen, stark geschminkt, weist mir einen Platz an einem Fenstertisch zu. Es zieht durch die Fugen herein.

»Suppe?«

»Was für eine?«, frage ich.

Die Bedienung antwortet gelangweilt: »Bohnen.« Sie blickt in die Ferne, wäre wohl lieber in der Disco.

»Gut. Ja, ich mag eine.«

Das Mädchen schlendert durch die Schwingtür zu Küche davon.

Eine großgewachsene Frau betritt den Saal. Üppigkeit in abgescheuerten Jeans und weit ausgeschnittenem Schlabberpulli in rot. Sie trägt eine Menge Piercings im Gesicht. Das Haar, in hunderte

Zöpfchen geflochten, von denen die eine Hälfte schwarz, die andere weiß gefärbt ist, hat sie am Oberkopf mit einem Band zusammengefasst. Es stürzt in Kaskaden vom Kopf bis zu ihren Hüften herab. Eine afrikanische Königin.

»Hi«, sagt sie zu mir und lacht.

Wie sie da steht in der Mitte des Raumes, selbstsicher und entspannt, bewundernswert.

Die Kellnerin kommt mit der Suppe.

»Bohnensuppe!«, ruft sie, stellt den Teller vor mir hin und wartet auf meine weitere Bestellung.

»Fisolen, sehr gut«, sage ich und zeige auf die Suppe, denn so heißen die bei uns. Die schmuddelige Speisekarte mit dem Menü von heute lässt mir nicht viel Auswahl. Entweder Kotelett mit Pommes frites oder Spaghetti. »Nachher nehme ich das Kotelett, bitte, aber ohne Kartoffeln. Nur Salat.«

Kaum zu glauben, die Kellnerin verdreht die Augen.

Ich lache. »Ist Ihnen das zu anstrengend? Auch wenn Nachsaison ist, zahlen wir doch dafür?«

Wortlos bringt sie die Königin zum Nachbartisch.

Die Frau kichert. »Hey«, sagt sie zur wartenden Bedienung, »ich auch, bitte.«

Erneut schlapft die Kellnerin davon, verschwindet in der Küche, reißt aber die Tür gleich wieder auf. »Weiße Bohnen oder auch grün?«

»Grüüüüüün«, sagt die Königin.

Mittlerweile hat ein älteres Paar den Speisesaal betreten. Zielstrebig steuert es einen Tisch an der Wandseite an.

»Am Fenster zieht es wie im Vogelhaus«, raunzt die weißhaarige Dame.

»Aber ja, musst du das Abend für Abend sagen?« Der Mann

schiebt ihr den Stuhl unter den Hintern.

»Ich heiße Crazy. Also eigentlich Olga, aber das ist zu langweilig«, sagt meine Tischnachbarin. »Ich lebe derzeit in Birmingham«, beantwortet sie die unausgesprochene Frage, »komme aus New York.«

»Toll«, sage ich und fühle mich neben dieser Erscheinung endgültig unscheinbar.

Die Suppe ist ungewürzt und leider nur lauwarm. Die Kellnerin bleibt uninteressiert, als sie den fast vollen Teller abräumt. Der Rest des Essens, Kotelett inklusive übersäuertem Salat, war ebenfalls keine Offenbarung.

»Wir könnten in der Bar nebenan was trinken gehen?«, fragt Crazy.

Bei Cognac und Erdnüssen unter rotem Ampellicht in verschlissenen Plüschsesseln sprudelt Crazy unerwartet ihr Kummer heraus. Ich wundere mich, so eine stark wirkende Frau, auf einmal in Tränen aufgelöst? »Weißt du, als Elke dann ging, drehte sie sich nicht einmal um. Kein Adieu war ich ihr wert.« Ihr rinnen die Tränen, die Trennung ist gewiss nicht lange her. »Ihretwegen habe ich Deutsch gelernt, bin nach Berlin gegangen. Ich musste weg. Die Erinnerung schmerzte zu sehr. Das ist überflüssig.« Sie spricht jedes *r* amerikanisch aus und *ü's* bereiten ihr große Probleme. Sie ist die erste Lesbe, der ich begegne. Vorhin hat Crazy von ihrer Tochter erzählt, die aber in New York beim Vater aufwächst.

»Wenn du Frauen liebst, wie kamst du zu einem Kind?«

Crazy lächelt, richtet ihre Zöpfchen und strafft den Körper. »Ich habe erst viel später kapiert, wo ich hingehöre. Vor zwei Jahren, mit vierzig. Ich war überrascht.« Sie greift nach meiner Hand. Unwillkürlich zucke ich zurück. Verflucht, dumm von mir.

»Es ist nicht ansteckend.« Crazy grinst.

Meine Wangen werden heiß, ich winde mich und versuche, abzulenken. »Vorhin saß ich auf den Klippen. Stell dir vor, ich habe zwei Nixen gesehen.« Bin ich eine Spießerin? Ich sollte mich abwatschen dafür.

»Auch du bist crazy«, sagt sie und, »schlaf gut.« Dann geht sie königlich davon.

Der Wind rüttelt an den Fensterläden und ich träume wieder von dem großen Affen, der durch meine Zimmer rast. Ein kehliges Gurgeln weckt mich. Der Hals ist ausgetrocknet, ich selbst habe die Laute ausgestoßen.

Sechs Uhr. Undenkbar, nochmals einzuschlafen. Also werfe ich den Regenmantel über den Schlafanzug und schleiche die Treppe hinunter, hinaus auf die Gasse. Am Himmel jagen schwarze Wolkenballen, wenn sie sich teilen, zeigt sich zarttürkises Morgenlicht. Auf dem runden Katzenkopfpflaster spaziere ich zum kleinen Hafen. Für den Moment hat die Bora aufgegeben, die Luft ist mild. Von der niedrigen Kaimauer aus schaue ich den Fischern zu, die ihre kleinen Kajütenboote vertäuen. Einige haben einen guten Fang gemacht, sie unterhalten sich vergnügt. Die anderen sehen müde aus, grau, ärgerlich, ihre Fangkörbe sind leer. Enttäuscht treten sie den Heimweg an.

Hinter mir ertönt ein »Guten Morgen.« Crazy. Auch sie im Pyjama, aber nichts darüber, die Zöpfchen durcheinander.

»Ich hörte dich an meinem Zimmer vorbeigehen, die Dielen knarren ganz schön.«

Ich stehe auf und wische die Steinkrümel von den Hosen.

»Ich geh zum Frühstück.« Ohne mich noch einmal umzudrehen, laufe ich zur Villa zurück. Dort duftet es nach starkem Kaffee und frischem Gebäck, es ist halb sieben. Im spartanisch eingerichteten Frühstücksraum ist das Buffet angerichtet. Ich bin allein und das will ich auch bleiben. Am Morgen habe ich einfach keine Lust, mich zu unterhalten, nicht einmal mit Königin Crazy. Stehend schmiere ich mir eine Semmel, belege sie mit Käse, und als die Küchenhilfe einen Korb gekochter Eier bringt, schnappe ich eins. Das warme Ei in der Manteltasche, Kaffeetasse und Gebäck in den Händen, gehe ich aufs Zimmer. Am Fensterbrett sitzend, frühstücke ich. Ein bisschen schäme ich mich für die Ruppigkeit vorhin am Hafen. So etwas macht man nicht.

Neide ich Crazy ihr tolles Aussehen? Ihre entspannte Art, Kontakte zu knüpfen?

Was habe ich denn schon erreicht? In eingefrorenen Alltagsritualen zu leben? Ein Schweißausbruch überfällt mich, und meine Hände zittern, als ich die Tasse an die Lippen setze. Der Kaffee ist kalt geworden, ich beuge mich übers Fensterbrett und lasse den Schluck aus dem Mund auf die Gasse tropfen.

»Pička!« Ein wütender Schrei. Ich fahre zurück, ducke mich unters Fenster. Als nichts mehr folgt, schaue ich hinaus. Zwei Kerle stehen da. Trotz kühler Witterung tragen sie bloß Shirts und Jeans, beides reichlich schmuddelig. Bestimmt sind sie Fischer. Der eine zwinkert mir unter dem grau melierten Strubbelschopf zu, droht dann spaßeshalber mit der Faust.

»Touristi«, sagt er, »dumme Touristi.« Sein Kollege will ihn mit sich ziehen, aber er schüttelt die Hand auf seiner Schulter ab und starrt mich unverblümt an.

»Entschuldigung«, antworte ich.

»Komm runter dazu«, fordert er.

Schnell ziehe ich Jeans und Sweatshirt an. Das ist doch eine feine Ablenkung von meinem Frust, ich fliege geradezu die Stiege hinab, hinaus, vor die Tür. Dort wartet er, nun allein, Hände in den Taschen, Zigarette im Mundwinkel. Er grinst schief.

»Ich Slatko.«

Er hat ein windgegerbtes Gesicht, trotzdem scheint er um einiges jünger als ich zu sein.

»Helene«, sage ich, »Verzeihung, ich wollte Sie nicht anspucken.« Kichernd.

»Ja, ist komisch«, antwortet er mit hartem Akzent, »wollen wir haben Kaffee zusammen? In Kneipe, gleich da.«

Er wartet meine Entscheidung nicht ab, dreht auf dem Absatz um und schlendert zur nächsten Ecke. Gespannt, was mich erwarten wird, laufe ich hinterher. In dem verrauchten Lokal lehnen die Fischer am Tresen und trinken aus winzigen Tassen schwarzen Kaffee. Es ist laut, wahrscheinlich geben sie mit ihren Fängen an. Slatko zeigt mit dem Kopf auf eine Fensternische, in der ein Zweiertisch steht. Die Möbel aus rauem Holz. Vorsichtig setze ich mich, passe auf, dass ich mir keinen Splitter in den Hintern einziehe. Zum Bestellen tritt Slatko an den Tresen, redet mit den anderen. Die Frau hinter der Theke stellt zwei Tässchen vor ihm ab. Da bleiben sie, weil er den Kumpels etwas erzählt. Sie sehen zu mir herüber, lachen.

»Sind Sie Fischer?«, frage ich, als er nach zehn Minuten endlich an den Tisch kommt.

Er kaut auf einem Zahnstocher herum und schaut mich an, als möchte er mit mir vögeln.

»Ja.«

Daraus wird nichts, denke ich, aber irgendwie gefällt mir das. »Ich entschuldige mich noch einmal fürs Spucken, Slatko. Jetzt bezahle ich den Kaffee und alles ist gut.« Unterhalb meiner Taille beginnt die Lust auf diesen Mann zu kribbeln, Hitze ergreift mich, vermutlich ist mein Gesicht rotgefleckt. Höflich lächelnd erhebe ich mich und gehe zahlen. Die Männer grinsen, zwinkern mir zu. Sie riechen nach Fisch und Salzluft. Als ich Slatko zum Abschied die Hand reiche, hält er sie fest.

»Am Abend wiedersehen?«

Ich kann das nicht machen, schüttle den Kopf, entziehe ihm meine Finger, die er zärtlich knetet, und laufe hinaus.

Schrecklich heiß ist mir, doch diesmal nicht von den Wallungen des Klimakteriums. Die verloren geglaubte Libido ist wieder da. Ich ziehe das Sweatshirt aus, froh, dass die Bora erneut bläst. Enttäuscht, mir vielleicht *das* erotische Ereignis des Lebens versagt zu haben, davongerannt zu sein, statt zu nehmen, was sich mir bietet, klettere ich die Klippen entlang. Das Meer braust, der Wind fährt mir durchs ärmellose Unterhemd, die Brustwarzen verhärten sich. Beinahe reißt eine Böe das Sweatshirt aus meiner Hand, ich knote es um die Hüften. Die sind auch nicht mehr so schmal wie früher, es sieht aus, als sei ich endgültig in den miesen Jahren angekommen.

Bis mittags treibe ich mich an der Küste herum. Nixen zeigen sich diesmal keine, offenbar bin ich für den Moment in der realen Welt. Auch abgekühlt bin ich. Nachdem ich das Shirt wieder angezogen habe, kauere ich mich hinter einen überhängenden Fels und rufe daheim an.

»Mama«, zwitschert Desi, »alles fit im Schritt?«

»Erstens, woher hast du diese scheußliche Phrase und zweitens, wieso bist du um diese Zeit zu Hause? Am Nachmittag hast du Musikunterricht.«

Desi kichert. »Das sagt man so heutzutage. Alle sagen das. Musik entfällt, der Prof ist unpässlich. – Was ist bei dir denn los? Ich hör dich kaum.«

»Der Wind, mein Kind, der Wind.«

Einerseits benutzt Desi ordinäre Ausdrücke, aber andererseits hat sie einen wunderschönen Sprachschatz. Ich lache.

»Wo ist Papa?«

Es kommt keine Antwort, dafür ist nach einer Weile Moritz dran.

»Dass dir das Spaß macht, so fern von mir«, sagt er zur Begrüßung.

Ja, es begeistert mich.

»Sturm und Meer, ganz schön ist das. Außerdem hast du betont, wie gereizt ich bin, vielleicht ist das vorbei, wenn ich wiederkomme.«

»Was heißt *wenn*? Du kommst doch zurück?« Seine Stimme vibriert ein bisschen, ich bin beinahe gerührt.

»Auf jeden Fall. Ich brauche halt etwas Zeit für mich allein.« Ja, und eventuell für Slatko, schießt es mir durch den Kopf.

»Weißt du«, sagt Moritz, »das ist nicht schön, wie du in letzter Zeit umgehst mit mir. Du kannst doch reden. Sprich mit mir darüber, was dich so umtreibt. Du wirst mir fremd, ich leide deswegen. Oder ist dir das nicht aufgefallen?«

»Nein. Du blödelst mit Desi herum, ihr habt eine Menge Spaß. Mir kommt eher vor, dass ich ausgeschlossen bin.«

»Also komm, Helene. Bist du eifersüchtig auf unser Kind? Das gibt's ja gar nicht. Du bist es, die keinen ranlässt an sich. Wenn ich mit dir schlafen will, stößt du mich weg. Ich spüre das doch.« Muss er mir jetzt den Urlaub verderben? Am Telefon die Ehekrise besprechen?

»Ich denke, wir sollten das zu Hause klären, Moritz«, sage ich sanft, damit er meinen Ärger nicht spürt, »ich spanne mich mit Gwen aus, dann werden meine Nerven wieder besser sein, gut?«

»Ja, das wäre gut, sonst kriegen wir echt ein Problem, Süße.« Er legt auf.

Vor der Villa Dragana treffe ich auf Crazy. Gleich sage ich ihr, wie leid mir die schlechte Laune von heute Morgen tut.

»Ach, das ist okay«, antwortet sie, »du wirst schon deine Gründe dafür haben.« Sie sieht großartig aus. Orange Stiefel aus Rauleder bis übers Knie, grünes Minikleid und jede Menge Talmischmuck um den Hals.

»So schön bist du. Ich möchte dich abends gern einladen. Wiedergutmachung. Weder das Ambiente noch das Essen sind hier so prickelnd, dass man was versäumt.«

»Geht klar«, sagt Crazy.

Ich nehme einen Flyer über Poreč aus der Rezeption mit nach oben. Aber ehe ich ihn lesen kann, überfällt mich die Müdigkeit. Als es an meine Tür klopft, blicke ich auf die Uhr. Ich habe volle vier Stunden fest geschlafen.

Crazy ruft: »Es ist sieben, wollen wir essen gehen?«

»Sofort.« Ich stolpere benommen zur Tür, öffne.

»Hast gepennt?«

»Und wie. Bin gleich fertig.« Ich raffe Unterwäsche und ein schwarzes Kleid mit Mohnblumendruck an mich und sperre mich im Bad ein. Crazy wird denken, ich fürchte mich vor ihr, fällt mir unter der Dusche ein.

Crazy fläzt auf dem Bett und produziert eine Kaugummiblase. Die platzt. Während sie sie in den Mund zurück stopft, grinst sie.

»Ja, Baby, musst schon achtgeben, damit ich dich nicht nackt sehe.« Dann schüttet sie sich aus vor Lachen, und ich werde wieder einmal rot.

Im Stadtkern kehren wir in eine Rosteria ein. Wir bestellen eine Fischplatte vom Grill für zwei Personen.

»Ganz frisch, Ladys.« Der Wirt überschlägt sich vor Freundlichkeit, kredenzt uns Raki aufs Haus. Wie in allen Touristenhochburgen Istriens ist um die Jahreszeit nichts mehr los, man buhlt um die wenigen Reisenden.

»Ist doch klasse. Ich mache nur in der Nachsaison Urlaub«, sagt Crazy.

»Prost«, antworte ich, »morgen hole ich meine Freundin Gwen vom Flughafen in Pula ab. Magst du mitkommen?« Wir sind beim vierten Gläschen Raki, und der Schnaps breitet sich in meinem Körper mit weicher Wärme aus. »Gummiarme, Gummibeine, wie toll ist das denn.« Ein Lachanfall schüttelt mich.

»Klar, ich komme gern mit, Pula ist schön«, meint Crazy.

Der Wirt, Jossip, wie er mittlerweile bekannt gegeben hat, stellt die Flasche auf den Tisch.

»Živeli!«, sagt er und trinkt ein Glas mit. Dick ist er und alt, im Hemdausschnitt kringelt sich weißes Brusthaar, alles dreht sich vor meinen Augen, irgendwo schreit eine schrille Stimme etwas, das mit »Jossip, kurac!« endet. Er duckt sich, als hätte ihn eine Peitsche erwischt, und hebt bedauernd die Schultern.

»Aus heute.«

Ich sehe nur verschwommen, wie Crazy Geldscheine auf den Tisch legt.

»Let's go.« Sie hilft mir aufzustehen. »Come on.« Fasst mich um die Mitte, schleppt mich vor die Tür. Ich hole Luft, und in dem Augenblick dreht sich mir der Magen um, im hohen Bogen sprüht eine Kotzfontäne aufs Pflaster.

»Damned«, grunzt Crazy vergnügt.

»Ich sterbe«, lalle ich.

Irgendwo klagt eine Katze, und Slatko kommt mit seinem Freund die Gasse herunter.

»Ah, Pička!« Er bleibt stehen und zeigt mir den Vogel. Ich heule los, mir ist so schlecht.

»Arschgesicht!«, schreit Crazy den Fischer an, er spuckt aus vor ihr. Sein Freund redet auf ihn ein, aber Slatko brüllt ihn an und jagt ihn fort. Achselzuckend geht er davon.

Ich hocke auf dem Randstein, lehne den Kopf an einen Laternenpfahl. Wie in einer Arena stehen sich Slatko und Crazy gegenüber. Die Zöpfchen tanzen um ihren Kopf.

»Medusa«, hauche ich und wische die Tränen weg. Ich sollte Slatko vor der wilden Königin warnen, sie ist größer und stärker als er. Doch er scheint blind in seiner Männlichkeit, und ehe ich den Mund aufbringe, ist es zu spät.

Crazy verpasst ihm bereits einen Schlag gegen die Brust, sodass er auf die Straße fällt. Eine serbische Suada ergießt sich über Slatko, der benommen hocken bleibt. Hinter uns, in Jossips Lokal gehen die Lichter aus. Ich spreize die Schenkel und erbreche mich erneut. Es hört sich jetzt an, als gingen ihr die Vokabeln aus, mit einem abfälligen letzten »Fuck you« wendet sie sich von Slatko ab und mir zu.

»Alkohol trinken ist nicht gerade deine Stärke.« Sie zieht mich auf die Beine, während der Fischer wie betäubt aufsteht und abhaut. »Großer Schritt«, mahnt Crazy.

Ohne in die Kotze zu treten, hänge ich mich bei der wilden Frau ein.

»Wieso sprichst du serbisch?«, frage ich leise, damit ich mich nicht nochmals übergeben muss, während wir zur Villa schwanken.

Crazy gluckst vergnügt. »Es sind nur ein paar schlimme

Schimpfwörter, die ich ständig wiederholt habe.«
Sie sperrt das Haustor auf.
»Woher kennst du die denn?«
»Ich kann das in fast allen Sprachen, nur chinesisch fehlt mir noch.« Sie unterdrückt ihr raues Lachen und schiebt mich vor sich her die Treppe hoch.

Am nächsten Tag erwache ich und finde mich nackt an Crazy geschmiegt in ihrem Bett. Der Schweiß bricht mir aus. Was habe ich nur angestellt in der Nacht? Vorsichtig rutsche ich an den Bettrand, sie dreht sich seufzend auf den Rücken. Ich werfe mir mein stinkendes Kleid über und verlasse auf Zehenspitzen das Zimmer. Erst in meinem wage ich wieder zu atmen. Unter der Dusche versuche ich mich zu erinnern. So sehr ich mich auch anstrenge, ich komme nur bis zu dem Punkt, an dem ich im Bad über die Klomuschel gebeugt ein weiteres Mal erbrochen habe.

»Nein«, sage ich in den Wasserstrahl hinein, »Sie würde das niemals ausnützen.« Wenn Crazy später wach ist, werde ich herausfinden, was nach dem Filmriss vorgegangen ist. Nachdem ich das Erbrochene aus dem Kleid gewaschen habe, gehe ich mit knurrendem Magen zum Frühstück hinunter.

»Nix mehr, ist Ende.« Die Küchenfrau rollt bedauernd die müden Augen.

Draußen ist alles in Sonne getaucht, der Himmel leuchtet im satten Septemberblau über dem Meer, ich strecke die Arme weit aus, atme die frische Luft ein. Was immer auch heute Nacht geschehen ist, ich fühle mich gut, so gut.

Ich schlendere zum Hafen, entdecke die Fischerkneipe. Ob Slatko die Niederlage einer Frau gegenüber verkraftet hat? Zu gern möchte ich das wissen. Von außen sehe ich schon, dass mehrere

Fischer am Tresen stehen, die Neugier treibt mich hinein, und alle Köpfe drehen sich zu mir. Wahrscheinlich weiß bereits jeder, was für Megären vor einigen Stunden über den armen Slatko hergefallen sind.

Ich muss lachen, grüße: »Dobro jutro.«, und bestelle Espresso, Toast. Dann setze ich mich in die Fensternische. Ein paar Touristen, bepackt mit Badetaschen und Sonnenschirmen, schlappen in kurzen Hosen am Hafen vorbei, auf den ich von meinem Platz aus schauen kann. Heute werde ich schwimmen gehen, endlich!

Die Servierfrau knallt stumm die Tasse auf den Tisch, der Kaffee schwappt über. Und nun kommt Slatko herein, blass, wütend. Er starrt mich an und ballt die Faust.

»So ein Theater«, murmle ich entschuldigend.

Mit zwei Schritten ist er bei mir, schlägt auf die Tischplatte. »Du böse!«

»Mir war doch so übel«, antworte ich.

Er sieht mich betrübt an. »So schöne Frau, so böse.«

»Du warst doch ekelhaft zu mir, hast herumgeschimpft.«

Die Situation erinnert mich an Robert, damals in London. Auch er hat unmotiviert »Bitch« zu mir gesagt und nachher war er traurig, weil ich gegangen bin.

Slatko senkt den Blick. »Ich in Nacht auch zu viel betrunken.« Von seinem Machogehabe ist heute nicht mehr viel zu sehen, und das begehrliche Kribbeln in meinem Leib ist ebenfalls verschwunden. Es gibt demnach keine Urlaubsaffäre.

Slatko stellt sich zu seinen Kollegen und bestellt mit finsterer Miene Raki. Die anderen klopfen ihm auf die Schulter. Ich habe nicht vor, abzuwarten, bis er betrunken ist. Lieber gehe ich nun wirklich schwimmen.

Ehe ich die Badesachen aus dem Zimmer hole, kaufe ich in der

Bäckerei eine Zimtschnecke. Trotz allem bin ich glücklich, denn Slatko hat gesagt, dass ich schön bin. Immer noch schön. Und ich habe nicht das Gefühl, versagt zu haben, er hat mich nicht zurückgestoßen, aber mein Körper hat sich gegen ihn entschieden. Kein Liebesabenteuer, keine Konsequenzen, wie gut.

Aus Crazys Tür dringt leises Schnarchen auf den Flur, diese große Frau trägt einen beachtlichen Resonanzkörper mit sich. In meinem Zimmer riecht es trotz des geöffneten Fensters immer noch nach Kotze. Ich sprühe das nasse Kleid auf dem Bügel mit Chanel ein. Dann ziehe ich den roten Badeanzug an, das Strandkleid darüber. Handtuch, Sonnenmilch und mein aufblasbares Kissen finden Platz in der Badetasche.

Am Strand ist ein Haufen Nachsaisongäste versammelt, dem ich ausweiche. Am äußersten Zipfel der kleinen Bucht entdecke ich eine einsame Steinplatte. Durch die Bora der vergangenen Tage wälzt sich das Meer grau und aufgewühlt ans Ufer, allerhand Dreck hinterlassend. Nicht besonders anregend, ins Wasser zu steigen, ich lege mich auf den sonnengewärmten Felsen. Und träume.

Von einem Dorf in Afrika, die runden Häuser grasgedeckt, ebenholzfarbene Frauen in bunten Stoffen. Stolze Gesichter auf muskulösen, schmiegsamen Körpern. Mittendrin kippt das atmosphärische Bild und ich tauche auf, weiß, klein, unansehnlich und überflüssig. Ich ducke mich in ein Erdloch, in dem sonst die Eingeweide der erjagten Tiere verscharrt werden. Nach Kupfer riecht es dort, Gestein und Erde sind gerötet. Gelächter tönt vom Kraal herüber, gutmütig spöttelnd. Ich lege die Hände auf die Augen. Jetzt treten die Männer an den Grubenrand, singen mit ihren wohltönenden Stimmen ein Wiegenlied und pinkeln auf mich.

»Na, Rausch ausgeschlafen?«

Ich blinzle hoch. Über mir steht Crazy, lacht und tröpfelt aus einer Taucherbrille Meerwasser auf mich.

»Schwimmen hilft, glaub mir.« Auf ihrer Haut stehen Wassertropfen und glitzern im Licht.

»Du hast mich gerade aus Schwarzafrika geholt. Besser gesagt, gerettet. Ich hockte schon in der Schlachtposition, danke.« Dann erzähle ich von meiner Begegnung mit Slatko und seinem Frust.

»Soll er aufhören, ehrenwerte Frauen als Fotzen zu bezeichnen.«

»Was hat er?«

»Er hat dich Pička genannt. Fotze.«

Vor Verlegenheit pruste ich los. Unglaublich ist das. »War irgendwas in der Nacht zwischen uns? Bin nackt in deinem Bettchen gelegen.« Jetzt ist mir alles egal.

Nun ist es an Crazy, loszugackern. Sie schlägt mir auf den Schenkel, ein roter Abdruck bleibt. »Du bist dumm. Meine Güte, hast echt keinen Schimmer! Ich bin doch nicht notgeil, meine Liebe. Weder vögle ich mit einer Volltrunkenen, die alle paar Minuten kotzt, noch mit einer Hetero. Wofür hältst du mich?« Sie zeigt mir den Vogel. »Niemals würde ich so etwas tun. Ich arbeite in einem Frauenhaus, ich beschütze Missbrauchte, verstehst du? Außerdem bevorzuge ich üppige Weiblichkeit, alles klar? Und jetzt hole ich mir eine Wurst und Coke von der Bude. Willst du auch?«

»Ja, bitte.«

Sie geht los.

Die Euphorie ist verschwunden. Ich fühle mich leer. Enttäuscht. Zu mager, aha. Schwören hätte ich können, dass ich eine Liebesnacht mit Crazy verbracht habe. Ein Keiner-mag-mich-Gefühl hüllt mich in düstere Stimmung. Ich bin alt, zu dünn, eben doch unsichtbar für die Sexualität geworden. Das kann ich nicht mehr ändern. Ich klettere von meinem Stein und laufe ins Wasser, egal, ob da Dreck drin schwimmt. Alles ist egal. Ich tauche unter, halte die Luft an, bis ich vermeine, Kopf und Lunge explodieren gleich. Aber dann taucht das Bild von Desi auf, ich schieße wie ein Pfeil aufwärts und schnappe nach Luft. Es dauert, bis ich ruhiger weiteratmen kann.

Crazy winkt mit ihrer Wurst vom Liegeplatz, und ich kraule ans Ufer. Beim Essen fragt sie: »Du wirkst so traurig. Am Ende, weil ich dich nicht vergewaltigt habe?«

»Um Himmels willen, nein!« Um mich ihr anzuvertrauen, kennen wir einander zu wenig. Dass ich seit Monaten in einem Loch sitze, hat bestimmt mit dem Klimakterium zu tun, das wird vorübergehen.

Sie wischt theatralisch unsichtbaren Schweiß von ihrer Stirn. »Und ich dachte schon ...« Sie zwinkert mir zu. »Aber wenn du Lust hast, mach ich eine Ausnahme. Bist eine süße Frau, obwohl etwas zu dünn.«

Ich verstecke das Rotwerden hinter dem Pappteller.

»Flirtest du mit mir?«, fragt sie.

»Gwen wäre dein Typ.«

»Na, dann holen wir sie doch endlich ab.« Wie Perlen schimmern ihre Zähne zwischen den dunkelrosa Lippen.

»Wow!«, entfährt es Crazy.

Gwen wogt in ihrem farbenprächtigen Gewand, das aus drei verschieden langen Rockschichten im Knitterlook und vermutlich ebenfalls drei umschmeichelnden Oberteilen aus Chiffon besteht, durch die Absperrung. Sie reißt mich an ihren großen Busen.

»Sweetheart!«, schreit sie in mein Ohr, »ich freu mich so sehr.« Dann bemerkt sie meine Begleitung. »Wow«, sagt auch sie.

Ich mache mir Gedanken. Kann es sein, dass Gwen deswegen seit Jahrzehnten als Single lebt, weil ihr nicht bewusst ist, welche Art von Partnerschaft sie sucht? Bis auf die unerheblichen Begegnungen mit Jungs in unserer Jugend hat sie nie einen Freund gehabt. Ich stelle die beiden Frauen einander vor.

Später in der Villa, während Gwen auspackt und ihr Zimmer binnen weniger Minuten mit einem Chaos aus Klamotten verwüstet, erkundigt sie sich ausgiebig nach Crazy. »Eine tolle Person. Das wird ein spannender Urlaub.«

»Wir gehen heute zusammen Abendessen«, sage ich.

Als ich mich zurechtmache, um mit Crazy und Gwen auszugehen, klingelt mein Telefon. Moritz berichtet mit unterdrückter Aufregung, dass Desi fortgelaufen ist, er sie nicht finden kann.

Das Herz springt mir beinahe aus der Brust. »Wieso sagst du mir das erst jetzt? Um zehn Uhr abends? Habt ihr gestritten?«

»Nein«, druckst er herum, räuspert sich, spricht aber nicht weiter. Er muss doch wissen, dass ich vor Angst am Durchdrehen bin.

»Herrgott noch einmal!«, schreie ich.

Das hat ihn endlich aufgeweckt. »Vielleicht hätte ich dir sagen müssen, dass gestern ein Anruf von deiner Mutter kam. Yaya ... ist gestorben.«

»Was ... oh ... das ...«

Es raubt mir den Atem. Meine Yaya! So viel hat sie aufgefangen, mich getröstet, ist immer auf meiner Seite gewesen ... ich kann jetzt nicht darüber nachdenken, kneife mich in die Wange, im Moment ist wichtiger, wo die Lebenden sind.

Desi!

»Ich habe ihr das von Yaya gesagt. Du weißt, wie lieb sie die Uroma hat. Da ist sie weggelaufen.«

»Pass auf«, sage ich, »in meinem Nachtkästchen liegt eine Liste mit Desis Schulfreundinnen. Ruf jede an und frag, ob sie bei einer von ihnen ist. Gib dann Bescheid.«

»Jetzt warte doch mal ab«, versucht Gwen mich zu beruhigen. Sie greift nach meiner Hand, tätschelt sie. »Alles wird sich finden.«

Dessen bin ich mir ganz und gar nicht sicher. Ich schicke die beiden fort, sollen sie allein zum Essen gehen, mir ist der Appetit gründlich vergangen. Ich bin völlig verwirrt, geschockt wegen Yaya, dann die Sorge um Desi. Kann meine Gedanken nicht sortieren, das macht mich alles verrückt. Mittlerweile ist es elf geworden, ich hypnotisiere das Telefon. Mein Kind ist ein harter Brocken. Dass heutzutage schon die Zwölfjährigen in die Pubertät kommen und ausflippen, ist kein Trost.

Ich höre die beiden Frauen flüsternd heimkommen, konstatiere, dass jede ihr eigenes Zimmer betritt.

Wo zum Henker ist Desi? Die Warterei reißt an meinen Nerven, ich gehe noch einmal alle Möglichkeiten durch, wo das Kind sich verstecken könnte ... Verstecken. Ja.

Ich rufe Moritz an, es ist halb eins.

»Sag, Moritz, hast du vergessen, dass Desi sich bei Kummer immer zurückzieht? Da bist du mit deiner Tochter ein Herz und eine Seele und hast dennoch keine Ahnung von ihr. Sie wollte doch nur mit dem Kummer um Yaya allein sein. Schau im Geräteschuppen nach. Ich wette, du wirst sie finden. Ruf mich dann an.«

Zehn Minuten später ruft er zurück; sie war in der Kinderhängematte eingedöst, die in dem kleinen Holzhaus zwischen zwei Pfosten gespannt ist.

Nun fließen meine Tränen. Die der Erleichterung, dass mein Kind heil ist und die der Trauer um meine Yaya.

Am Morgen beim Frühstück entdecke ich ein verliebtes Strahlen in Gwens Augen. Und als Crazy im Speisesaal erscheint, mit einem fetten Grinsen auf den Lippen, flutet Freude durch mein Herz, mein erster Eindruck hat mich also nicht getäuscht. Endlich findet meine Freundin ihr Glück. So kann ich beruhigt den Urlaub abbrechen, was ich den beiden gleich mitteile. Yaya nicht die letzte Ehre zu erweisen, kommt für mich nicht in Frage.

»Dann wirst du Mercedes wieder begegnen müssen. Hast du keine Angst davor?«, meint Gwen besorgt, obwohl sie das verliebte Leuchten nicht abstellen kann.

»Sie hat gewiss mehr Angst, wetten?« Ich gehe zum Packen nach oben.

Moritz hat inzwischen das Flugticket für Spanien gebucht, nach einer Nacht daheim fliege ich nach Malaga.

*

In Andalusien liegt Wärme über der Landschaft, im Gegensatz zu Wien, wo der Herbst längst Einzug gehalten hat. Ich schwitze auf dem Weg zum Haus, stärker, als ich an Juans Bodega vorbeigehe. Erinnerungen erwachen, aber zum Glück ist die Kneipe geschlossen. Wie lächerlich, zwanzig Jahre sind seither vergangen, Juan gewiss mittlerweile Familienvater mit dickem Bauch. Bis heute habe ich Torremolinos nie mehr besucht; Yaya ist alle Weihnachten nach Wien gekommen. Nur die letzten drei Jahre blieb sie daheim, fühlte sich nicht mehr kräftig genug, um zu reisen. Ich habe mich in der Zeit trotz Yayas Flehen standhaft geweigert, erneut Kontakt zu Mercedes aufzunehmen.

Aber Desi ist jeden Sommer in den Schulferien auf ein paar Wochen dort gewesen. Nach ihrer Rückkehr hat sie immer berichtet, wie liebevoll Mercedes sei, eine tolle Oma, mit der man Spaß haben könne. Das stach mir in der Seele, wo war ihre Liebe, als ich sie gebraucht hätte?

Ich bediene den Löwenkopf und wappne mich für die Begegnung mit meiner Mutter, straffe den Rücken und schaue finster. Dann stehe ich ihr gegenüber. Mercedes trägt ihre Sonnenbrille. Sie schluchzt auf.

»Helene, mein Gott, Helene!« Sie breitet die Arme aus, aber ich tauche darunter durch und laufe den Flur hinunter in die Küche. Immer muss sie so dramatisch sein. An der Spüle bleibe ich stehen und gieße mir ein Glas Wasser ein. Beim Trinken schlägt das Glas gegen meine Zähne.

Hinter mir das hemmungslose Schluchzen von Mutter. Was für ein Theater. Langsam drehe ich mich um.

»Bis zu dem Moment, in dem Margarethe herausgerutscht ist, dass nicht sie meine Mama ist, habe ich halbwegs Spaß gehabt. Seit ich weiß, dass meine Mutter einfach abgehauen ist und mich in den Wind geschossen hat, ist alles zum Erbrechen. Was habe ich gewonnen?« Das ist auch Drama, zugegeben, denn mein Leben ist keineswegs scheußlich gewesen. Dank Moritz.

Mercedes rotzt und heult, und plötzlich habe ich Angst, sie ohrfeigen zu müssen, und klammere mich am Spülbecken fest.

»Die Wahrheit, mein Kind«, sagt sie gefasster. »Die hast du gewonnen. Warum haben wir nicht schon in Wien darüber gesprochen, dann hätten wir uns nicht noch mehr Jahre ruiniert.«

»Nenn mich nicht so.«

Ich freue mich ein bisschen, dass sie erschrickt und zurückweicht. Ruhiger füge ich hinzu: »Wie geht es deinen Augen?«

Sie trocknet die Tränen auf den Wangen mit dem Ärmel, setzt sich an den Tisch. »Ich sehe schlechter, Tageslicht schmerzt. Egal. Ich habe mich so wahnsinnig auf dich gefreut, endlich werden wir Zeit haben, alles zu bereden. So lange habe ich darauf gewartet.« Sie lächelt, als hätte sie nicht eben einen Weinkrampf absolviert.

Ich setze mich ihr gegenüber. »Na, dann weißt du nun, wie es sich anfühlt. Ich habe dich über vier Jahrzehnte vermissen müssen.«

»Du wolltest doch keinen Kontakt mehr.« Ihre Stimme vibriert.

»Und das wundert dich?« Ich lache bitter, fühle mich so müde, bin schrecklich traurig über Yayas Tod, wütend auf Mercedes.

Meine Augen brennen, ich schließe sie kurz. Als ich sie wieder öffne, liegt auf dem Tisch zwischen uns ein nacktes Baby. Es weint jämmerlich, und ich würde es gern zurück in mein Herz stopfen, aber es wehrt sich, strampelt, streckt die Ärmchen nach der Mutter aus.

»Ich werde dir alles erzählen. Aus meiner Sicht«, sagt sie.

Eigentlich möchte ich das jetzt nicht hören. Als ich sie anschaue, nach passenden Worten der Ablehnung suche, sehe ich nichts Dramatisches mehr in ihrem Gesicht. Nur Müdigkeit, Leid und Alter. Ich werde ihr zuhören. Das Baby verhält sich nun still und saugt an seinem Daumen.

»Ich habe deinen Vater so sehr geliebt«, sagt Mercedes.

»Ach ja? Er sagte mir, ein Land reichte nicht. Ein Mann reichte nicht. Egal. Ich weiß ja, dass er dich mit Margarethe betrogen hat.« Unwillkürlich zittert meine Stimme, doch ich spreche weiter: »Dass du mich nicht mitgenommen hast, das ist einfach furchtbar.«

»Ich war fast noch ein Kind, Helene. Ich wusste, Konrad würde viel besser für dich sorgen, als ich es je hätte können. Und sein Gerede von wegen meiner Unersättlichkeit war Selbstschutz. Das machen Männer so. Nach ihm allerdings suchte ich vergeblich nach der wahren Liebe, wie man so sagt. Raus kamen dabei nur Enttäuschungen.« Mercedes holt sich ein Glas Wasser, setzt sich wieder. »Ich bin sehr froh, dass du einen liebesfähigen Mann an deiner Seite hast.« Sie streicht eine Haarsträhne aus dem Gesicht. Immer noch färbt sie ihr Haar in sattem Schwarz. Sie lächelt. »Was für ein prächtiges Weib du bist.«

Das Baby ist eingeschlummert, die Gelegenheit für mich, es in mein Herz zu nehmen.

»Mama?«, flüstere ich.

»Ja?«

Nun kommen mir die Tränen. »Warum hast du mich verlassen?«

»Ich habe deinen Vater verlassen. Du weißt, weshalb.«

»Du Egoistin. Hättest kämpfen müssen um ihn. Um mich.« Wütend.

»Ich war doch so jung.« Verzagt.

Im Haus halte ich es nicht mehr aus, laufe hinunter an den Strand. Setze mich in den durchwärmten Sand. Ich war nicht mehr jung, als ich Desi bekommen habe. Die meiste Zeit habe ich sie Moritz überlassen, muss ich mir eingestehen. Während ich eine kleine Sandburg baue, denke ich daran, wie oft ich Desi tadle, ungerecht, ungeduldig. Dann läuft die Kleine zu ihrem Papa, wie ich früher, wenn Margarethe ekelhaft zu mir war.

Ich blicke aufs Meer hinaus, endlos ist mein Jammer. Ich verhalte mich nicht anders als Margarethe. Wie schrecklich. Vielleicht wäre ich mit Mama, ihrer emotionsgeladenen Art, ein fröhlicherer Mensch geworden? Wie ist das überhaupt mit Müttern und Töchtern? Ist man Konkurrentinnen, buhlt man um die Liebe des

Mannes? Ich erinnere mich jetzt, dass ich mir Margarethes Tod gewünscht habe, um Papa für mich allein zu haben. Kaum kam er aus der Fabrik, scharwenzelte sie um ihn herum, egal, ob ich gerade in der Badewanne saß, das Wasser kalt wurde, oder auf mein Abendessen wartete. Sie ließ mich einfach im Stich. Irgendwann entkam Papa ihr, so wirkte es damals auf mich, schlüpfte in mein Zimmer und las mir Gute-Nacht-Geschichten vor. In meinen Gedanken war diese Mutter total lästig und überflüssig.

Im Gegensatz dazu vergöttert Moritz seine Mama, das Befinden seines Vaters ist ihm eher gleichgültig. Ich trample die Sandburg platt.

Um elf am nächsten Tag gehe ich neben Mama Yayas Sarg hinterher. Außer uns beiden nimmt nur Esmeralda, die Nachbarin, an der Verabschiedung teil, denn Mercedes hat keine Trauerkarten verschickt.

Vor dem letzten Atemzug hat Großmutter zu ihr gesagt: »Mein Körper ist nichts. Grab ihn einfach ein, ohne irgendwelche Zuschauer, ohne Gejammere, ohne diese blöden Rituale. Ich bin dann sowieso ganz weit weg.«

Diesen Wunsch hat Mama ihr erfüllt.

Jedoch ließ sich Esmeralda, die Yayas Sterben an ihrer Seite begleitet hat, nicht davon abhalten, mitzukommen. Jetzt sehe ich ihr an, dass sie sauer ist, weil Yaya priesterliche Einsegnung ausdrücklich untersagt hat.

»Und das in einem katholischen Land!«, empört sie sich beim anschließenden Mittagsmahl im Restaurant nahe dem Friedhof.

Mama putzt die Sonnenbrille, die vom Salz ihrer Tränen blind geworden ist.

»Wen interessiert schon oberflächliches Pfaffengeschwätz.«

Verbissen kaut Esmeralda an ihrem Lammkotelett. Ich presse die Lippen zusammen, um nicht loszulachen. Unter Tränen, denn ich trauere um meine geliebte Yaya. Auch wenn gerade ihr Tod nun die Aussprache mit meiner Mutter erzwungen hat. Noch eine Beerdigung. Die der Feindschaft. Ich schiebe den Teller weg, die gebratenen Sardinen schmecken nach altem Frittieröl.

Später daheim probiere ich die Flamencokostüme, klappere ungeschickt mit den Kastagnetten und den metallbeschlagenen Tanzschuhen. Dazu trinken wir Rioja – viel.

Die Zunge rau von der Gerbsäure, sage ich: »Erinnerst du dich an Juan von der Bodega unten auf der Straße?«

»Dunkel«, antwortet sie mit schwerer Zunge, »dunkel.«

Wir liegen halb auf ihrem Bett, ich habe das rote Kleid mit dem schwarzen Korsett an; so prall hat mein Busen noch nie gewirkt.

»Ich habe mit ihm gevögelt, damals, als ich Yaya besucht habe und du verschwunden warst.«

Sie lacht. »Sieh an. Da haben wir uns glatt einen Liebhaber geteilt.«

»In diesem Moment war das überhaupt nicht lustig für mich, ich war fürchterlich wütend.«

»Natürlich, Kind, geliebtes.«

Sie rutscht näher heran und nimmt mich zärtlich in die Arme.

»Mama«, flüstere ich, obwohl ihre Worte furchtbar kitschig sind, und alles bricht heraus.

Tränen, Rotz, Spucke tropfen auf den Seidenrock und ins Dekolleté hinein. Ich lasse mich wiegen, genieße das sanfte »Schsch … mein Mädchen«, und es fühlt sich an wie eine Heimkehr.

Meine ungeliebte Arbeitskollegin Ruth sagt bei unserem Telefonat hämisch: »Dann muss ich mich ja um deinen armen verlassenen Ehemann kümmern.«

»Mach dich nicht lächerlich.« Selbst wenn ich den Urlaub um Monate verlängere, wäre Moritz mir niemals untreu. Es sind aber nur weitere drei Wochen, die ich in Torremolinos bleiben kann, um Mercedes besser kennenzulernen.

Wir machen Ausflüge und immer wieder fällt mir auf, wie Mama über das Pflaster stolpert. Daheim ist davon nichts zu bemerken, da kennt sie sich aus. Als sie einen Kontrolltermin beim Augenarzt hat, bestehe ich trotz ihres Widerstandes darauf, sie zu begleiten. Eine fortschreitende Makuladegeneration also. Sie führt zur Erblindung. Früher oder später.

»Kann man nicht genau sagen, wie lange es dauert bis dahin«, sagt der Doktor.

»Du hast es gewusst und mir verschwiegen.« Ich schaffe es gerade noch, auf die Bremse zu steigen, um nicht eine Gruppe von Kindergartenkindern niederzumähen.

Sie sagt nichts, bis wir wieder zu Hause sind.

»Ich habe es mir bisher selbst nicht eingestanden. Dachte, wenn ich nicht darüber nachdenke, ist es nicht wirklich.«

»Was bist du doch unreif.« Ich schenke uns Kaffee ein. »Nur kann ich nicht ewig bleiben, muss nächste Woche im Konzerthaus sein, verstehst du?«

»Esmeralda ist ja nebenan, das klappt schon, mach dir keine Sorgen.«

Gewiss nicht, du verdienst es sowieso nicht, hast dir um mich auch keine gemacht. Wie geht das nur mit dem Verzeihen? Diesen Punkt muss ich noch einmal genauer betrachten. In Wien dann.

Ich fahre mit dem Bus zum Flughafen, da Mama zu wenig sieht, um ihren Wagen zu chauffieren. Wir verabschieden uns am Haustor.

Esmeralda steht daneben und kann sich nicht verkneifen: »Jetzt lässt du deine halb blinde Mamita ganz allein.«

»Na, sie hat ja dich. Und du kriegst dafür ihre halbe Rente.«

Mama tritt mir auf den Fuß. »Ich bin Esmeralda ja so dankbar«, flötet sie übertrieben, »ich weiß, dass du arbeiten musst.« Laut, damit die Nachbarin es deutlich hört. »Außerdem hast du ja deine kleine Familie.«

Ein letztes Mal umarmen wir uns, ich verspreche, im nächsten Urlaub wiederzukommen, und laufe zum Bus, der mich nach Malaga bringt.

*

Bei der Ankunft nachts in Wien schüttelt es mich vor Kälte; was für ein extremer Temperaturunterschied. Moritz erwartet mich in der Ankunftshalle und drückt mir einen väterlichen Kuss auf den Scheitel. Das ist neu. Üblicherweise bekomme ich einen Zungenkuss. Vielleicht liegt es an mir und daran, wie ich mich die letzten Monate aufgeführt habe. Nicht nur mit Desi muss ich wieder sanfter umgehen, auch Moritz' Nähe ist neu zu erobern.

Während der Fahrt zur Wohnung erzähle ich, wie es um Mercedes steht und dass wir uns halbwegs verständigt und versöhnt haben. Auch von meinen Gedanken, was die Mutterrolle der Frauen in der Familie betrifft, spreche ich.

Er nickt, murmelt ab und zu: »Hm, hm.« Ansonsten bleibt er ungewöhnlich schweigsam.

»Was ist mit dir?«

Vor dem Haus parkt er und löst den Sicherheitsgurt, schaut aus der Windschutzscheibe, an der sich unser Atem niederschlägt.

»Es wird sich ergeben, dass du dich mehr um Desi kümmern musst. Wir waren immer ja ehrlich zueinander, fast immer. Ich möchte das weiterhin so halten.«

Die Kehle trocknet mir in Sekunden völlig aus, kein Wort könnte ich herausbringen, mein Magen zieht sich zusammen. Vielleicht darf ich sterben, ehe Moritz den nächsten Satz ausspricht? Doch nein, ich falle nicht tot um, muss mir das anhören.

»Ich habe das nicht beabsichtigt, Helene, es ist einfach passiert. Bei einem Konzert. Eine Sängerin. Selbstverständlich werde ich ausziehen, mir eine kleine Wohnung nehmen.«

»Mit ihr zusammen?« Ich kann wieder sprechen.

»Ja«, antwortet er nur.

Mit Beinen wie Betonklötze steige ich die Stufen zum Eingang hinauf.

»Mami!« Desi umarmt mich stürmisch, »Ach, ich muss dir so viel erzählen.« Das Mädchen ist wie ausgewechselt, hüpft um mich herum, schleppt meinen Trolley nach oben ins Schlafzimmer und küsst mich erneut. Sie wirft sich aufs Ehebett und redet im Affentempo. »Es gibt eben Dinge, die man echt nur mit Frauen besprechen kann, der Papa versteht das ja alles nicht. Ich hab schon so auf dich gewartet, Mann!«

»Desi, es ist Mitternacht, morgen ist doch Schule. Wir werden das alles besprechen, aber jetzt müssen wir schlafen, einverstanden?« Ich kann mich kaum mehr auf den Betonklötzen halten.

Überraschend sanft reagiert Desi. »Okay, aber dann erzähl ich dir alles ganz genau.« Nach einer letzten wilden Umarmung, die mich beinahe umwirft, stürmt sie davon. Die Tür des Mädchenzimmers knallt und Stille breitet sich aus.

Ich schlurfe zum Bett, setze mich. Im Kopf wirbelt es durcheinander, kein Gedanke lässt sich festhalten, nur ein Satz tobt durch mein Herz: Moritz liebt eine andere. Ich lasse mich nach hinten fallen.

»Ich bin zwar nicht gestorben, aber ich bin tot«, flüstere ich der Zimmerdecke zu. Dann schließe ich die Augen.

Moritz' Hüsteln im Zimmer, doch ich will ihn nicht einmal ansehen. »Schläfst du?«, fragt er nach einer Weile.

Nein, aber antworten werde ich auch nicht. Er geht hinaus. In seine neue Welt. Zu seiner jungen Sängerin, die, weit entfernt von Alterserscheinungen, ihm alles geben kann, was ich nicht mehr bringe. Stundenlang warte ich reglos auf Tränen, die nicht kommen wollen. Schließlich muss ich eingeschlafen sein, denn ich erwache in der Früh, weil Moritz im Schrank nach frischer Kleidung kramt. »Tut mir leid, ich wollte dich nicht wecken.«

»So, wie du das alles nicht wolltest.«

Wie er da steht, lang, dünn, mit hängenden Schultern. Ein trauriges Gesicht.

»Ist schon in Ordnung, Moritz.« Ich denke an den Spruch: Ein Mann muss tun, was er tun muss, und lache. Hysterisch.

»Ich versteh nicht, dass du jetzt lachen kannst.« Er schnappt seine Klamotten und verzieht sich ins Bad.

Mir tun alle Knochen weh, ich friere.

»Tschüss«, ruft Desi von unten und verlässt das Haus, um in die Schule zu gehen.

»Bis später!«, rufe ich zurück, aber da knallt die Tür schon zu.

6.

In Musikerkreisen hat es sich rasant herumgesprochen, dass Moritz Schwertfeger seinen zweiten Frühling erlebt.
Selbstverständlich hat auch Ruth Wind davon gekriegt und haut es mir bei jeder Gelegenheit um die Ohren. Aber voll falschen Mitgefühls. Dass es schiere Bosheit ist, wenn sie die Hände zusammenschlägt und säuselt: »Nein, wie leid mir das tut, Helene. Nie hätte ich deinem Mann so etwas zugetraut«, kann ich ihr ja nicht beweisen.

Daheim ist es still geworden. Moritz kommt nur vorbei, um Desi für ein paar Stunden zu sehen, oder er nimmt sie auf eine Pizza zum Italiener mit, was meist der Fall ist. Es wirkt, als verstärke sich sein Schuldgefühl, wenn er sich im selben Haus wie ich aufhält. Ich vermisse die Töne des Klaviers aus dem Obergeschoss, die bisher Tag für Tag erklungen sind. Und nicht einmal meine Fantasien zeigen sich, um mich zu erfreuen oder zu ängstigen. Gähnende Leere, jetzt weiß ich, was das bedeutet.

Desi geht überraschend entspannt mit der Veränderung um.

Als wir ihr von der Trennung erzählt haben, sagte sie: »Ach, das wird schon wieder. Ich denke, ihr braucht nur eine Pause nach hundert Jahren Ehe.«

Moritz hat gesagt: »Du wirst keinen von uns verlieren.«

»Klar, bin ja nicht blöd. Muss weg, Tschüssi.« Sie hat anderes zu tun, als die Probleme der Eltern zu diskutieren, sie ist das erste Mal richtig verliebt.

Das ist es auch nach meiner Rückkehr gewesen, was sie nur mit mir von Frau zu Frau hatte besprechen wollen. Ich bin glücklich und stolz, dass sie mich ins Vertrauen gezogen hat. So eine schlechte Mutter bin ich dann doch nicht gewesen.

Nicht der farbige Junge aus der Schule ist es, in den sie sich verliebt hat. »Der ist soo eitel, bildet sich was drauf ein, dass er dunkel ist, der Trottel, da könnt ich glatt zum Rassisten werden«, schimpfte sie. Sie liebt den Bruder einer Schulfreundin. »Der ist super, der himmelt mich an«, ihre Stimme zitterte vor Glück, »so muss Liebe sein.«

Ich überlege, ob mich jemals einer als Göttin gesehen hat, doch ich fürchte, nein, geschwärmt habe immer nur ich.

Die Freude, Desis Vertraute zu sein, war von kurzer Dauer, denn hauptsächlich ist sie widerspenstig, schlampig und treibt, was sie will. Dass ich sie ermahne, bitte, mit ihr diskutiere, mir von ihr wünsche, sich anständig aufzuführen, ist wohl das Los jeder interessierten Mutter. Ich könnte auch heulend vor Liebeskummer in der Ecke sitzen und mich nicht um sie scheren. Und es hilft gegen den Schmerz, mich mit Desi zu beschäftigen. Will sie aber nicht.

Stolz verkündet sie, die Familie ihrer Schulfreundin und deren Bruder, ihrer Flamme, habe sie eingeladen, die Weihnachtsferien bis zum Dreikönigstag mit ihnen in ihrem Tiroler Landhaus zu verbringen.

»Ich geh dir doch eh nur auf die Nerven«, meint sie vor der Abreise, als ich sie anflehe, erst nach den Feiertagen zu fahren.

»Aber nein, ich liebe dich, habe dich gern bei mir.«

Desi verzieht den Mund. »Wenn Papa nicht immer da gewesen wäre, ich hätte wahrscheinlich Drogen genommen. Du warst immer so beschäftigt, und wenn ich was von dir wollte, hast du mich zu ihm geschickt. Also bin ich dir oft auf die Nerven gegangen. Jetzt hast du ein paar Tage Ruhe vor mir und kannst machen, worauf du Lust hast.« Das alles mit arrogant hochgezogenen Augenbrauen.

Einen Abschiedskuss bin ich ihr doch wert, danach schwingt sie den Rucksack auf die Schulter und zieht einfach los.

Das ist ein Hieb. Nicht so sehr der Vorwurf, als dass Desi glatt zu dieser Waffe gegriffen hat, die ich ihr selbst in die Hand gab. Es passte ihr in den Kram. Manipulatives Miststück, kleines. Das Schlimmste daran ist, dass sie recht hat. Warum habe ich ihr nur in einer Kuschelstunde auf dem Sofa meine Unsicherheit darüber mitgeteilt, dass ich keine so gute Mutter gewesen bin?

Aber so darf sie nicht mit mir umgehen. Nach ihrer Rückkehr will ich mit ihr reden.

Den Weihnachtsabend verbringe ich in Einsamkeit. Obwohl ich entschlossen war, einen Christbaum zu schmücken und abends im Kerzenschein mit mir allein zu feiern, lasse ich es dann bleiben. Die Geschenke für Desi, ein sehnsüchtig gewünschtes Handy und einen Gutschein für ein eigenes Piano, damit sie nicht immer warten muss, bis ihr Vater sein Klavier freigibt, lege ich auf den Tisch. Die Ausgabe hätte ich mir sparen können, jetzt, wo Moritz weg ist und Desi stundenlang üben kann, wenn sie will, was in letzter Zeit kaum vorkommt.

Ich trinke eine Flasche Rotwein und falle ins Bett. Die beiden folgenden Feiertage heule ich durch; erst als meine Augenlider komplett zugeschwollen sind, zwinge ich mich, damit aufzuhören. Am späten Nachmittag rufe ich Moritz an.

Das Atmen fällt mir schwer, ich stammle in den Hörer: »Ich bin so schrecklich einsam, hilf mir doch.«

»Helene, ich habe keine Zeit, stecke gerade mitten in einer Generalprobe. Ich komme morgen vorbei, ja?« Seine Stimme klingt zärtlich, was die Sehnsucht verdoppelt.

Ich muss raus aus dem Haus, so kann es nicht weitergehen; Menschen treffen, reden, vielleicht tanzen. Zuerst kühle ich die verschwollenen Augen mit Kompressen, um halbwegs normal auszusehen, dann dusche ich und kleide mich an.

Auf dem Weg zur Straßenbahn atme ich tief durch. Ich spüre den Winterwind durch meinen Mantel ziehen, er belebt mich. An der Haltestelle tripple ich vor Kälte, bis der 38er endlich kommt und in die Stadt zuckelt. Wo will ich überhaupt hin? Mir fällt der Scotch Club am Ring ein, gegenüber dem Gartenbau-Kino, in dem ich und Moritz immer schon gern getanzt haben. Man spielt hier meist Musik aus den Siebzigern.

Kaum stehe ich im Lokal, möchte ich beinahe weglaufen, denn wie ein Flashback trifft mich ausgerechnet der Song »House of the rising sun«. Ich sehe mich im Tanzschuppen an der Ostsee, erinnere mich an den Jungen, dem meine Brüste zu klein waren, meinen überstürzten Aufbruch zur Unterkunft. Tausend Jahre ist das her. Der Club ist fast leer, wenige Gäste sitzen in den Wandnischen und blicken melancholisch vor sich hin.

Weihnachten der einsamen Herzen. Außerdem glaube ich, irgendwo gelesen zu haben, dass der Club vor dem Verkauf steht. Also nicht nur bei mir geht es den Bach runter.

Die leere Tanzfläche reflektiert das Licht der Stroboskopkugel, die sich müde über ihr dreht. Einen Drink werde ich nehmen, dann fahre ich wieder in die eigene Stille heim, wo ich zumindest meinem Schmerz freien Lauf lassen kann. Ich stemme mich hoch auf einen Barhocker an der Theke und bestelle Tequila Sunrise.

»Suchen Sie jemanden?«, fragt ein Mann mit Samtstimme hinter mir. Ich drehe mich um und sehe nichts.

»Hier unten.«

Ein Zwergwüchsiger winkt mir mit einem dicken Händchen zu. Da lache ich das erste Mal seit Wochen laut. Meine fantastische Welt hat mich doch nicht verlassen. Die letzten Male verhießen die Erscheinungen nichts Gutes, aber jetzt, wo ich einsam und verloren bin, kann es nur Wandlung des Schicksals bedeuten. Der kleine Mann lacht mit mir. Sein Gesicht ist symmetrisch zweigeteilt; links der dicken Nase flammt die Haut bis zum Halsansatz als flächendeckendes Feuermal, die rechte, normal gefärbte Seite verblasst dagegen.

»Ja«, sage ich, »ich suche etwas. Das Glück, das mich verlassen hat.«

»Das ist bestimmt nicht leicht«, antwortet er, während er mit einiger Anstrengung auf den Hocker neben mich klettert. »Das Gleiche wie die Dame«, bestellt er und legt die kurzen Arme auf die Theke. Seine Nasenspitze schaut kaum darüber.

Harry Belafontes »Island in the sun« lässt den Club erstrahlen.

»Ihre Stimme klingt ähnlich«, sage ich zum Zwerg.

Er gluckst vergnügt, »Das höre ich immer wieder. Ist aber nur eine chronische Stimmbandentzündung, nicht mein Verdienst.«

Sein hohes Cocktailglas kippt beinahe, als er es über die Kante zu sich herunterheben will. Ich nehme es ihm ab, drücke es ihm dann in die Hand.

»Enchanté«, prostet er mir zu. Einhellig schlürfen wir aus den Plastikhalmen fruchtigen Sonnenaufgang.

»Verstehen Sie sich aufs Zaubern?«

Er hebt die Brauen. »Nanu? Woher wissen Sie? Ja, ich trete im Varieté auf.« Wieder gluckst er.

»Aber nein, ich meine richtig. Immerhin sind Sie meine Fantasie, da kann ich mit Ihnen machen, was ich will. Ich hatte schon einmal einen Zwerg im Programm, er trug einen roten Fleck wie Sie. Da bin ich noch zur Schule gegangen.«

Ich erzähle ihm die Geschichte mit Müller und dem Zwerg. Er hört gespannt zu. Doch nachdem ich geendet habe, sehe ich, wie sich das Feuermal auf seinem Gesicht verdunkelt, während die helle Seite erblasst.

»Hören Sie, ich bin keine Idee, ich bin die Wirklichkeit!« Er kratzt sich erbost den Adamsapfel. »Nein, keine Ausgeburt, nein.« Jetzt verzweifelt.

Um ihn zu trösten, nehme ich ihn mit nach Hause. In mein Bett. Noch niemals habe ich Sex derart genossen wie mit ihm. Seine Lust, mir Lust zu bereiten, ist grenzenlos. Natürlich ist der Zwerg wirklich. Eine der Unmengen von Wirklichkeiten. Nachdem ich Stunden später erschöpft und übersättigt neben ihm liege, die kleinen Füße in den Kniekehlen spüre, seine Nase in meinen Haaren vergraben ist, frage ich ihn, wie er heißt.

»Idomeneo. Meine Eltern waren Mozartfans. Ein Glück noch, dass sie mich nicht Tamino nannten, denn einem schönen Prinzen gleiche ich keineswegs.«

»Du bist süß«, kichere ich. Ich fühle mich wie nach einem

Wellnesswochenende, die Gliedmaßen weich wie Gummi, die Seele vollkommen ausgebreitet, ein Zustand, in dem ich endlich einschlafen kann.

Über Nacht muss ein Blizzard gewütet haben. Jetzt, nachdem das grelle Weiß vor den Fenstern mich durch die geschlossenen Lider aufgestört hat, merke ich, dass Idomeneo verschwunden ist. Ich finde es nett, dass mich meine Fantasiefiguren wieder besuchen. Aufgekratzt mache ich mir ein ordentliches Frühstück, nach langer Zeit habe ich einen Bärenhunger. Der muss gestillt werden. Heute Abend kommt Moritz vorbei, die Sache mit dem Zwerg muss ich ihm erzählen, vielleicht macht er eine neue Komposition draus: Ein Zwerg in der Disco. Als ich mich an den Tisch setze, vergeht mir das Lachen, ich werde unsicher, meine Vagina tut weh. Aber der Zwerg kann nie im Leben wahr gewesen sein. Solche Menschen mit Feuermal, Stimmbandentzündung und kleinwüchsig, die gibt es einfach nicht.

Entmutigt krieche ich ins Bett zurück. Nun rieche ich tatsächlich Liebessäfte in den Betttüchern. Ich schlucke, Hitze steigt mir in die Ohren. Was habe ich angestellt? Nicht einmal mehr meinen Fantasien kann ich vertrauen. Seit ich das Geheimnis um meine Mutter gelüftet habe, kenne ich doch den Unterschied zwischen Wahrheit, Realität und der eigenen Wirklichkeit. Wieso klappt das nicht mehr? Verwirrt schlafe ich wieder ein.

Am späten Nachmittag dusche ich in wilder Hast und laufe zum Einkaufen. Ich werde Moritz sein Lieblingsessen zubereiten und ihn nach dem Essen verführen. Und ich beschwöre mich selbst, keinesfalls nach der widerwärtigen Geliebten zu fragen. Während das Gulasch köchelt – heiß, ganz heiß durch zwei Chilischoten, die ich hineingeschnitten habe –, ziehe ich ein Kleid an, das Moritz liebt. Zuletzt trug ich es, als wir im Vorjahr den Hochzeitstag feierten. Vielleicht ist das ein platter Wink mit dem Zaunpfahl.

»Das ist mir aber wurscht«, schnauze ich den Spiegel an und male mir aus, wie ich Moritz leidenschaftlich umarme, sobald er zur Tür hereinkommt.

Als er dann vor mir steht, wage ich nicht, ihn zu berühren. Vom Gulasch lässt er die Hälfte stehen.

»Zu scharf, das verträgt mein Magen nicht mehr«, entschuldigt er sich, fragt, warum er kommen sollte. Was meine Einsamkeit betreffe, sagt er, dass sei bedauerlich, aber im Moment nicht zu ändern. Statt ihn zu verführen, beschimpfe ich ihn, dass er eine kaltherzige Sau ist, werfe ihm ein Glas hinterher, als er flüchtet. Dann breche ich zusammen, gebe mir die Schuld, habe mich ja wie eine Hyäne verhalten.

»So bekommt man seinen Mann nicht wieder«, schluchze ich.

*

Den Jahreswechsel allein zu begehen, nein, das ist nicht auszuhalten. Immerhin habe ich mich nach Moritz' Abfuhr so weit erholt, dass ich zur Silvesterparty ins Scotch gehen kann. Vielleicht treffe ich dort Idomeneo wieder. Besser ein Zwerg im Bett als niemand.

Ich bin frustriert, hadere mit den Hitzewallungen, die sich von Tag zu Tag verschlimmern. Wann wird diese blöde Mittelalterphase nur ausgestanden sein. Diese Schübe machen mich ungeduldig und wütend. Wenn ich dann noch Gwens Anrufe aus London aushalten muss, dieses verliebte »Crazy hier und Crazy da«, ich möchte aus der Haut fahren. Kaum im Club angekommen, zwischen den feierfreudigen Gästen mit schwitzenden Gesichtern, glänzenden Augen und wild entschlossen, den Anlass gebührend zu begehen, frage ich mich, ob ich so etwas wirklich nötig habe. Ich mache auf dem Absatz kehrt, fahre nach Hause. Der Taxifahrer beobachtet mich durch den Rückspiegel.

»Ist was schlecht gelaufen?«

»Alles.« Ich drücke mich tiefer in den abgewetzten Sitz.

Er grinst. »Bei wem nicht.« Dann schweigen wir, bis der Wagen vor meinem Haus hält.

Kurz nach neun sperre ich auf und stehe Desi gegenüber. Das Kind ist blass und tränenüberströmt.

»Wo warst du!« Anklagend.

»Gütiger Himmel, was ist passiert?« Perplex.

Ich will sie in die Arme nehmen, doch sie weicht vor mir zurück. »Ich will Papa!«, schreit sie mich an.

»Der ist abgehauen«, antworte ich trocken. Ärgerlich gehe ins Wohnzimmer. Fast stürze ich zu Boden, denn Desi springt mich hinterrücks an. Ich winde mich aus ihren Armen, die meinen Hals umklammern. »Bist du verrückt geworden?«

Schluchzend läuft sie davon, oben knallt die Tür zu. Soll sie sich ausspinnen, denke ich und gehe in die Küche, um ein Essen zuzubereiten.

Ich muss meine Kochkreativität anstrengen, damit etwas Essbares dabei herauskommt, schließlich bin ich überhaupt nicht darauf vorbereitet, dass das Kind heute wie ein Silvesterknaller hier aufschlägt. Im Tiefkühlschrank finden sich Lachsfilets, ein Rest von Hühnercurry, das ich mal eingefroren habe und Broccoli. Ich entscheide mich für Fisch und Gemüse, taue das in der Mikrowelle auf und lege los.

»Desi?« Sanft klopfe ich an ihre Tür. »Ich hab was zum Essen gemacht, komm.« Stille. »Dann eben nicht.«

Ich setze mich allein an den Tisch und esse meine Portion. Fast Mitternacht, ich hoffe, ihr geht es bald besser.

Als das neue Jahr in Wien beginnt, stehe ich am Wohnzimmerfenster. Es knallt rundum, Feuerwerk platzt bunt in den nächtlichen Himmel, während ich mich ungerecht behandelt fühle. Den Papa will Desi, wenn sie unglücklich ist.

Dass ich oft ungeduldig war, müde vom Job, neidisch auf Moritz, der alle Tage daheim mit der Musik und seinem Kind verbringen durfte, stimmt. Und dennoch: Ich liebe mein Mädchen ohne Ende. Einer, in dem Fall ich, musste schließlich jahrelang das Geld verdienen. In all dem Jammer, der mich erstickt, während ich den funkelnden Sternfontänen zusehe, muss ich auf einmal lächeln.

Die kleine Desi meinte eines Tages: »Wenn wir kein Geld mehr haben, gehen wir doch zur Bank und kaufen eines ein.«

Als nur noch Nachzügler durch die Nacht blitzen, gehe ich nach oben und klopfe laut an Desis Tür.

»Bleib weg«, tönt es von drinnen.

Ich stürme trotzdem die Festung und kassiere dafür einen Hausschuh, den meine Tochter mir an den Kopf werfen will, der aber nur die Tür trifft.

»Daneben«, sage ich und setze mich aufs Bett, in das Desi sich vergraben hat. »Daneben war sicher auch, dass ich dich dem Papa so oft überlassen habe.«

»Nein, das war schön. Du warst nie zufrieden mit mir«, mault sie unter der Bettdecke hervor. »Wahrscheinlich wäre es besser, es würde mich nicht geben.« Schluchzen.

Ich lege mich neben sie, drücke sie an mich.

»Ohne dich gäbe es mich nicht, Desi. Du bist wirklich mein

Augenstern, mein Liebstes. Und jetzt sag mir doch, was dich so traurig macht und weshalb du schon zurück bist.«

Sie zieht den Rotz hoch. »Der Tschaki ist ein Arsch, Mama.«

Behutsam ziehe ich die Decke von ihrem Kopf, nehme das rotfleckige Gesicht zwischen die Hände, streichle es.

»Was hat er dir angetan? Ich töte ihn!«

Sie kichert leise. »Wie denn?«

»Such dir was aus. Soll ich den Arsch an die Wand nageln? Mit Hunderternägeln?«

Nun prustet sie los. »Nur seinen Arsch?«

»Nein, den kompletten Arsch natürlich. Sag, was hat er dir angetan?« Die Spannung zwischen uns verfliegt für den Moment, auch wenn ich weiß, wir werden noch einmal darüber reden müssen. Desi seufzt gekränkt auf.

»Er hat eine andere geküsst in der Disco. Vor mir! Das ist so gemein, ich hab dort nicht bleiben können. Das verstehst du doch, Mama?«

»Vielleicht sollten wir ihm mit einem Schlagbohrer das Herz rausholen«, sage ich, scheinbar gedankenverloren.

»Mama!« Sie strampelt die Decke weg, will aufspringen, aber ich halte sie fest und kitzle sie, bis sie vor Lachen kreischt.

Sie wäscht sich das Gesicht, dann gehen wir in die Küche. Ich wärme das Essen auf und freue mich, dass es ihr schmeckt. Wir holen die Schachtel mit dem Weihnachtsschmuck vom Kasten, ziehen die Jacken an und schmücken eine kleine Fichte im Garten, die sich vor ein paar Jahren durch Samenflug hier etabliert hat.

»Ist eh wurscht, an welchem Tag wir feiern«, sagt Desi.

Vor dem Lamettabäumchen singen wir zur Melodie »Oh Tannenbaum« ein Hasslied: »Der Tschaki-Arsch wird büßen«, und ich bin für einen Moment glücklich.

Wieder im Haus, ertönen Desis Jubelschreie, während sie die Geschenke auspackt. Noch später, es geht gegen zwei, lasse ich uns ein Vollbad mit violettem Badesalz ein. Zusammen sitzen wir in der Wanne und trinken Orangenblütentee.

Als ich Desi zu Bett bringe, die Decke um sie feststopfe und ihr einen Gutenachtkuss gebe, sagt mein Kind: »So gut hatten's wir beide noch nie.«

»Und du hör auf, mich zu manipulieren mit meinem schlechten Gewissen, ok?«

»Na gut ...«, murmelt sie.

*

Im Frühjahr reduziere ich die Arbeitsstunden im Konzerthaus, delegiere einige der Aufgaben an Ruth, um mehr Zeit mit meiner Tochter zu verbringen. Wenn Moritz Desi abholt, zeigt er sich mir gegenüber reserviert. Dabei habe ich mittlerweile von Ruth, die immer alles weiß, den Tratsch brühwarm serviert bekommen, dass die Liaison mit der Sängerin vorbei ist. Ich verhalte mich ebenfalls kühl, auch wenn es mir äußerst schwerfällt, denn innerlich schreie ich nach Moritz. Ohne ihn fühlt sich das Leben leer an. Trotzdem wage ich nicht, ihn zu fragen, ob die Sache mit der Geliebten wirklich beendet ist.

Desi ist im Sommer vierzehn geworden. Ihre Busenfreundinnen kommen zu Besuch, angeblich zum Lernen, aber aus Desis Zimmer erklingt oft Getuschel. Manchmal füllen minutenlang Lachanfälle das Haus.

Ich hingegen führe das Leben einer Eremitin. Einer unfreiwilligen Eremitin.

Bis im Spätherbst der Anruf von Esmeralda kommt.
»Ich hab es dir ja gleich gesagt, Helene. Du hättest deine Mutter niemals allein lassen dürfen.«, keift sie ohne eine Begrüßung ins Telefon.
»Wäre sie dann nicht erblindet?«
Darauf weiß die Beißzange keine Antwort. »Komm. Du musst sofort kommen.«
Sie legt auf, und ich wähle sofort Mercedes Nummer, aber sie hebt nicht ab. Daraufhin überwinde ich meinen Stolz und melde mich telefonisch bei Moritz.
»Klar«, sagt er, und binnen zwei Stunden steht er mit einer Reisetasche im Wohnzimmer.
»Aber nur vorübergehend«, schränkt er ein, »solange du weg bist.«
»Das Wichtigste ist, dass du Desi unter Kontrolle hältst. Ein furchtbares Alter«, warne ich ihn. »Sei lieb mit ihr«, schiebe ich nach.
»Als ob ich je anders zu ihr gewesen bin.« Beleidigt.

*

Esmeralda schaut mich mit schmalen Lippen an, als ich bei ihr klingle. »Na, wird ja Zeit, dass du dich kümmerst. Eine Schande ist das. Die arme Frau! Ich habe sie in die Klinik gebracht.« Sie schlägt mir die Tür vor der Nase zu.
Modriger Geruch durchströmt die Räume. In der Diele stolpere ich über Haufen ungewaschener Kleidungsstücke. Das vertrocknete Brot auf dem Tisch in der Küche ist noch das geringste Übel, denn fauliges Obst, umschwirrt von winzigen Fliegen, Teller, die

Schimmel angesetzt haben, reizen mich beinahe zum Erbrechen. Ich reiße alle Fenster auf.

Nein, sie kann nicht mehr allein bleiben. Diese Wahrheit beißt sich in mein Gehirn, grell wie die Sonne, die jetzt das Haus durchflutet. Neben dem Foto des Großvaters hinter dem Esstisch hat Mercedes ein Jugendbild ihrer Mutter an die Wand getackert.

Blind, das ist doch schrecklich!

Ich fürchte auch die Konsequenzen, die über mich hereinbrechen werden. In ihrem Schlafzimmer kommen mir die Tränen. Der Schrank steht offen, die prächtigen Flamencokostüme liegen in Streifen zerschnitten am Boden.

Eines der Kleider drücke ich an mich. Das rote, zu dem Mercedes ein enggeschnürtes schwarzes Ledermieder getragen hat. Der Stoff fühlt sich teilweise hart an, als wäre Saft darüber geschüttet worden. Bei genauer Betrachtung stellen die Flecken sich als getrocknetes Blut heraus; was nur hat sie aufgeführt?

Die Lebensmittel, die verschimmelten Teller und Töpfe packe ich in Müllsäcke, nehme sie mit zu den Containern auf dem Weg in die Klinik.

Die Krankenschwester schüttelt bedauernd den Kopf, als ich nach dem Befinden meiner Mutter frage, und begleitet mich in ein Vierbettzimmer. »Eine der Schnittwunden eitert, sie hätte viel früher versorgt werden müssen«, sagt sie.

Außer Mercedes ist eine steinalte, kahle Frau im Zimmer untergebracht, die vor sich hin wimmert.

Ich trete ans Bett. »Mama, was machst du denn für Sachen.« Ich höre selbst, wie verkrampft munter sich das anhört.

Vom Haaransatz bis in Höhe der Ohren ist ihr Haar grauweiß, darunter fallen die Strähnen in gewohntem Schwarz auf ihre Schultern. Das Dekolleté, die Unterarme, die aus dem Nachthemd herausragen, so abgemagert, die Gesichtshaut schuppig, ungepflegt. Ihre Hände stecken in Verbänden, nur die Finger sind frei.

»Na, wir zwei werden das schon hinkriegen, nicht wahr, Mama?« Halbherzig.

Ich berühre den blassen Arm auf der Bettdecke, eine Welle von Mitgefühl flutet mich, aber Mercedes entzieht sich, seufzt, leckt mit der Zungenspitze über die trockenen Lippen. »Geh, geh fort«, stößt sie hervor, wütend, schlägt mit den Fäusten auf die Matratze.

Vor so viel Verzweiflung pralle ich zurück, möchte ihr gern helfen, sie tut sich doch weh! Schon röten sich die Bandagen wässrig, aber sie hört einfach nicht auf. Meine Hände zittern, als ich es endlich wage, sie sanft an den Schultern zu nehmen, festzuhalten, damit sie zu toben aufhört. Sie denkt nicht im Traum daran, nachzugeben in ihrer Not.

»Hör auf«, flehe ich.

Sie knirscht: »Nein.«, und dann presse ich meine Mutter an mich, mache sie bewegungsunfähig, bis sie still wird. Behutsam bette ich sie aufs Kissen zurück. Mir werden die Augen feucht, eine Träne löst sich, tropft auf Mamas Wange.

»Ich bin es doch, deine Tochter.«

»Du sollst mich nicht so sehen.« Sie wischt den Tropfen, meinen Tropfen, vom Gesicht, »es ist für alles zu spät.«

Einen Moment lang pflichte ich ihr insgeheim bei, das hieße aufgeben, sie, meine Mutter aufgeben und einfach gehen. Wäre das nicht leichter für uns beide? Aber dann sage ich: »Du hast recht, Mama, für heute ist es zu spät, die Besuchszeit ist um, ich komme morgen gleich in der Früh.« Und das meine ich auch so.

Mercedes presst die Lippen aufeinander und starrt mit toten Augen an die Decke.

Bis weit nach Mitternacht räume und putze ich. Das tut gut, lenkt ab von dem, was auf mich zukommen wird. Nachdem das Haus wieder halbwegs bewohnbar ist, dusche ich und falle todmüde ins Bett, spüre der ersten Umarmung nach, die vorhin zwischen Mama und mir stattgefunden hat. Das hat etwas aufgebrochen, mir ist so weich zumute.

Am nächsten Vormittag stehe ich erneut vor Mercedes. »Geht es dir heute besser?«

Die Schwester kommt mit frischen Bettüberzügen herein. »Sie können mit Ihrer Mutter in den Park gehen. Das wird ihr guttun.«

Mama stützt sich auf meinen gebeugten Rücken, während sie die Zehen in die Pantoffeln manövriert. Über das Nachthemd ziehe ich ihr den dünnen Kimono, den wohl die Nachbarin mitgegeben hat.

»Komm, gehen wir spazieren.«

Mercedes hängt sich ein und schlurft an meiner Seite zum Lift.

Es ist Ende Oktober, hat aber immer noch um die zwanzig Grad. Durch den Park weht ein warmer Wind, die Grünflächen hier sind nicht verdorrt, die Sprinkler beregnen die Rasenflächen anscheinend Tag und Nacht.

Wir setzen uns auf eine Bank im Schatten einer Schirmföhre.

»Mama?«

Sie reagiert nicht, legt den Kopf in den Nacken und atmet die Luft wie einen Duft ein.

»Magst du mit Desi telefonieren?«

Mercedes schweigt.

»Wenn Sie sich um Ihre Mutter kümmern, können Sie sie natürlich mit nach Hause nehmen. Sie muss nur täglich zum Verbandswechsel in die Ambulanz kommen.« Der Oberarzt wippt nervös oder gereizt mit dem Fuß. »Vermutlich hat sie eine Depression, kein Wunder. Sie müssen das ernst nehmen, sollten über eine Therapie nachdenken ...« Er wirft mir einen scharfen Blick zu. »Werden Sie das schaffen? Es wird Ihr eigenes Leben auffressen.«

Gute Frage. Alles wehrt sich in mir gegen diese Last. Dann schiebt sich das Bild Mamas davor, dieser Verfall, dieser Jammer.

»Aber sie ist meine Mutter.« Sehr leise.

»Es gibt natürlich Pflegeheime, die meisten Angehörigen helfen sich damit.« Der Arzt sammelt ein paar Papiere von seinem Schreibtisch auf.

Würde ich in einem Heim verrotten wollen? Abgeschoben und vergessen werden?

»Nein, ich nehme sie mit nach Hause.« Entschlossen.

»Gut. Dann entlassen wir sie.« Mit einem forschen, eiligen Handschlag verabschiedet er sich und ich schlottere vor Panik.

Vorm Haus schreit Mercedes vor Glück auf, stolpert über die Schwelle hinein.

»Ich habe deine Kleidung in die Waschmaschine getan, bestimmt ist sie schon fertig.« Ich schiebe Mama in die entmüllte Küche. Sie setzt sich an den Tisch.

»Das Essen in der Klinik war abscheulich.« Sie schüttelt sich.

»Es ist nichts Brauchbares da, ich geh dann einkaufen«, antworte ich.

Der Löwenkopftürklopfer wummert.

Es ist Esmeralda, die die dürren Arme ringt. »Ay dios mios!« Sie schiebt sich an mir vorbei und ruft nach Mercedes.

In der Küche angekommen, schießen ihr spanische Salven aus dem Mund, sie drückt Mama an sich. Ich frage Esmeralda, ob sie aufpassen kann, während ich weg bin. Ihr Blick spricht Bände.

Einen Mundwinkel nach unten gezogen, von oben herab, schaut sie mich an, sagt nichts.

Mercedes antwortet: »Wir warten zusammen.«

Ich renne zum nächsten Supermarkt, kaufe Mamas Lieblingstapas ein, Vitaminsäfte, Brot fürs Frühstück. Die Sorge um sie einerseits, die Angst um mein eigenes Leben andererseits machen mich atemlos. Alles wird auf den Kopf gestellt werden. Mit fliegenden Fingern bezahle ich und keuche die steile Straße hinauf zum Haus, den Tränen nahe.

Das Nachmittagslicht taucht die verlassene Küche in Gold.

»Mama?« Ich wische mit einem Geschirrtuch den Schweiß von Stirn und Nacken. Von oben erklingt das rasante Klappern der Kastagnetten, ich laufe die Stiege hinauf, frage mich, wo Esmeralda ist.

Mercedes dreht sich in einem der zerschnittenen Kleider, es ist das rote mit weißen Bändern. Das Bühnenkostüm schlabbert um die knochige Figur, blass blitzt ihre faltige Haut durch die Stoffstreifen.

»Sieh nur, das klappt immer noch.« Sie tanzt ein paar stampfende Flamencoschritte. Steifer als früher.

»Ja, super. Und wo ist deine Nachbarin?«

»Ich kann sie nicht ausstehen, habe sie heimgeschickt.«

Und diese blöde Kuh folgt tatsächlich den Wünschen einer Erblindeten, ist sie verrückt?

»Warum hast du eigentlich die wunderschönen Sachen zerschnitten, dich zerschnitten?«

Sie dreht sich im Kreis, ihre Lippen werden schmal.

»Was glaubst du, warum? Weil es so lustig ist, nicht mehr sehen zu können? Die Welt und jeden Mann habe ich erobert auf den

Tourneen der Company, bis China sind wir gereist. Was ich für Erfolge hatte!«

War es also doch nicht nur eine männliche Schutzbehauptung von Papa, dass sie zu lebenshungrig war, um bei ihm zu bleiben? Einmal mehr stelle ich fest, wie unterschiedlich die Wahrnehmungen der Menschen sind. Das will ich aber nicht mit Mercedes diskutieren, die sowieso schon wie ein Tier in der Falle der Blindheit leidet.

Hingegen frage ich mich, ist es doch das Erbe meiner Mutter, das mich so reiselustig sein ließ, so hungrig nach Liebe? Sind es ihre Gene in mir, derentwegen mich jahrelang Rastlosigkeit bestimmt hat?

»Bis vor fünf Jahren bin ich auf der Bühne gestanden. Nicht mehr als Solistin, aber aus der Gruppe bin ich immer noch hervorgestochen, das kannst du mir glauben.« Es hört sich an, als würde ihre Stimme gleich brechen. Sie verstummt und knattert mit den Kastagnetten in den erhobenen Händen, stolz und leidenschaftlich. Mitgefühl überschwemmt mich.

Mercedes senkt die Arme, lauscht mit schräggelegtem Kopf. »Weinst du?«, fragt sie.

Ich schniefe und schnäuze mich in eine Mantilla, die zerrissen neben mir auf dem Teppich liegt. »Nur erkältet«, sage ich beruhigend.

»Ich bin blind, Helene, frustriert, wütend, aber doch nicht blöd.« Sie will hinaus, rammt dabei den Türrahmen mit der linken Schulter und stürzt. Ich helfe ihr hoch und stütze sie auf dem Weg über die Stufen. Im Wohnzimmer setze ich sie behutsam aufs Sofa und reibe ihr die Schulter mit Arnikatinktur ein, binde einen gekühlten Lappen darüber.

»Musst besser achtgeben«, sage ich, »bleib liegen, wir essen bald.« Mercedes schnaubt nur erbost, vermutlich über die eigene Ungeschicklichkeit.

Die Tapas schmecken ihr, sie erzählt vergnügt ein paar Anekdoten von früher, lässt sich danach duschen und ins Bett bringen.

»Morgen wird alles schon besser klappen«, spreche ich mir Mut zu.

»Wenn du meinst.« Sie dreht sich zur Wand.

»Das glaubst du selbst nicht, dass da irgendwas besser wird«, sagt Gwen am Telefon.

»Lass mich wenigstens hoffen.«

»Du weißt es doch. Es geht eher darum, wie du das Problem bewältigst. Welche Hilfestellungen es gibt, was du organisieren kannst.«

»Mir ist schlecht, Gwen, ich habe Angst.«

»Schlaf mal eine Nacht, morgen wirst du weitersehen.« Ihre Stimme hüllt mich wohltuend ein.

Im Grunde wusste ich, wie Mercedes reagieren würde. Über das vehemente »Nein, ich verlasse meine Heimat auf keinen Fall.« bin ich nicht sonderlich erstaunt.

Während der letzten vier Wochen habe ich versucht, sie auf den Umzug nach Wien vorzubereiten. Mittlerweile aber ist mir klar geworden, dass Mama nur unter Zwang mitfahren wird. Auch die Hoffnung, dass sie mit Betreuung durch eine Heimhilfe in ihrem Haus bleiben kann, hat sich nicht erfüllt.

Bei der ersten Begegnung mit der Leiterin der Organisation kam eindeutig zutage, Mercedes wird diese Frauen, die sie daheim pflegen würden, mies behandeln, ihren Dickschädel durchsetzen, in absoluter Verweigerungshaltung verharren. Schon, wie sie dieser Frau Mendes gegenübersaß. Blind, aber von oben herab hat sie über ihre Eigenständigkeit parliert und währenddessen mit ihrem Blindenstock in die Richtung gestoßen, aus der die Stimme kam.

Der Blindenstock! Wochenlang habe ich sie angefleht, ihn gefälligst zu benützen, statt ständig Blutergüsse zu riskieren, weil sie gegen alle möglichen Hindernisse stieß. Nachdem Mercedes dann eines Nachts auf dem Weg zum Klo über eine Falte im Teppich stolperte und sich an dem Mauereck das Nasenbein brach, wurde sie einsichtig. Endlich benutzt sie den Stock.

Die Señora Mendes könne gleich vergessen, dass Mercedes einer x-beliebigen Person ihr Vertrauen schenken werde, keifte sie jetzt die Frau an, und überhaupt, sie sei ganz gut in der Lage, sich selbst zu versorgen. Als Frau Mendes behutsam einwarf, das Personal sei geschult und respektvoll, schrie sie: »Wer ist schon in der Lage, mir respektvoll den Arsch abzuwischen, wenn ich das eines Tages nicht mehr kann.«
Ich mischte mich ein, weil ich genug hatte von den Faxen. »Du bist blind, aber nicht gelähmt. Führ dich nicht so blöd auf, Mama.« Wir versuchten, sie an die Hilfen zu gewöhnen, Frau Mendes schickte täglich eine andere Frau.
An allen mäkelte Mercedes herum; roch die eine ungewaschen, so packte sie die nächste zu grob an und die dritte war ihr zu primitiv.
Jetzt liegt Mama im Bett und schmollt. Insgeheim muss ich darüber lachen, denn sie führt sich wie ein Schulkind auf. Wie ich in der dritten Klasse, weil man mir jemanden vorsetzte.

In der Grundschule habe ich meine Lehrerin geliebt. Die ersten beiden Jahre in der Schule waren wunderbar. Ich hasste Frau Stein, die Elvira Rosenzweig vertrat, seit die im siebten Monat ihrer Schwangerschaft die Schule verlassen hatte.

Frau Stein plusterte sich vor mir auf. Ihr kohlschwarzer Dutt wackelte. Farah-Diba-Dutt sagten alle, wenn sie nicht hinhörte. Aber die Lehrerin sah der schönen Perserin absolut nicht ähnlich. Weder war sie elegant wie die Königin, die oft in Zeitschriften abgebildet war, noch wunderschön.

Ich nagte an den Fingernägeln, damit ich nicht loslachte. Frau Stein fasste mit Spinnenfingern nach mir. Die schwarzgemalten Striche über ihren stechenden Augen zogen sich bis unter den Haaransatz hoch.

»Achtjährige rauchen nicht auf dem Schulklo, überhaupt nicht, pfui.« Sie bebte. »Ohne eine Entschuldigung darfst du nicht in den Zoo.«

Aber ich wusste genau, dass Frau Stein keinen Schüler ausschließen durfte, und zuckte mit den Schultern. »Macht mir doch nichts. Außerdem haben Sie das Verb *mitgehen* vergessen.«

»Du bekommst einen Verweis.«

Zigaretten schmeckten eigentlich nicht. Ich hatte es Papa noch rasch gebeichtet, bevor das Schulsekretariat anrief. Ich hasste Regeln und Frau Stein. Papa kam in die Sprechstunde, er lachte sie und den Direktor aus. Später bekam ich einen Eintrag ins Schwarzbuch. Hoch und heilig musste ich Papa versprechen, so etwas Dummes nie wieder zu tun, denn immer könne er mich nicht beschützen, wie er sagte.

Im Affenhaus brachen alle Schüler in adäquate Laute aus, nur ich nicht. Ich fand Affen und ähnliche Kreaturen abscheulich, die kamen in meinen Albträumen vor. Der Ausflug nach Schönbrunn endete im Meereshaus. Hier hatte ich schon viele Stunden im Halbdunkel gesessen, um den Fischen im blaugrünen Wasser zuzusehen.

Frau Stein trieb die Klasse an den Aquarien vorbei. In Sachkunde nahmen wir gerade die Reptilien durch. Im Terrarium versteckten sich die Echsen und Schlangen unter den Steinen.

Die Krokodile befanden sich hinter einer Glaswand. Sie reichte bis unter mein Kinn. Ein smaragdgrüner Riese döste mit leicht geöffnetem Maul. Er lag in einer Pfütze.

»Hallo«, fragte ich ihn, »Willst du raus hier?«

Ich war mir sicher, das Tier zwinkerte mir zu. Viel früher hatte ich vor den spitzen Zähnen große Angst, dann brachte Papa mir ein Krokodil aus Plüsch mit. Seither war ich mit ihnen auf du und du. In meiner Fantasie kletterte ich über die Glaswand, die anderen Schüler schrien. Ich wusste, dass Frau Stein mich retten musste. Ich legte den Kopf auf die lange rosa Zunge des Krokodils. Aus dem Rachen drang ein Geruch von Urzeit.

Frau Steins Rock riss, als sie über die Glaswand stieg.

»Komm sofort aus dem Maul heraus«, zischte sie mich an.

Das Krokodil bewegte den Schwanz, ich strich ihm sanft über die Schnauze. Der Gaumen schimmerte wie Perlmutt, mein Lieblingsnachthemd aus Kindertagen hatte dieselbe Farbe. Die Zähne waren Palisaden. Es spuckte mich aus und stürzte sich auf Frau Stein. Ich hörte ihre Knochen knacken, man sah nichts mehr von ihr, bis auf den Dutt, den das Krokodil ausspie. Ich rauchte dann nicht mehr, wozu auch?

»Mama, hör zu rauchen auf, du wirst noch das Haus anzünden.«

Mercedes pafft zu gern im Bett. »Lass mich, ist mein Leben«, keift sie zwischen zwei Lungenzügen.

»Muss ich jetzt nachts Feuerwache bei dir halten, damit du nicht verbrennst? Reicht's nicht langsam?«

Sie wendet mir ihr Gesicht zu, stößt provokant einen Rauchring aus. »Ja, Helene, es reicht.«

Und dann, ich glaub's nicht, drückt sie die Glut auf der Bettdecke aus.

Mit Wut und Hoffnungslosigkeit im Bauch rufe ich Moritz an, sage ihm, dass ich Mercedes nach Hause mitbringen muss.

»Dann werde ich das Gästezimmer für sie herrichten«, sagt er, als sei es das Einfachste auf der Welt.

»Wirst du zu mir zurückkommen?«

Schweigen. In Wien wird aufgelegt.

Ich schicke ihm eine sms: *Meine Mutter hat sich niemals um mich gekümmert.*

Nach ein paar Minuten ruft Moritz zurück.

»Ich weiß. Soll sie jetzt deswegen allein dahinvegetieren?« Nach einer kurzen Pause meint er: »Sie war immer lieb zu unserer Tochter. Hat sie es nicht auf diese Weise gutgemacht? Und ich werde dich so weit wie möglich unterstützen.«

»Gute Nacht, du Weichherz.«

»Schlaf gut, du wildes Herz«, sagt er, »übrigens, unsere Tochter hat einen Virus erwischt oder etwas Schlechtes gegessen, übergibt sich seit längerer Zeit. Sie ist furchtbar bockig und will nicht zum Arzt. Was soll ich tun?«

»Sie zwingen. Gib ihr einen Kuss von mir, sie soll viel trinken und schlepp sie zum Doktor.«

»Helene? Ich kann nicht. Jetzt nicht. Aber ...«

Ohne Antwort lege ich auf.

Schweiß im Nachthemd, durchtränkt das Leintuch, das Kissen. Es ist Angst. Was wird werden mit mir? Um fünf stehe ich auf, dusche und koche Kaffee. »Lieber Gott, ich glaub zwar nicht an dich, aber bitte, mach, dass alles gut wird.«

Oben knarrt der Fußboden, Mercedes schlurft zur Toilette und dann wieder zurück ins Bett.

Ich werde darauf bestehen, die Übersiedlung nach Wien in der kommenden Woche durchzuziehen. Daheim habe ich immerhin Desi und zeitweise Moritz an meiner Seite.

Um acht, nachdem ich Mama die Stufen hinuntergeleitet habe, und wir beim Frühstück in der Küche sitzen, entscheide ich. »Zum nächsten Wochenende buche ich unsere Flüge nach Wien.«

Mercedes lässt die Scheibe Weißbrot fallen, wischt die Butterfinger im Bademantel ab.

»Nein.« Mehr sagt sie nicht.

»Vielleicht magst du die Pflegerinnen bei uns lieber.«

Ich bin wild entschlossen, das Nein zu ignorieren.

»Kommt überhaupt nicht in Frage. Wenn, dann pflegst du mich.«

Mercedes tastet nach ihrem Butterbrot.

»Dazu muss man ausgebildet sein, Mama.«

»Du lernst das schon, außerdem bist du meine Tochter.«

»Eben. Von meiner würde ich das weder verlangen noch zulassen.« Ich bemühe mich um einen sachlichen Tonfall, obwohl ich Mercedes am liebsten schütteln und ihr um die Ohren hauen möchte, was für eine Egoistin sie ist und ihr Leben lang war.

»Kinder haben ihre Verpflichtungen.« Spitz die Antwort.

Am besten wäre, sie für diesen Egoismus ihrem Schicksal zu überlassen.

Mamas Konturen verschwimmen in meinem feuchten Blick,

eine schlierige Figur, die sich über den Tisch wälzt, Schlangenfinger ausstreckt. Gleich umschlingt sie mich; die Luft schnürt sie mir schon seit Wochen ab, will mir ans Leben.

»Stopp!«, schreie ich sie an, »Hör auf damit, verstanden!«

Mit einem Sprung hechte ich um den Tisch und rüttle an ihrem Stuhl. »Du hättest Pflichten gehabt, Mutter.«

Langsam weicht das Verschwommene, ich schaue den knochigen Rücken vor mir an, den dünnen Hals, das wirre Haar. Sie zieht den Kopf ein.

»Wie oft hast du mich gewickelt? Oder war es Papa, der das für dich übernommen hat?« Ich umklammere die Stuhllehne und rüttle erneut daran, ihr Körper bebt. »Mir geholfen, die ersten Schritte ohne Sturz zu tun?« Ich werde lauter. »Mir gezeigt, wie ein Becher gehoben wird, Messer und Gabel benutzt werden?«

Mama sinkt in sich zusammen und schweigt. Ein Haufen Elend. Ich löse meine Hände von der Stuhllehne, trete zurück.

»Nichts davon. Weggelaufen bist du, als es schwierig wurde. Du hast alles falsch gemacht.« Ohne ein weiteres Wort nehme ich die Schlüssel aus dem Keramiktopf in der Diele und gehe.

In den letzten Wochen bin ich auf dem Weg zum Supermarkt oft an Juans Bodega vorbeigekommen, diesmal betrete ich sie. Eine junge Frau tritt durch einen Perlenvorhang heraus. Er teilt den Gastraum von der Küche ab.

Leises Klirren, dann ein »Hola« und ein Lächeln. Sie hat die gleichen Gesichtszüge wie Juan.

Als ich nachfrage, bestätigt sie, ja, ihr *Papá*, ob ich eine Bekannte von ihm sei?

»Kann man so sagen.« Ich grinse, mir fällt ein, wie wir beide »fuck« auf der Heimfahrt von Ronda gebrüllt haben. Das liegt Millionen von Jahren zurück, kommt mir vor.

Nach einem doppelten Espresso bei Juans Tochter spaziere ich zum Meer. Die Saison der Rentner ist angebrochen, sie promenieren am Kai entlang und bevölkern die Cafés und Bars. Die Sonnenhüte in die Stirn gezogen, braun gebrannte, runzelige Oberarme – unwillkürlich mustere ich meine eigenen – noch geht es ja. Ich blicke auf wellige weiße Schenkel in Shorts, die vorbeischlendern; bald werde ich ähnlich aussehen, ich könnte jetzt schon erbrechen bei der Aussicht. Mir schwindelt nun tatsächlich. Ich lege mich auf eine der Mietsonnenliegen, ehe ich umfalle, und wünsche, ich könnte mich auflösen, nicht geboren sein.

Ich fühlte mich lange Zeit meines Lebens nicht angekommen auf der Welt. Schon als Kind nicht. Oft führte ich mit meinem Krokodil Gespräche darüber, an eines erinnere mich heute noch genau.

»Ich will in Mamas Bauch zurück.« Fordernd.

Das Krokodil schob meine Hand weg.

»Keiner kann das«, sagte es.

»Doch, doch, doch!« Ich schleuderte das Kuscheltier durchs Zimmer. Erst landete es auf dem Regal mit den Bilderbüchern, dann fiel es zu Boden. Fertig angekleidet kam Papa herein, er roch morgens immer wunderbar nach Rasierwasser. Ich atmete seinen Duft ein. An diesem Tag trug er meinen Lieblingsanzug mit dem Hahnentrittmuster. Seine blauen Augen lächelten mich an, die blonden Haare lagen akkurat geschnitten um sein schmales Gesicht. Papa war schlank, nicht besonders groß, aber sehr schnell. Immer in Bewegung. Seinen riesengroßen Schreibtisch im Chefbüro der Wäschefabrik nutzte er selten. Lieber sauste er in die Zuschneiderei, von dort in die Näherei, dann in die Buchhaltung. Das ging den ganzen Tag so.

»Hahnentrittmuster«, modulierte ich mein neues Lieblingswort und riss bei jedem Vokal den Mund auf. Papa bückte sich nach dem Krokodil, nahm es auf den Arm und setzte sich zu mir. Ich schlang die Arme um seinen Hals, schnupperte an den glattrasierten Wangen. Er küsste mich auf die Schläfe.

Nachdem ich ihm einige Wochen zuvor von Margarethes Heldentat erzählt hatte, wie sie das lauernde Krokodil vertreiben konnte – dass ich ins Bett gepinkelt hatte, verschwieg ich –, brachte er eines Abends das giftgrüne Plüschtier nach Hause.

»Jetzt kannst du das Krokodil im Auge behalten«, hatte er damals gesagt. Seither lag das große, böse Tier nur selten unterm Bett.

»Wenn es Mutter frisst, sind wir allein.« Ich kicherte.

»Margarethe hat dich lieb.«

Dass das nicht stimmte, wusste ich. Meine Mutter benahm sich ziemlich ekelhaft mir gegenüber. »Du bist ein wildes Kind«, sagte sie oft, »du musst lernen, auf deine Umgebung aufzupassen.« Klar, dass sie damit nur ihren blöden Garten meinte. Ihr wäre es wohl am liebsten gewesen, wenn man über die Wiesen flöge, statt zu laufen. Manchmal wunderte ich mich, dass eine Frau wie sie, die ziemlich rundlich war, und selbst Eindrücke im Gras hinterließ, ein leichtes Kind dauernd deswegen abmahnte.

»Sie würde ihm gut schmecken, sie mag mich nicht.«

»Du kannst es noch nicht verstehen, Helene.«

»Ich bin schon sechs.« Ich wand mich aus seinen Armen, »Soll ich dir erzählen, wie ihr mich gemacht habt?«

Papa streichelte mein Haar. »Nein.«

Das bedauerte ich.

Am Spielplatz hatte ich erst kürzlich erfahren, wie das ging, als zwei größere Buben sich darüber unterhielten. Eigentlich scheußlich, fand ich und konnte mir nicht vorstellen, dass meine Eltern so etwas miteinander machten, gern hätte ich nachgefragt.

Papa holte die Bürste aus der Nachttischschublade, teilte mein Haar in Strähnen und flocht den Zopf. Nach langen Diskussionen mit ihm hatte ich durchgesetzt, dass ich nur mehr einen dicken Zopf in der Mitte des Kopfes haben wollte. Zuerst weigerte er sich, sagte, ich hätte genug Zeit, erwachsener auszusehen, aber dann konnte er meinen Bitten nicht widerstehen.

»Qué pasa aqui?« Kühle legt sich auf meine Stirn, hinter der grüne Wirbel trudeln.

»Mir ist schlecht.«

Nun liegt diese unbekannte Hand auf meiner nackten Schulter.

»Möchten Sie ein Glas Wasser?«

Gutes Deutsch, spanischer Akzent. Noch will ich die Augen geschlossen halten, die Hand ist angenehm. Groß.

»Ja«, flüstere ich.

Nie mehr in die Welt schauen. Hier liegenbleiben in der Sonne, den Rest des Lebens.

»Nicht«, bitte ich, als der Fremde sich zurückzieht. Sogleich fühle ich den Verlust.

»Ich hole Wasser.« Auch die Stimme wie ein Streicheln.

»Richten Sie sich vorsichtig auf«, nach ein paar Minuten.

Nur widerwillig verlasse ich die Sicherheit, die er mir für Momente geschenkt hat, aber ich muss ja wohl, kann nicht ewig hier liegenbleiben, ich klappe die Lider auf.

Der Mann ist alt, er lächelt. Langes weißes Haar, seine schlanken Schenkel gebräunt. Keine Tennissocken, das ist gut.

»Ich bin so unglücklich«, jammere ich, falls das nun peinlich ist, macht es mir nichts aus.

Er hält das Glas an meine Lippen. »Los, trink schon.«

Das tut gut, die Übelkeit klingt ab. Beruhigend klopft er auf meine Knie, setzt sich neben mich auf die Liege.

»Erzähl, Mädchen.« Hoch in den Achtzigern, wie er ist, darf er mich so nennen. Ich spreche über die Angst, die Kleinmütigkeit, darüber, wie ungern ich meine Mutter nach Wien mitnehmen möchte, über das Altern, die Eitelkeit und den Widerstand, mein Leben auf den Kopf stellen zu lassen. Auch dass mein Mann mich mit einer Jüngeren betrogen hat, vertraue ich dem Fremden an, ebenso die mir unverständliche Weigerung von Moritz, zurückzukommen, obwohl die Affäre bereits vorbei ist. Ein armes Opfer bin ich, verlassen als Säugling, verlassen auch jetzt. Ich rede und rede. Der Magen knurrt mir, aber es ist egal. Alles will raus, alles.

Und der Mann sitzt an meiner Seite, die Hand immer noch auf meinem Knie, seine grauen Augen auf mich gerichtet. Nicht ein einziges Mal unterbricht er meinen Wortdurchfall. Als ich geendet habe, völlig ausgeleert bin, steht er auf.

»Und jetzt essen wir eine Fischsuppe. Gleich da drüben ist meine Stammkneipe.« Er zieht mich hoch, mit sich zu der Häuserreihe gegenüber vom Strand, an den Cafés vorbei in eine Gasse, so eng, dass meine Schultern die Mauern links und rechts streifen. Vor einer verwitterten Tür bleiben wir stehen, er stößt sie auf und lässt mir den Vortritt. Nur ein Tisch, vier Stühle und eine rotgesichtige Wirtin. Die beiden sprechen viel zu schnell, als dass ich ein Wort verstehe.

»Kommt sofort«, lächelt mein Retter und rückt mir einen Stuhl zurecht.

Es ist an der Zeit, mich vorzustellen. »Ich bin Helene.«

»Hans und nein, kein Tourist. Ich lebe hier.«

Ein Junge bringt einen Krug Roten, Gläser.

»Wein aus La Mancha.« Hans lacht beim Einschenken. »Du hast auch zu kämpfen mit den Windmühlenflügeln. Auf dich.«

Ich proste ihm zu. Der Wein leuchtet rubinrot und schmeckt herb. Die Wirtin bringt eine Suppenterrine und Teller. Beim ersten Löffel merke ich, wie ausgehungert ich bin. Die Suppe ist das Beste, was ich seit Langem gegessen habe. Im Nachhinein, mit vollem Bauch, finde ich es abscheulich, einen fremden Menschen drangsaliert zu haben. Ich frage Hans, warum er sich dieses ganze Zeugs angehört hat, ohne mit der Wimper zu zucken, wie öd das doch für ihn gewesen sein müsse. Aber er schlürft in aller Gelassenheit seine Suppe.

»Hat es denn geholfen?«

»Ja.« Es ist wirklich besser, ich spüre Kraft und eine Art von Mut.

»Du hast alles aus dir rausgeplappert«, sagt Hans, »ich meine, Angst bringt überhaupt nichts, sie malt uns nur die Zukunft schwarz. Geh einfach einen Schritt nach dem anderen. Fertig. Salud!« Unsere Gläser klirren leise.

»Du tust mir so gut«, muss ich sagen, »ich habe wirklich das Gefühl, alles ausgekotzt zu haben, da ist nichts mehr in mir. Ich werde mir ab sofort nur mehr ein Jetzt malen. Jetzt, jetzt, jetzt. Dann kann ja nichts Schlimmes passieren, nicht wahr?«

Er bricht ein Stück Weißbrot auseinander, reicht mir die Hälfte. »Mach die Augen zu und kaue einen Bissen davon.«

Mit geschlossenen Augen warte ich, ob etwas passiert. Enttäuscht schlucke ich den Brei hinunter.

»Du bist viel zu schnell, so kannst du nicht im Jetzt bleiben«, lächelt Hans. »Du hetzt schon wieder vorwärts. Da verweht dein Leben, ohne dass du jeden Augenblick genossen hast. Auch die schmerzhaften Momente sind Genuss. Alles ist auszukosten, alles ist unwiederbringliche Kostbarkeit. Probiere es noch einmal.«

Nach einem Schluck Wein beiße ich erneut ein Stück ab und kaue darauf herum. Hinter meinen geschlossenen Augenlidern sehe ich ein weites Feld, auf dem Saat in hellem Grün sprießt. Sie wächst, wächst, wächst zu goldenen Ähren heran, Gewitterregen prasselt nieder, ein Regenbogen zeigt sich und Sonnenglut. Bauern ernten das Korn, die Mühle zerreibt es zu Mehl, und nun esse ich das Brot. Es ist weniger als eine Minute vergangen, und doch fühlt es sich wie eine Ewigkeit an.

»Schmeckt, nicht wahr?« Hans streicht sein Haar von den Schultern in den Nacken. »Das ist das Jetzt. Lebe alles, Helene, lebe jede Sekunde.« Er steht auf, geht an den Tresen, zahlt. Als er an den Tisch zurückkehrt, küsst er mich mitten auf die Stirn. »Du machst das gut, glaube mir.« Ohne sich nach mir umzudrehen, schlendert er zur Tür hinaus. Ist er Wirklichkeit?

Wie von Wolken getragen gehe ich nach Hause.

Am Tag vor der Abreise, zu der sich Mercedes unter der Voraussetzung überreden ließ, dass sie jederzeit wieder heimkehren dürfe, wenn es ihr nicht behage, suche ich Hans. Ich muss wissen, ob er Spiel meiner Fantasie war oder real ist. Es dauert eine Weile, bis ich die Gasse und die kleine Bodega wiederfinde. Er sitzt an dem Tisch, als sei er immer dort. Ich bin beruhigt.

»Grüß dich, Helene. Ich hatte das Gefühl, dir heute zu begegnen, ist das nicht lustig?«

»Ich möchte mich bei dir bedanken, du bist ein Zauberer.«

Die Haare in den Nacken schüttelnd steht er auf und nimmt mich in die Arme. »Namaste.«

»Was bedeutet das?«, frage ich, an seine Brust gelehnt.

»Ich verbeuge mich vor dir.«

Während des gesamten Fluges schläft Mercedes, sie hat zwei Tabletten Valium eingenommen.

»Ich mache das immer«, sagte sie in Malaga, »warum soll ich mich von der Flugangst quälen lassen.«

Bis zur Landung halte ich mich an Hans und seiner Gelassenheit fest. Ich würde das alles gut schaffen, hat er gesagt und mir seine Telefonnummer gegeben. So übel scheine ich nicht zu sein, wenn Menschen wie er sich gern mit mir befassen. Das tut gut.

Trotzdem komme ich mir vor wie an meinem ersten Schultag, ohne die geringste Ahnung, was mich erwartet.

»Heute hast du deinen ersten Schultag, freust du dich?« Papa schlang ein grünes Seidenband um das Haarbüschel auf meinem Rücken.

»Ja!« Ich freute mich auf eine riesengroße Schultüte.

Zusammen gingen wir in die Küche hinunter und tranken Kakao vor dem Fenster.

Margarethe stand in ihrem Beet voller Hortensien, deren ehemals kräftiges Rosa jeden Tag mehr verblasste.

Es war einfach wunderbar, dass Papa mich zum ersten Schulbesuch begleitete. Ich sprang vor Freude auf und ab, winkte Mutter und schrie: »Hahnentrittmuster!«, nachdem Papa mir die nagelneue Schultasche auf den Rücken gepackt hatte. Darin befanden sich eine Schachtel Buntstifte, ein Federpennal mit Füller und Bleistiften.

»Oh, ich hab etwas vergessen«, sagte er, kaum waren wir aus der Tür, und lief nochmals ins Haus.

Die Stufen knarrten, daher wusste ich, dass er nach oben ging.

»Beeil dich, Papa.« Gleich würde ich die wenigen Meter zur

Volksschule zurücklegen. Lange musste ich nicht warten.

Schon hörte ich Papas Schritte, dann stand er vor mir und überreichte mir die ersehnte Schultüte. Rotkariert, oben ein goldener Rand, und schwer war sie, bestimmt voll mit Überraschungen. Sie reichte mir von der Stirn bis zu den Oberschenkeln. So groß!

»Danke«, jubelte ich und hüpfte hoch. Als ich unten ankam, war die Seitennaht der Tüte geplatzt und die Süßigkeiten kullerten über die zwei Stufen auf die Straße. Ich weinte los.

»Deine Mama hätte was Besseres gekauft«, sagte Papa, holte den Besen aus dem Putzschrank neben der Eingangstür und kehrte die Bonbons zusammen.

Die Schultasche rutschte in meinen Nacken, als ich ihm half, die Leckereien in eine Schüssel einzusammeln.

»Komm jetzt, gleich ist es acht Uhr«, sagte er ärgerlich.

Auf der Straße liefen Eltern mit ihren Kindern an der Hand der Schule entgegen. Papa hielt mich auch fest, wir schlossen uns dem aufgeregten Strom an.

Schnaufend lief ich neben ihm her, er machte Riesenschritte.

»Komm, schneller«, mahnte er, schaute auf die Uhr und drückte meine Hand. »So, wir sind gleich da. Sei bitte nicht frech zu deiner Klassenlehrerin.«

Gemeinsam stiegen wir die fünf Stufen zum Tor hinauf, innen öffnete sich die Aula, erfüllt von aufgeregt schnatternden Kinderstimmen. Am Ende der Halle führte eine breite Treppe zu einem Plateau, von dort zweigten nach beiden Seiten weitere Stiegen in die oberen Etagen ab.

Vier Frauen und ein Mann mit einer Lockenfrisur standen auf dem ersten Absatz.

»Das sind bestimmt die Lehrerinnen für die Erstklässler«, sagte Papa.

»Und der Mann?« Meine Hand lag schwitzig in Papas.
»Wahrscheinlich der Schuldirektor.«
Drei der Frauen trugen Kostüme mit weißen Blusen, eine von ihnen hatte Jeans an und ein Oberteil, auf dem Rosen blühten.
Der Mann begann: »Liebe Schulanfänger!«
Schlagartig verstummte das Geplapper in der Aula, er stellte sich wirklich als Direktor vor und erklärte, dass jedes Kind gleich von einer der Damen aufgerufen würde, die im Übrigen die Klassenlehrerinnen wären.
Dann erzählte er den Eltern irgendetwas Organisatorisches, doch ich war in ein inneres Ratespiel vertieft, zu welcher der Lehrerinnen ich wohl kommen würde.
»Bald werdet ihr schreiben, lesen und rechnen können und viel über die Welt erfahren«, sagte der Direktor, winkte und lächelte freundlich, dann verschwand er über eine der Treppen.
Sobald die erste Lehrerin eine Liste zückte und ihre Schüler aufrief, wartete ich atemlos darauf, dass mein Name fiel. Nachdem sie etliche Kinder um sich versammelt hatte, ging sie ihnen voran nach oben. Endlich, bei der dritten Lehrerin, ich zappelte neben Papa vor Nervosität, hörte ich: »Helene Meyerling.«
Ohne mich zu verabschieden, stürzte ich die Stufen hinauf und drückte mich an die in der Blumenbluse. Sie war es, die ich mir gewünscht hatte. Im Klassenzimmer standen die Schreibtische in ordentlichen Reihen, jeder durfte sich seinen Platz selbst aussuchen. Ich setzte mich ganz vorn hin, an den Tisch neben der Tafel, mit dem Gesicht zur Klasse.
»Aber nein«, sagte die Lehrerin, »da sitze ich, du musst dir einen anderen suchen.«
Alle Kinder lachten und ich schämte mich, schlich in die letzte Reihe, am liebsten wäre ich unter den Tisch gekrochen.

»Jeder kann sich einmal irren. Ihr braucht nicht zu spotten«, ermahnte die Lehrerin die Klasse. Dann war zum Glück Ruhe. »Ich bin Elvira Rosenzweig«, sagte sie, »und freu mich, dass wir die kommenden vier Jahre miteinander verbringen werden.«

Jedes Kind musste aufstehen, sich ebenfalls vorstellen und erzählen, was es gern machte. Ein Junge, der Toni hieß, sagte, er würde am liebsten Krapfen essen.

»Du schaust eh wie einer aus!«, rief ein anderer Bub, weil Toni kugelförmig war. Nach der Ermahnung meinetwegen gab es nun bloß unterdrücktes Kichern aus den Reihen.

»Du bist ja ganz ein Schlauer.« Frau Rosenzweig schaute ihn ärgerlich an. Zur Strafe ließ sie den Frechdachs bis zum Ende der Vorstellungsrunde warten.

Dann platzte er heraus: »Ich bin Fußballchampion.«

»Hast du auch einen Namen?«

»Archibald.«

Das fanden alle zu komisch und prusteten los.

Selbst Frau Rosenzweig lachte ein bisschen mit, ehe sie sagte: »Ein seltener Name.«

Archibald zuckte die Achseln. »Ein blöder Name.«

Damit hatte er alles wieder gutgemacht an Toni, fand ich.

Der erste Schultag hatte nur eine Stunde gedauert, vor dem Tor wartete Papa, und auf dem Heimweg erzählte ich, wie es gelaufen war. Dass ich so dumm gewesen war, den Lehrertisch auszuwählen, verschwieg ich.

Der Novemberwind reißt an meinem Regenmantel, kaum verlassen wir die Ankunftshalle. Trotz Kälte schlägt mein Herz heiß, gleich werde ich Moritz wiedersehen. Dann friere ich, er ist nicht gekommen, hat mich wieder im Stich gelassen. Wütend nehme ich mit Mercedes ein Taxi.

»Wo ist dein Mann? Ich dachte, er holt uns ab?«

Das fehlt mir gerade noch, dass sie das Messer in meiner Wunde umdreht.

Als wir in die Villa kommen, höre ich von oben Klavierspielen, es klingt ein bisschen nach »Nowhere Man«, na großartig. Der Herr sitzt selbstvergessen am Piano. Es ist wie immer: Ich kümmere mich um alles, Moritz macht nichts.

Mit dem Fuß trete ich die Eingangstür zu, es kracht. Das hat er wenigstens gehört, er läuft die Stufen herunter.

»Was denn, ihr seid schon da?«

»Stell dir vor, ja«, pfeife ich ihn an.

Dann führe ich Mercedes in ihr Zimmer neben der Küche, helfe ihr aus dem Mantel.

Sie sagt: »Reg dich nicht so auf.«

»Nein, klar, er ist ja ein Künstler, da muss man ja alles hinnehmen und verstehen ...« Auch die Gästezimmertür schließe ich geräuschvoll.

Mit großen Augen steht Moritz vor mir. »Helene, was ist los? Du hast mir die Ankunftszeit geschrieben, zwei Stunden später solltet ihr landen?« Ich lache ihn aus, gehe zur Spüle und fülle ein Glas mit Leitungswasser. Er sucht sein Handy, findet es in der Brusttasche und hält mir meine Nachricht vor die Nase.

Gern würde ich im Erdboden verschwinden, er hat recht. Lautlos forme ich mit den Lippen: »Verzeih ...«

»Kann ja passieren«, sagt er, umfängt mich mit seinen langen Armen, die ich nie mehr verlassen möchte. »Ich bin da, soweit es mir möglich ist, es wird schon alles gut gehen.«

Das rührt mich, es kann mit seiner Hilfe doch nicht so schlimm werden.

Es wird viel schlimmer.

»Mir ist kalt«, klingt Mercedes' Vorwurf jede Stunde durch das Haus, obwohl ich sie in Wolldecken verpackt auf dem Wohnzimmersofa deponiert habe.

»Ich muss mich bewegen, damit ich nicht einfriere. Geh hinaus mit mir«, fordert sie.

»Die Straßen sind eisig, du siehst nichts, wie soll das gehen?«

»Ich will aber.« Sie klopft mit dem Blindenstock auf den Parkettboden. Dort ist die Versiegelung bereits aufgebrochen. Jeden Tag geht das so.

Und Moritz? Der ist natürlich nicht da. Als er anbot, die ersten Wochen zu helfen, hat er vergessen, dass er mit dem Ensemble auf Deutschlandtournee sein wird.

Damit Mercedes sich heimischer fühlt, verwöhne ich sie: Serviere ihr das Frühstück ans Bett, koche Mahlzeiten aus einem andalusischen Rezeptbuch, bade sie, alles, alles mache ich. Nichts ist genug.

»Ich bin den ganzen Tag allein«, mault sie.

Und ich habe den Verdacht, die Blessuren, die Mercedes mir abends mit triumphierender Miene zeigt, fügt sie sich mit Absicht zu.

Dann Desi. »Ich mag den Fraß nicht. Dauernd dieses spanische Zeug.«

»Aber deine Großmutter vergisst darüber ihr Heimweh.«

Türenknallen.

Ich bin erschöpft von den vergangenen Wochen.

Im Jänner kommt Moritz zurück, sagt: »Deine Mutter muss was zu tun kriegen, sonst werden wir wahnsinnig.«

»Als Blinde?« Ich lache und erschrecke ein bisschen darüber, wie hämisch sich das anhört.

Am Abend von Moritz' Rückkehr nach Wien essen wir alle zusammen an dem runden Tisch in der Küche.

Die Tür zum Garten knackt vor Kälte, Schnee liegt kniehoch auf der Wiese, den Beeten. Allmählich hat Mercedes sich an das Klima gewöhnt, sie beschwert sich weniger oft, aber sie ist nicht ausgelastet. Kann nur schlecht einschlafen, weil sie kaum Bewegung hat in diesem frostklirrenden Winter, es gibt nichts zu tun für sie.

Einmal sagte sie: »Lass mich wenigstens das Geschirr abwaschen, Helene.«, und machte sich an die Arbeit. Das Ergebnis waren ein gebrochener Teller und drei Gläser in Scherben.

»Was für ein ewiger Winter«, raunze ich.

»Ich find's super, nächste Woche fahren wir auf Schulskiwoche, da wird's cool.« Desi pickt die Fleischstücke aus dem Gemüse heraus.

»Iss Broccoli«, sagt Moritz, »gut gegen Erkältung.«

»Pffh, ich hab keinen Schnupfen.«

»Aber ich«, jammert Mama, »gib mir noch was davon.«

»Hast du dich ein bisschen eingelebt, Mercedes?« Moritz greift über den Tisch nach ihrer Hand und drückt sie.

»Doch, ganz gut. Helene ist so lieb zu mir. Desi, der süße Fratz, liest mir ab und zu vor, wenn sie mal daheim ist. Aber die meiste Zeit ist mir sterbenslangweilig. Ich weiß, da kann keiner was tun dagegen ...« Mercedes seufzt mitleiderregend.

»Möchtest du vielleicht stricken, Mama? Pullover?«

»Ich und Stricken? Ich bin Tänzerin.«

»Nun ...«, nicht mehr, will ich sagen, verbeiße es mir aber.

»Ich stricke nicht!«

Moritz schenkt Rioja in die Gläser ein.

»Nein, natürlich strickt sie nicht. Sie tanzt Flamenco. So perfekt, dass sie das blind kann.« Er lächelt sie an.

Plötzlich rötet sich Mamas Gesicht, sie zerknüllt ihre Serviette im Schoß. »Ich kann Flamenco, und wie! Und ich kann es anderen Frauen beibringen.«

»In einer Schule?« Desi blickt interessiert auf.

»Genau.«

Ich bin begeistert, das könnte eine Wendung bedeuten.

*

Im Juni ist es dann soweit. Moritz hat einen Tanzsaal für geringe Miete im 12. Bezirk entdeckt, nahe der Längenfeldgasse. Mercedes eröffnet ihr Flamencostudio für Blinde mit einer andalusischen Combo.

Moritz und ich sitzen am Rand der Tanzfläche zwischen anderen, die blinde Damen hierher begleitet haben.

Mercedes, gekleidet in eines der unbeschadeten Kleider, die wir aus Spanien mitgebracht haben, unterweist die Frauen. Sie zeigt oder besser gesagt, erzählt ihnen, wie die Kastagnetten zu benutzen sind, und lehrt sie die ersten Stampfschritte.

Seit dem Abend vor fünf Monaten, als diese Idee geboren wurde, ist Mercedes wie ausgewechselt. Sie flitzt durch das Haus, zuerst mit Stock, dann ohne, treppauf, treppab. Wenn ich fürchte, Mama könne sich den Hals brechen, werde ich angepfiffen: »Lass mich, ich trainiere, muss meine Muskeln trainieren.«

Vor der Eröffnung erklärte sie mir, wie sie geschminkt werden müsse, zeigte mir mit ungeduldigen Gesten das Aufstecken der Haare und wie die Mantilla sitzen musste. In letzter Zeit ist sie zu

Kräften gekommen, hat wieder zugenommen, sieht wunderbar und vital aus. Als wir losfuhren, war sie in heller Aufregung.

»Heilige Götter, macht, dass alles gut geht.« Flehend rang sie die Arme.

»Ich werde sie immer begleiten müssen«, sage ich zu Moritz.

Trotz ihrer Blindheit strahlt Mercedes Leidenschaftlichkeit aus, sie rafft den roten Volantrock, zeigt ihre schwarz bestrumpften Beine und trommelt eine faszinierende Schrittfolge auf das Parkett. Alle Zuschauer applaudieren, die Blinden lauschen dem Rhythmus der Metallplättchen auf den Schuhsohlen. Versuchen, es Mercedes nachzutun.

»Du wirst deine Arbeit nicht mehr machen können.« Moritz nippt am Glas mit Sangria.

Ich verdrehe die Augen. »Und wie, denkst du, soll ich unser Leben dann finanzieren? Es geht sich jetzt schon knapp aus, weil ich meine Stunden reduziert habe. Und du? Du bist ja nicht da.«

Ich bekomme einen Schubs von ihm. »Nicht so laut, muss ja nicht jeder mitkriegen. Du bist fünfzig, hast eine Arbeitslosenversicherung, die zahlen was. Und ich verdiene endlich gut, ich unterstütze dich.«

Angefressen drücke ich ihm mein Glas in die Hand, gehe raus auf die Straße. Der Mistkerl geht einfach nicht ein auf meine versteckte Bitte, zurückzukommen. Was hat er denn noch für einen Grund, wegzubleiben, nachdem seine Geliebte ihn verlassen hat? Ich verstehe es nicht. Es sei denn, ich bin für ihn derart verabscheuungswürdig, dass jegliche Liebe in ihm erloschen ist.

Oder doch nicht? Auf einmal steht er neben mir. Wenn er mir hinaus gefolgt ist, muss ich ihm doch noch etwas bedeuten.

»Moritz, sag, warum kommst du nicht zurück?«

»Ich arbeite an einer Oper, an meinem Lebenswerk. Hier kann ich es nicht. Es ist unser ...«

»Schweig!« Ich will seine Ausreden nicht hören.

In guten wie in schlechten Zeiten. So sagte der Pfarrer bei der Trauung. Nein, ich verstehe gar nichts.

»Am besten, wir lassen uns scheiden und du heiratest deine Oper, wie wär's? In den Kreativpausen kannst du junge Sängerinnen vögeln, ist ja viel entspannter, als bei der Familie zu sein.« Ich lasse ihn stehen. Was soll ich auch mit einem, der mit Füßen tritt, was wir einander einst versprochen haben.

Nach der Eröffnung des Studios trudeln die ersten fünf Anmeldungen für einen Anfängerkurs ein. Auch Sehende wollen Flamenco lernen, Mercedes biete daraufhin zwei Kurse an.

Das heißt für mich, Mama an vier Nachmittagen pro Woche zur Verfügung zu stehen. Nochmals reduziere ich meine Arbeitszeit, mehr als zwanzig Wochenstunden schaffe ich nicht mehr, mit dem Erfolg, dass die freudestrahlende Ruth endlich hat, was sie immer wollte: das Management.

Moritz schimpft mit mir. Ich solle doch seine Zuwendung endlich annehmen, andere wären froh darüber.

»Ich bin nicht andere, ich bin ich. Basta.«

Den Rest Stolz will ich mir bewahren.

Mercedes ist glücklich, der Erfolg steigt ihr aber zu Kopf, und sie behandelt mich manchmal wie ihre Leibeigene. Soll sie, es ist alles schon egal. Fast alles.

An mir nagt, dass ich an den Tanzstudiotagen nicht vor neun am Abend heimkomme.

Desi kann praktisch tun und lassen, was sie will. Das ist nicht gut für ein Mädchen mit fünfzehn. Und es zeigt sich an ihrem Verhalten. Die Leistungen sind unter allem Niveau, sie schminkt sich zu stark, wippt provokant mit den Hüften und ist unglaublich frech zu mir. Sie knallt die Türen, dass der Verputz neben den Rahmen abbröckelt. Täglich mehrmals.

Obwohl ich einen Stapel Bücher auf meinem Nachttisch liegen habe, sie alle handeln von der verdammten Pubertät, hält keines eine echte Lösung bereit. Fazit: Man müsse es aushalten, weil die Stirn- oder Schläfenlappen schubweise wüchsen. Dies löse das merkwürdige Verhalten von Teenagern aus.

Mein Töchterchen hingegen behauptet, ich sei schuld. Die Hausaufgaben sind schlecht oder gar nicht gemacht, weil die Oma viel wichtiger sei.

*

Im Oktober, nach einer verpatzten Schularbeit, kommt es zum Eklat. Im Hintergrund ruft Mercedes alle paar Minuten nach mir; sie wartet fertig gekleidet vor der Haustür, will zum Tanzstudio fahren – in einer halben Stunde beginnt der Kurs.

Aber Desi hat sich vor mir aufgebaut – sie ist schon genauso groß wie ich. »Ich lass mir das nimmer bieten von dir. Hättest du eben gelernt mit mir, wie es andere Mütter machen. Papa hat immer geschaut, dass ich alles verstehe und kann. Und ich sag dir was: Ich zieh aus! Zu ihm. Das hast du jetzt davon.« Sie dreht sich auf dem Absatz um und läuft in ihr Zimmer nach oben.

»Helene? Kommst du endlich, ich muss pünktlich sein, die Damen warten doch auf mich!«, ruft Mercedes von der Eingangstür.

Da packt mich ein Zittern, beginnt bei den Zehenspitzen und

arbeitet sich aufwärts, bis es mich am ganzen Leib schüttelt. Ich hebe die bebenden Hände, halte mir die Ohren zu und flüstere: »Aus. Ich kann nicht mehr, ich kann einfach nicht mehr.« Immer noch zitternd stakse ich durch die Küchentür hinaus in den Garten und verkrieche mich im Geräteschuppen hinter einer Kiste mit Blumenerde. Am liebsten würde ich mich umbringen. Wegen meiner Unfähigkeit, Traumtänzerei, und weil es so schwer ist, allen zu genügen. Ich hasse mich dafür.

Nie zuvor habe ich Papa derart vermisst. Wenn er nur da wäre, mich trösten würde. Seine besonnene ruhige Art hat mich als Kind immer stabilisiert. Stets fand er Lösungen, manche waren nicht nach meinem Geschmack gewesen, aber letztendlich merkte ich im Nachhinein, dass er richtig entschieden hatte. Und das Wichtigste: Er war immer auf meiner Seite gewesen. Jetzt gibt es niemanden, der das übernimmt.

Langsam rapple ich mich auf, wische den Staub von den Jeans, die Tränen von den Wangen und schlurfe ins Haus zurück.

Ungewohnte Stille lastet zwischen den Mauern, die Luft ist schwer davon. Ich schwimme darin zur Haustür.

»Mama?«

Nichts.

Ein Blick ins Gästezimmer, auch hier ist Mercedes nicht. Dann gehe ich die Treppe hinauf, schwerfällig gegen die suppige Atmosphäre ankämpfend.

»Desi?«

Im Kinderzimmer ein Chaos, alles aus dem Schrank gerissen, und die Reisetasche ist weg.

Wieder hinunterschwimmen, zum Telefon. Im Studio hebt keiner ab. Mit tauben Fingern wähle ich Moritz' Nummer.

»Hilf mir«, sage ich mit Watte in der Mundhöhle.

»Was? Ich verstehe nicht«, seine Antwort.

Ich rede nun ganz langsam.

»Ich muss warten, bis Desi kommt, sie hat keinen Schlüssel, dann mache ich mich auf die Suche. Rühr dich nicht weg.« Er legt auf.

Wieder rudere ich durch die Zähigkeit im Wohnzimmer bis zum Sofa, lasse mich darauf fallen. Keine Ahnung, wie lange ich dort gelegen bin, aber plötzlich sitzt Moritz bei mir.

Seine Haare stehen noch mehr als sonst nach allen Seiten ab, blass ist er, ich sehe, wie er nach Worten ringt. Die dicken Schwären, die mir die Luft abgeschnürt haben, sind verschwunden. Alles ist glasklar.

Ich stehe auf. »Meine Mama, nicht wahr?«

Moritz nickt. Hinter ihm, in gebührendem Abstand, warten ein Mann und eine Frau. Polizisten.

»Möchten Sie Tee oder Kaffee?«, frage ich.

Die beiden verneinen, die Frau berichtet dann.

Mercedes ist offenbar mit der U-Bahn nach Meidling gelangt und wollte dort die Längenfeldgasse, eine breite Hauptverkehrsstraße, überqueren. Ein LKW konnte nicht mehr bremsen, sie war sofort tot.

Tränenlos. Wortlos.

»Kann meine Frau ihre Mutter sehen?«

»Wir bedauern, der Zustand lässt das nicht zu. Sie wurde von einem Mehrtonner überrollt.«

Der Polizist: »Plattgemacht, sozusagen.«

Die Frau stößt ihrem Kollegen den Ellenbogen in die Rippen.

Ich kichere hysterisch. »Quasi Blutsuppe.« Gleich schnappe ich über, ich spüre es kommen.

Moritz versteht meinen Blick, tritt neben mich und legt den Arm fest um meine Schultern.

»Danke Ihnen«, sagt er, »Sie finden bestimmt allein hinaus.«

Die beiden ziehen ab, und durch meine Brust zieht ein Schrei. Lautlos für die Außenwelt. Ich schicke Moritz weg. Zu Desi. Beteuere, dass ich durchaus damit zurechtkomme, wenn er nur so nett sei, die Formalitäten zu erledigen.

Nun ist es still um mich herum, aber der Schrei will sich manifestieren, nach oben dringen, die ganze Stadt erobern, das Land, alle Erdteile, bis nach China gelangen. Nein, ich erlaube das nicht. Es ist doch mein eigener Schmerz, wen geht das was an?

»Richtig«, sagt die glatzköpfige Puppe, die zu mir aufs Sofa klettert.

»Teile das einfach mit uns«, bestätigt das Plüschkrokodil, klappert ein bisschen mit den scharfen Zähnen und legt sich auf meine kalten Zehen.

»Ich bin so allein«, greine ich, spüre, wie sich meine Tollkirschenaugen mit Tränen füllen, der Schrei in mir verliert seine Kraft, löst sich auf.

7

Nun liegen Konrad, Margarethe und Mercedes vereint unter der Steinplatte des Familiengrabes. Desi hat während der Abschiedszeremonie in der Aufbahrungshalle durchgeweint.

Nach dem Gang zum Grab, auf dem Weg zurück, als sie vom langen Heulen Schluckauf bekam, drückte ich sie an mich.

»Pass auf, kleine liebe Desi. Das ist alles Schicksal. Deine Omi war lange Zeit deprimiert und ohne Perspektive. Durch das Flamencostudio hat sie ihre Lebensfreude wiedergefunden. Sie war so wunderbar temperamentvoll. Und sie ist in einem Augenblick des Glücks gestorben. Wer weiß, wie unglücklich sie geworden wäre im höheren Alter, ich glaube, das hätte sie überhaupt nicht lustig gefunden.«

»Und ich bin nicht schuld, weil ich weggelaufen bin?«

»Auf keinen Fall«, sagen Moritz und ich wie aus einem Mund.

Im Auto fragt Desi, ob sie noch eine Weile bei Papa bleiben darf.

»Du sollst das sogar tun, ich habe mindestens fünf oder sechs Wochen jede Menge zu tun«, antworte ich, »das Haus in Torremolinos muss ausgeräumt und verkauft werden. Zum Beispiel.«

Moritz setzt mich vor der Villa ab. Als ich aussteigen will, hält er mich fest und küsst meinen Mund.

Es macht mich wütend, ich zucke zurück.

»Ich brauch dich nicht!«

Jetzt will er wohl wieder zurück, nachdem es im Haus keine Störungen mehr für seine heilige Oper, das Lebenswerk gibt. Ich pfeife darauf. Endlich allein, breche ich in Tränen aus, wälze mich auf dem Teppich. Schuld trage ich allein am Tod meiner Eltern. Als ich das Geheimnis um meine Mutter entdeckte, wühlte ich Konrads Liebessehnsucht auf, was dazu führte, dass Margarethe sich tötete. Die Erfüllung seiner Sehnsucht nach Mercedes wiederum hat ihn das Leben gekostet. Niemals hätte ich zulassen dürfen, dass Papa auf sie trifft. Und nun habe ich auch meine richtige Mutter durch Nachlässigkeit auf dem Gewissen.

Die Liste lässt sich fortsetzen: Durch mein Älterwerden habe ich Moritz verloren, nicht genug auf seine Midlife-Crisis geachtet; zu selbstverständlich an die Gemeinschaft geglaubt. Weil ich meiner Tochter zu wenig Liebe geschenkt habe, ist sie nun ebenfalls weg.

Niemand wird mir eine Träne nachweinen. Schluss mit dem Kampf um Liebe und Erfüllung.

Ich reise nicht nach Torremolinos, sende Esmeralda eine Vollmacht und überlasse ihr die Abwicklung um den Verkauf des Hauses.

Nach sieben Tagen des schmerzhaften Magenknurrens lässt das Hungergefühl nach. Nur ein paar Schlucke Wasser gönne ich mir. Das Haus in Ordnung zu halten, bin ich nicht mehr in der Lage. Werbezettel türmen sich mit anderer Post hinter dem Postschlitz der Tür auf dem Vorzimmerboden.

Oft besuche ich mein Heleneland, von Tag zu Tag verweile ich länger dort, während ich auf dem Sofa liege. Manchmal grinse ich über die Finte, angeblich in Spanien zu sein. Das erspart mir

Störungen. Nach diesen paar Wochen, die ich als Zeitraum angegeben habe, um mich nach meiner Rückkehr zu melden, bin ich hoffentlich schon weg.

Nach der dritten Woche verliere ich Moritz' Smaragdring irgendwo im Haus, die Finger sind dünner geworden. Ihn zu suchen, habe ich keine Kraft mehr. Die Jeans rutschen mir bis zu den Knien hinunter, wenn ich aufstehe, um das Klo aufzusuchen; ich raffe sie um die Hüftknochen und schleppe mich die paar Schritte hin.

Ohnehin muss ich nur selten mein Sterbelager verlassen, die Verdauungsfunktionen haben sich weitgehend verabschiedet. Doch mein Herz klopft bei jeder Bewegung wie verrückt, es will offenbar auch seine Ruhe haben. Wieder kuschle ich mich unter mittlerweile vier Decken zusammen. Das Frieren ist das Schlimmste an der Sache.

Idomeneo und der Zwerg aus dem Schulklo nehmen meine Hände und ziehen mich lachend mit sich. Ich zittere. Die beiden Zwerge setzen mich in meinem Kinderzimmer ab. Ich schaue dem Mond ins Gesicht. Ein Käuzchen schreit auf. Dem Ruf folgend klettere ich aus dem Fenster, die Regenrinne hinab.

Die Stadt ist fremd, ich renne.

Ein Pavian ist hinter mir her, ich keuche eine Treppe hinauf, die kein Ende nimmt. Dunkel erinnere ich mich, dass ich vor der Hetzjagd die Gefangene eines Messerwerfers war. Er hat mich an eine Drehscheibe gefesselt und Dolche nach mir geworfen. Oben auf der Treppe steht meine Schulfreundin Gwen. Sie verzehrt Tollkirschen, aus ihrem Mund trieft schwarz-roter Saft.

Ich schreie sie an: »Papa sagt, die sind urgiftig!«

Aber Gwen lacht nur und stopft weiter Früchte zwischen die Lippen. Auf ihrer Schulter sitzt ein riesiger Rattenmann. Ab und zu schenkt Gwen ihm eine der Kirschen. Die Stadt löst sich auf, und ich bin wieder im Kinderzimmer. Ich lege mich auf den Bauch, um unters Bett zu schauen.

Das Krokodil schläft. Seine Nasenlöcher beben, die Zungenspitze hängt aus dem zahngespickten Maul. Daneben sitzt Selma, meine Lieblingspuppe, und blickt mich mit ihren großen braunen Augen an. Dann zwinkert sie.

Margarethe stürmt mit einem Teppichklopfer herein und stochert nach dem Krokodil, das fauchend auf sie losgeht. Als es den Kiefer aufklappt, liegt auf seiner Zunge ein Baby. Margarethe schreit auf und birgt die kleine Helene an ihrer Brust.

Kastagnettenwirbel. Mit glühenden Augen umtanzt Mercedes das Kinderbett und Margarethe kreischt. An ihrer großen Zehe hat sich der Rattenmann festgebissen, Blut spritzt. Endlich hat mein Papa das gehört, er stellt sich zwischen die Mütter, reißt das Baby an sich und versteckt es in einem Riesenkürbis.

»Alles ist gut«, will ich sagen, aber kein Ton dringt aus meinem Mund, ich spüre, dass sich das Herz verabschiedet, Flügel wachsen ihm, kleine weiße Schwingen.

»Flieg, mein Herz, flieg«, flüstere ich, »befreie diese Welt von mir.«

Es erhebt sich in die Lüfte, zieht einen Kreis über meinem Kopf. Ich schaue ihm zu. Das geflügelte Herz schwebt los, dreht sich dann zögerlich um, flattert auf der Stelle. Es scheint ihm nicht ganz leicht zu fallen, mich zu verlassen. Es wirft mir eine Kusshand zu und ich winke ihm, ehe ich die Augen schließe.

Im Versinken höre ich von fern Desi schluchzen: »Bleib doch noch ein bisschen, Mama.«

*

Da, wo ich jetzt bin, stinkt es. Alles riecht nach Nagellackentferner. Ich halte die Hand vor die Nase, der Geruch nach Aceton wird aber immer stärker.

»Ich ersticke gleich«, maule ich.

»Aber geh, du kleine Prinzessin auf der Erbse«, sagt Yaya und tanzt mir mit dem Nowhere Man auf der Nase herum.

»Das ist dein eigener Duft«, sagt er und schwingt die Oma im Kreis, »so riecht der Körper, wenn er verhungert, normal, dear, completly normal.«

»Ich dachte, du bist in Rom bei Giulio?«

»Komm, wach auf, Liebe meines Lebens.«

Moritz?

Wie kommt denn der ins Heleneland, wundere ich mich.

Außerdem lügt er doch, was fällt ihm ein. Noch einmal seine Stimme, aufgeregt: »Schwester, ich glaube, meine Frau kommt zu sich!«

Nein, nein, das passt mir nun überhaupt nicht. Ich habe ja auch keine Schwester, leider. Eigentlich schade, vielleicht wäre das Leben dann einfacher gewesen in der anderen Wirklichkeit.

»Hey, bleibt doch noch ein bisschen«, ruft ich Yaya und Nowhere Man nach, die sich im Walzerschritt davonmachen, in einem Nebel verpuffen.

Etwas Kaltes strömt durch meine Venen, ich reiße die Augen auf, erschrecke, denn eine Schwester flößt mir durch einen Zugang am Handrücken Flüssigkeit aus einer Spritze ein.

»Nein, ich will nicht.« Nur ein Krächzen, zu lange habe ich nicht mehr gesprochen.

Moritz beugt sich über mich. »Um Himmels willen, Helene, komm in die Realität. Ich liebe dich doch.«

Mit abgewandtem Gesicht sage ich: »Ich brauch dein Mitleid nicht, Moritz. Geh weg mit deinen Lügen.«

Er läuft ums Bett herum, fängt meinen Blick erneut ein. »Ich bedaure dich nicht. Lass uns gemeinsam alt werden.«

Neben ihm und um ihn herum versammeln sich die Bewohner aus dem Heleneland, sie raunen: »Komm schon, Kleine, wir warten auf dich. Ist doch viel vergnüglicher bei uns.«

»Ich habe dir einen Brief geschrieben, bevor du angeblich nach Spanien geflogen bist. Endlich den Mut dazu gehabt«, unterbricht Moritz die Einflüsterungen, »dich darin um Vergebung gebeten und dann wochenlang auf deine Antwort gewartet. Der Brief lag die ganze Zeit vor deiner Tür. Ich habe ihn dir mitgebracht.«

»Hör nicht auf ihn, Helene, komm schon, lass uns gehen.« Das Krokodil schnappt fröhlich nach mir, und die Ratte wackelt verführerisch mit den großen Hodensäcken.

Moritz drückt mir ein ungeöffnetes Kuvert in die Hand, »Lies das.«

Der Umschlag in meiner Hand vibriert, macht sich selbstständig, schwebt durchs Zimmer. Ich möchte ihn mit den Augen festhalten, doch er flattert beim Fenster hinaus, verschwindet in der Dämmerung. Wimmern, das sich schmerzhaft in meinen Ohren festsetzt. Andere Töne mischen sich in die Klagelaute.

»Aber geh, du kleine Prinzessin auf der Erbse«, wiederholt Yaya und tanzt mir erneut mit dem Nowhere Man auf der Nase herum.

»Das ist deine Stimme«, die Marionette schwingt die Oma im Kreis, »du solltest ihr zuhören.«

Gleich wird mir schlecht werden, meine Innereien wüten.

Er lässt Yaya fallen, die zusammenschrumpft. Ehe sie verschwindet, sehe ich ihr nickendes Lächeln.

»Komm!« Nowhere Man's Stimme erlaubt keinen Widerstand.

Ich kann nicht, denke ich. Doch er nimmt mich in seine Arme, und wir schweben zum Fenster hinaus, dorthin, wo der Brief entschwunden ist. Ich fürchte, mein Begleiter könne mich fallenlassen.

»Du bist leicht wie eine Feder. Das ist so, wenn man verhungert, normal, dear, completly normal.« Grinsend.

Ich weiß, ich brauche nichts fürchten. Wir fliegen durch den Park, vorbei an den Bäumen, welche die Allee säumen. Gesichter blitzen auf, zeigen sich zwischen den Baumstämmen.

Django, eine Nagelbürste in der Hand.

»Fuck!«, grunzt er, »immer noch dreckige Füße. Wir hätten eine schöne Zeit haben können ... sogar ein Kind, irgendwann ...«

Ich habe ein Kind, will ich rufen, doch meine Stimme gehorcht mir nicht.

Dann Augen wie Samt, die mich traurig anschauen. Karoum, mein Wüstenprinz. »Verzeih«, murmelt er und senkt den Blick. Gern würde ich verweilen. Ihn hätte ich lieben können, länger als einen Lebensmoment.

Nowhere Man zieht mich weiter.

Zwischen zwei Bäumen eine Drehscheibe. Unzählige blitzende Messer grinsen mich an.

»Wärest eine gute Assistentin gewesen.« Robert. Bedauernd. Er zuckt mit den Schultern. »Meine Freiheit lasse ich mir nicht nehmen. Aber wenn du magst ... du bist immer willkommen.« Lockend. Mit einem Zischen saust ein Messer an meinem Ohr vorbei.

»Helene!« Fast ein Aufschrei. Giulio streckt die Arme nach mir aus. »Warum bist du nicht zurückgekommen?« Ich schließe die Augen. »Nur meine *Mamma* solltest du respektieren, du hättest ... ich habe .... geliebt ...« Seine Worte verlieren sich zwischen den Baumwipfeln.

Als ich die Augen öffne, erblicke ich Ratten, die vor uns auf dem Pfad dahineilen. Am Ende des Weges kriechen sie übereinander, ein Berg von Ratten, der menschliche Gestalt annimmt.

»Chèrie …«, flüsternd die Stimme. Louis, der seine Hand ausstreckt. Ich möchte mich hineinflüchten in diese Hand.

Doch Nowhere Man zieht mich zurück, hält mich fest. Und da sehe ich die blutige Zehe, die der Rattenmann in der Pfote hält.

»Wohin bringst du mich?« Schreiend. »Was noch muss ich mir anschauen?« Verzweifelt.

Plötzlich lässt er mich los, sanft lande ich auf dem Boden. Stehe vor der Villa, meinem Zuhause. Offen das Eingangstor.

»Geh nur.« Er gibt mir einen leichten Schubs und ich taumle hinein.

Die Tür zum Elternschlafzimmer steht halb offen. Ein schwacher Lichtschein dringt heraus. Stimmen. Vor der Tür steht ein kleines Mädchen im Nachthemd. Ich erschrecke, denn ich weiß, dieses Mädchen bin ich.

Dann Papas Stimme. »Du hast gewusst, was mit dem Kind auf dich zukommt. Es ist nun mal da.«

Ich drücke mein Krokodil an die Brust, in mir zittert alles, und ich fühle unbeschreibliche Angst. Wollen sie mich loswerden?

»Ich gebe … alles. Mehr geht … nicht.« Margarethe, stammelnd ihre Worte. Dann fester, energisch: »Es wird der Tag kommen, da müssen wir es ihr sagen. So oder so.«

Wieder höre ich ihn: »Noch nicht. Sie ist so klein. Wie könnte sie jetzt verkraften, dass ihre Mutter sie verlassen hat. Du musst versuchen, ihr mehr Liebe zu geben …«

»Liebe?« Margarethe. Wie ein Aufschrei klingt das. Verzweifelt. Dann: »Du redest von Liebe. Ist es nicht so, dass du Helenes Mutter immer noch liebst?«

»Du kannst keine Trennung zwischen ihr und mir ... entzweit uns.« Papa schreit jetzt.

Dann sagt Margarethe weinend: »Ich bin schon entzwei.«

Ich erstarre bei diesen Worten.

Sehe das kleine Mädchen, das sich die Ohren zuhält, wegläuft. Aufhalten möchte ich es, in den Arm nehmen.

Im selben Moment trifft mich die Erkenntnis. Ich habe dieses Gespräch damals wirklich gehört. Die Wahrheit ist immer in mir gewesen. Aber auch die über die Liebe meines Vaters zu mir, das Bild wechselt, er sitzt verzweifelt an meinem Kinderbett, ich bin übersät von roten Pusteln. Papa zieht mir dünne, weiße Handschuhe aus Zwirn an.

»Du darfst dich nicht kratzen, Kind.« Ich weine, es juckt so sehr, er nimmt mich auf den Schoß, küsst mein Haar, singt: »Heile, heile Segen, morgen gibt es Regen, übermorgen Sonnenschein ...«

»Auch das ist wahr«, sage ich.

»So ist es. Das Schöne ist da und auch das andere«, sagt Nowhere Man, als könne er meine Gedanken lesen. »Einige der Wahrheiten musstest du wegpacken, tief in dir verbergen. Du hättest sie nicht ausgehalten.«

»Aber ich habe sie gespürt, immer.« Mein Gesicht ist nass von Tränen. Tränen der Traurigkeit und der Erleichterung. »Ist deshalb mein Leben so gewesen? All die Fantasien ... mein Heleneland, in das ich geflüchtet bin ...«

Fragend schaue ich Nowhere Man an.

»Du kennst die Antwort, hast sie gerade gefunden. Und dein Heleneland war dir auch Schutz.«

»Manchmal war es quälend ...« Ich stocke und mir wird übel bei dem Gedanken, dass es für mich vielleicht nun nicht mehr existieren könnte. »Muss ich es aufgeben?« Bang meine Stimme.

»Komm«, sagt Nowhere Man.

Als er mich fortzieht, höre ich plötzlich wieder sein Lied, deutlicher nun, lauter werdend. Es kommt aus dem Zimmer, in dem Moritz komponiert hat.

Mein Herz klopft, Zögern. Noch wage ich nicht, hineinzugehen, bleibe an der geöffneten Tür stehen, lausche den Tönen.

Sie klingen kräftig, nicht flüchtig wie sonst, wenn ich sie vernommen habe. Andere Töne mischen sich hinein, auf- und abschwingend, manchmal eine Folge von perlenden Farben, dann ein Staccato mit Brüchen. Dazwischen immer wieder Nowhere Man's Motiv, das mich begleitet hat. Auf einmal weiß ich, dass diese Musik Heleneland beschreibt, ja, dass sie es ist! Sie durchdringt mich, schwingt in meinem Körper, und ich fühle es deutlich: Es ist Zuhause.

Endlich wage ich es und betrete das Zimmer.

In dem lichtdurchfluteten Raum sehe ich ihn. Moritz. Er sitzt am Klavier, lächelt.

Und nun bin ich sicher. Er hat Nowhere Man's Melodie, die auch meine ist, in eine grandiose Komposition aufgenommen, mein Heleneland.

Ich schließe die Augen und sehe doch, dass er die Arme nach mir ausstreckt, höre, dass die Töne weiterklingen, spüre, diese Melodie wird niemals enden.

Flüchtig drängen sich die Wesen meiner Fantasie zwischen die Töne. Sie jammern und raunzen, dass ich endlich zu ihnen kommen und bleiben solle. Spontan will ich sie wegstoßen, aber sie lassen sich nicht vertreiben.

Warum fällt es mir so schwer, die Augen zu öffnen? Ich möchte Moritz anschauen, sehen, wie er die Töne meines Seins leben lässt. Die Melodie wird leiser. Das Krokodil schnappt nach den Klängen, und ich erinnere mich an die Zeit, als es unter meinem Bett lag und schnarchte. Damals hatte Margarethe es vertrieben. Ich weiß nun, dass es dennoch nie fortgewesen ist. Auch jetzt würde es bleiben. Aber meine Melodie darf es nicht zerstören.

»Still«, zische ich.

Es verblasst, verliert an Farbe und kriecht hinter die leisen Töne, dorthin, wo meine anderen Begleiter hocken.

Es ist gut so. Mögen sie dableiben. So blass, fast sanft, können sie mir nichts anhaben. Und ich weiß, dass sie Teil von mir sind.

Doch jetzt ist anderes wichtig. Endlich gelingt es mir, die Augen zu öffnen. Der Raum ist mir fremd, aber in dem gedämpften Licht sehe ich Moritz. Vertraut. Er sitzt nicht vor dem Klavier, sondern auf einem Stuhl, den Kopf stützt er mit einer Hand ab. Die andere liegt auf meinem Arm, ich spüre es. Seine Augen sind geschlossen. Schläft er? Nein, ich höre ihn summen. Meine Melodie. Nowhere Man's Song.

Es dauert eine Weile, bis ich realisiere, dass ich in einem Bett liege. Schwach, so schwach fühle ich mich, und dennoch durchströmt mich eine Kraft, wie ich sie lange nicht gespürt habe.

»Moritz?« Meine Stimme krächzt, sodass ich erschrecke.

Er fährt hoch, sein Arm schlägt hart auf das Nachtschränkchen neben dem Bett. »Helene?« Mit großen Augen schaut er mich an. Müde. »Endlich! Ich dachte, du würdest nie mehr aufwachen wollen.«

Mein Blick fällt auf das Tischchen. Der Brief. Ich erinnere mich, dass Moritz ihn mir in die Hand gedrückt hat.

»Ja, ich hatte auch keine Lust, zurückzukommen«, gebe ich zu. »Aber dann, es war ganz merkwürdig, habe ich dich am Klavier sitzen sehen und du spieltest ...«

»… die neue Oper.« Dunkle Schatten unter seinen Augen, die mich anlächeln.

»Oh nein, es muss etwas anderes gewesen sein in meinen Ohren, es war … es ist …«

»Heleneland.«

Strahlend greift er nach dem kleinen Rekorder, zupft eine Kassette heraus. »Ich habe ein bisschen was davon aufgenommen. Dir immer wieder vorgespielt, um dich zurückzuholen. Es hat gewirkt!«

Wäre ich nicht so elend, ich würde mich in Tränen des Glücks auflösen.

Er sagt: »Das ist die neue Oper. Ich habe sie für dich geschrieben, du bist doch meine Liebe. Immer gewesen. Das wollte ich dir zeigen.« Nun wendet Moritz den Blick von mir ab, zum Fenster, vor dem der Schnee eine weiße Flockenwand bildet. Ich fühle, er schämt sich.

Meine Hand will mir nicht recht gehorchen, sie zittert, als ich sie auf seinen Rücken lege. »Du solltest ein bisschen mehr essen, ich spüre deine Wirbel unter dem dicken Pullover.«

Mit einem Seufzer springt er auf, rauft sich die ohnehin zu Berge stehenden Haare.

»Das sagst ausgerechnet du, Helene, du?«

Angesichts der Ironie brechen wir beide in Gelächter aus; meines ist allerdings kaum hörbar.

Sein Lachen verebbt. »Ich habe mich geschämt.« Schlicht.

»Ich auch, Moritz. Sonst hätte ich dich mit irgendwas betäubt und einfach abgeschleppt. Ich habe mich geschämt, dass ich alt werde, dass vielleicht eine junge Sängerin nach der anderen deinen Körper betört.« Ich halte mein Lächeln fest.

»Und dann kam mir die Idee, eine Oper zu schreiben.« Seine

Wangen röten sich. »Dein wundersames Heleneland als Oper. Ich wollte dich damit überraschen.«

Er fächelt aufgeregt mit dem Kuvert vor meiner Nase herum. »Das alles steht in dem Brief, den du nicht mehr öffnen konntest.«

Ich nehme ihm den Umschlag aus der Hand, werfe ihn zu Boden. »Bleib.«

*

Ein paar Tage später weiß ich, dass meine Tochter mich gefunden hat, halb tot.

Sie musste in die Villa, um Prüfungsunterlagen für die Schule zu suchen, die sie brauchte. Nachdem sich Desi nur schwer Eintritt verschafft hatte, weil die Tür durch die Postsendungen verklemmt war, stand sie im verwahrlosten Haus. Dann entdeckte sie mich, rief den Notarzt an und danach Moritz.

Ich befand mich im Hungerkoma und war innerlich ausgetrocknet. Drei Wochen hat es gebraucht, mich aufzupäppeln. Nun passt mir der Smaragdring wieder. Zwar nur am Mittelfinger, aber immerhin, es geht aufwärts mit meinem Gewicht.

Endlich bin ich wieder zuhause, sitze ich der Küche, trinke bitterduftenden Tee und blicke in den Garten hinaus. Der erste Schnee fällt in kleinen Flocken auf die Wiese, zuckert die kahlen Bäume an. Ein paar Meisen flattern ums Futterhäuschen, piepsen. Von oben ertönt Mädchenlachen aus Desis Zimmer, und eine Arie schwingt sich von Moritz' Klavier über die Treppe herab.

Ich winke dem Lord zu. Er stochert mit seinem silbernen Spazierstöckchen nach dem Babuino, der unerreichbar im kahlen Geäst des Apfelbaumes hockt und auf seinen Herrn herunter schimpft. Neben ihm schüttet sich Nowhere Man vor Lachen aus. Auf seinem Schoß sitzt eine große Ratte. Mein Krokodil wälzt sich behäbig an ihnen vorbei, auf dem Rücken eine Schneeschicht.

Da draußen strömt das Leben, warum sich dem entziehen, frage ich mich, und ebenso, weshalb ich auf meine inneren Freunde und jene, die ich von Feinden zu Vertrauten transformiert habe, verzichten soll. Sie waren und sind immer für mich da, sie dürfen bleiben, wie auch die Wirklichkeit.

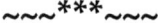

Werte Leserinnen und Leser,

Ich bin aus Wien, es mag sein, dass Ihnen einige Wortwendungen seltsam erscheinen, das liegt daran, dass ich in österreichischem Deutsch schreibe. Es sind keine Fehler, es ist nur dem Flair der Sprache geschuldet.

Sollte Ihnen der 1. Band von Helenes Abenteuern zwischen Fantasie und Wirklichkeit gefallen haben, würde ich mich über eine kleine Rezension freuen. Es ist manchmal eine Hürde, ich weiß, ein Feedback abzugeben. Doch ein oder zwei Sätze der Leser/innen helfen der Autorin, weiterzumachen. Ich bedanke mich herzlich bei Ihnen.

In Vorbereitung sind:
Band 2: Niemandsland
Band 3: Wunderland.

Elsa Rieger über sich:

Mich fasziniert das Menschsein, Menschbleiben in unserer Welt der Polaritäten.

Ist es nur möglich, ein kriegerisches »Entweder – Oder« ins Leben hinauszubrüllen und darauf zu beharren, recht zu haben? Oder haben wir die Chance, uns auf ein behutsames »Sowohl – als auch« einzulassen und in die Welt zu tragen, damit sich die Akzeptanz unter uns ausbreiten kann? Die Akzeptanz, dass schwarz nicht immer einfach schwarz und weiß nicht unbedingt für jeden gleich weiß ist. Sowohl – als auch. Das verbinde ich in meinen Texten.

Bücher – eine Auswahl:

Ab Abgrund
Roman. Taschenbuch und eBook

Ein Mann wie Papa
Roman. Taschenbuch und eBook

LiebesWellen
Roman. Taschenbuch und eBook

Die Frau, die sich nicht umdrehte
Erzählungen. Taschenbuch und eBook

Website: http://www.elsarieger.at/